Beginn

Gabriel Barylli

Beginn

Roman

styria premium

Für Sylvia und Marcello

„Die Seele lernt nur
an dem, was der Verstand
nicht begreift.“

Die Bibliothek

Wir gingen langsam über den weichen Sand.

Mit einem tiefen, ruhigen Ton fiel das große Tor hinter uns ins Schloss. Es klang wie ein sanfter Schlag auf eine weich gespannte Trommel. Dann waren wir alleine …

Ich hielt Martins Hand und sah ihn an. Er lächelte mit dieser ruhigen Freude, die ich schon bei unserer ersten Begegnung in seinen Augen gesehen hatte.

„Es ist für uns beide das erste Mal, dass wir durch das Tor des ‚Beginns' gehen … nicht wahr?!", fragte ich ihn.

„Ja, an diesem Punkt des Spieles war ich noch nie …"

„Warum … Du bist doch schon länger als ich unterwegs?"

„Ich habe noch nicht die Frau gefunden, mit der ich einen ‚Beginn' erleben darf, und ich bin froh, dass du gekommen bist, um diesen Weg zu teilen."

Ich sah auf das weiße Band an meinem Handgelenk. Leicht und zart lag es auf meiner Haut. Martin hatte es mir als Zeichen angelegt, dass er mit mir weitergehen wollte. Weitergehen mit mir in einem Leben, das erfüllt sein sollte von Neugier und Offenheit und Lust auf eine

Zukunft, die wir gemeinsam erschaffen wollten.

Ich hatte ihm das gleiche weiße Band um seinen Arm gebunden. Es war mein Versprechen an ihn, in jedem Augenblick, den wir gemeinsam erleben sollten, wach zu sein und offen für jede gemeinsame Prüfung, die das Leben für uns bereithalten würde.

„Dann lass uns gehen", sagte ich und nahm seine Hand.

Wir wanderten durch eine weite Ebene. Hoch am Himmel stand die Sonne. Wieder stand sie in einem nachtblauen Himmel, an dem Myriaden von Sternen leuchteten. Ich erinnerte mich daran, dass dieser eigenartige, fremde und vertraute Himmel auch über mir gewesen war, als ich meiner Freundin und Führerin Kajowa zum ersten Mal begegnet war.

Das Bild der Gleichzeitigkeit von Tag und Nacht, von Hell und Dunkel, war eines der ersten Beispiele gewesen, die mir Kajowa gezeigt hatte. Sie wollte meinen Geist daran erinnern, dass alles, was wir erleben, zwei Seiten an sich hat. Zwei Pole, die sich zum Ganzen verbinden: Dieses erste Bild der Sonne des Tages und der Sterne der Nacht, die in jedem Augenblick nebeneinander und ineinander existieren, war der erste Schritt gewesen in dem Spiel, das mich zum Paradies geführt hatte.

Nun war es wieder da. Wieder lag eine Aufforderung vor mir. Aber diesmal durfte ich gemeinsam mit einem anderen Menschen auf die Suche gehen. Mit Martin.

Nach einer Weile, in der wir langsam weitergegangen waren und den warmen weichen Wind auf unserer Haut gespürt hatten, kamen wir an einen Strand. Vor uns lag ein weites, ruhiges Meer. Langsam rollten die niedrigen Wellen kleine Muscheln hin und her und weit draußen am Horizont schwebten ein paar weiße Wolken über den Himmel …

Ich zog meine Schuhe aus und ging durch das Wasser, das warm um meine Beine spielte.

„Da vorne ist etwas …“, sagte Martin und zeigte zu einer breit geschwungenen Bucht. Wir gingen weiter und kamen zu einem großen weißen Holzhaus. Es erinnerte mich an Häuser, die ich in alten Filmen gesehen hatte, die in den US-Südstaaten spielen. Große, breite Holzstufen führten zu einer Terrasse. Sie war von einem Geländer umgeben und weiß gestrichene Holzsäulen trugen ein Dach, das einen kühlen Schatten auf die abgetretenen Holzbretter des Bodens legte.

Die Fenster und die zwei Flügel der Eingangstüre standen weit offen.

Martin und ich gingen langsam über die Terrasse, und die Bretter des Bodens knarrten ein wenig. Das Haus schien leer zu sein.

In der Mitte des Wohnzimmers stand ein breiter, langer Holztisch mit drei Stühlen, an den Wänden waren Bücherregale bis unter die Decke.

Auf dem Boden vor einem der Regale saß ein Junge und las in einem großen, schweren Buch mit einem Einband aus hellbraunem Leder.

„Marcello?!“

Martin rief den Namen und ging langsam auf den Jungen zu. Er blickte hoch und schlug das Buch zu und stand auf. „Martin! … Da seid ihr ja!“

Martin umarmte den Jungen.

„Maria – ich möchte dir meinen Freund und Führer Marcello vorstellen … ich habe dir schon von ihm erzählt … Marcello: Das ist Maria!“

„Ich weiß“, sagte der Junge und kam auf mich zu und gab mir seine Hand. Er hatte dunkelblondes Haar und blaue Augen. Seine Haut hatte die weiche, sonnenbraune Farbe von Menschen, die ihr Leben im Freien verbrachten. „Kajowa hat mir gesagt, dass ihr kommen werdet.“

Ich stand da und sah Marcello an. Er war ungefähr 12 Jahre alt. Martin hatte mir erzählt, dass er sein Führer im „Paradiesspiel“ gewesen war, so wie Kajowa meine Begleiterin dargestellt hatte.

In diesem Augenblick wurde mir wieder bewusst, wie viele Menschen in diesem Computerspiel unterwegs waren. Kajowa hatte mir gesagt, dass es schon Millionen waren. Millionen von Menschen, die auf der Suche waren nach einer Zukunft und einer Art zu leben, die es auf diesem

Planeten noch nie gegeben hatte. Sie saßen vor ihren Bildschirmen und betraten mit dem Spiel „Paradies“ eine Welt, die es noch nie gegeben hatte. Die Welt der Freiheit von unserer Vergangenheit.

Martin hatte sich als Begleiter durch die Tore des Lernens einen Jungen gewünscht. Und dieser Junge hieß Marcello und stand nun vor mir und lachte mich an.

„Gibt es irgendetwas, das ihr, die ihr dieses Spiel erfunden habt, nicht über uns wisst?“, fragte ich. Marcello lachte und führte mich zu einem der Stühle.

„Wir wissen nur das, was wir wissen sollten, um euch auf eurem Weg zu helfen. Nicht mehr und nicht weniger. Komm, setzen wir uns doch.“

Mit großer Höflichkeit schob er mir den Stuhl zurecht, und dann setzten er und Martin sich zu mir an den großen schweren Holztisch.

„Ihr seid unterwegs, um eure Liebe zu erfahren ... so wie ihr noch niemals zuvor einem anderen Mann oder einer anderen Frau begegnet seid. Ohne Gewohnheiten, ohne Verbote oder Befehle und ohne Angst. Das ist ein starkes Stück!“

Marcello lachte und klatschte in die Hände Eine Türe zu einem Nebenzimmer öffnete sich, und ein Junge kam herein. Er trug ein großes Tablett und begann Teller und Tassen vor uns aufzubauen. Nach ihm kam ein Mädchen herein, das einen großen Teller mit Marmorkuchen und drei Messingkännchen mit türkischem Kaffee vor uns hinstellte. Das Mädchen lächelte mich an und sagt: „Ich heiße Laura, und wenn du noch etwas anderes willst, sag es mir bitte."

„Ich heiße Matteo", sagte der Junge und dann gingen sie zurück in das Nebenzimmer und schlossen die Türe.

Ich saß da und musste lachen …

„Das mit dem Marmorkuchen hat dir Kajowa verraten?!"

„Oh ja", sagte Marcello „und ich sehe, du bist nicht böse deswegen?"

„Im Gegenteil", antwortete ich, und dann aßen wir Kuchen und tranken den heißen türkischen Kaffee mit etwas Zimt und Kardamom.

„Wohnst du hier, Marcello?", fragte ich nach einer Weile und er antwortete: „Nein … ich treffe nur von Zeit zu Zeit gute Freunde in diesem Haus. Manchmal komme ich aber auch alleine hierher … um zu staunen."

„Du sitzt dann hier und liest in diesen Büchern …"

„Ja."

„Und das lässt dich staunen …"

„Ja, sehr … es gibt nichts Spannenderes als den Beginn."

„Wovon?“

Marcello lächelte und teilte sein letztes Stück Kuchen in zwei Teile … er sah sie an und dann legte er sie wieder vor sich auf den Teller.

„Wie soll man einen Kuchen backen, ohne die Zutaten zu kennen?!“

Martin lachte und mischte sich in unser Gespräch.

„Marcello arbeitet in seinen Unterhaltungen gerne mit Bildern aus dem Küchenalltag.“

„Oh das kenne ich von Kajowa“, sagte ich und trank einen kleinen Schluck Kaffee.

„Ja … und wisst ihr auch, warum wir hier in diesem Spiel so arbeiten?!“

Marcello lehnte sich in seinem Stuhl zurück und sah von Martin zu mir.

„Um uns daran zu erinnern, dass der nächste Flug im Leben nur dann gelingt, wenn man vorher gut gegessen hat?!“

Wir lachten und Marcello sagte: „So ist es. Und vor allem: Viel! Aber jetzt zu deiner Frage, Maria. In all diesen Büchern, die du hier sieht, kannst du die Geschichte eines Menschen finden, der so wie du und Martin durch das Tor des Beginns gegangen ist. Jeder von ihnen hatte die

Möglichkeit sein Leben zu erzählen. Von den Tagen seiner Kindheit bis zu dem Augenblick, an dem er das Paradiesspiel begonnen hat."

Ich sah mich schweigend um. An den Wänden standen tausende Bücher. Sie waren unterschiedlich groß und dick, und manche waren in braunes Leder gebunden mit matt glänzenden Goldbuchstaben auf ihrem Rücken. Wieder andere waren zart und dünn und bestanden nur aus einigen wenigen Blättern, die von einem weißen Faden zusammengehalten waren.

„Was du hier siehst, ist nur ein kleiner Teil der großen Sammlung. Es gibt noch viele weitere Häuser mit Millionen von Geschichten."

„Und warum haben wir dich in diesem weißen Holzhaus am Meer getroffen?!"

„Weil Martin und du den weichen warmen Sand so sehr liebt … und das Rauschen der Wellen. Es erinnert euch an eure alte Heimat …"

Marcello sah mich lange an und lächelte. Welche alte Heimat meinte er? Mir war klar, dass die Erscheinung dieses Jungen mit den dunkelblonden Haaren ein Bild war, das Martin sich gewünscht hatte, als er zum ersten Mal in das Paradiesspiel eingetreten war. So wie ich mir als Begleiter und Führer eine Cherokee-Indianerin gewählt hatte, die Kajowa hieß. So wollte er den Weg des Lernens mit einem 12-jährigen Jungen gehen. Dahinter aber gab es einen erwachsenen Menschen, der für dieses Spiel diese Erscheinungsform belebte. Wie ein Schauspieler, der in das Kostüm von Tinkerbell schlüpft. Und an manchen Tagen damit sogar wirklich fliegen kann …

Ich sah Marcello lange an und fragte mich, was dieser Mensch von mir schon lange wusste. Die Antwort war klar. Alles, worüber ich mit Kajowa und Martin in diesem Spiel bereits gesprochen hatte. Aber mein Leben bis zu dem Tag, an dem ich vor meinem Computer saß und die „Worldangels" gefunden hatte, dieses Leben gehörte in diesem Augenblick nur mir.

„Wenn ich das Buch meines bisherigen Lebens schreibe … dann kann das jeder lesen, der in dieses Haus kommt?!"

„Nur wenn du es erlaubst", sagte Marcello. „Du kannst bestimmen, dass nur Martin deinen Weg erzählt bekommt. Wenn du möchtest, dass alle deine Freunde daran teilhaben, dann kann jeder, der diesen Raum betritt, deine Geschichte erleben. Wenn du das nicht willst, öffnet sich dein Buch nur denjenigen, denen du das Wort der Erlaubnis dafür gibst."

„Und wie muss dieses Codewort lauten?"

Marcello lächelte mich an. „Das ist der Beginn von deinem Geheimnis."

Martin stand auf und ging zu den Bücherwänden. Er nahm ein kleines rotes Heft heraus und sah kurz hinein.

„Siehst du", sagte Marcello, „diese Erinnerungen darf offenbar jeder lesen … Zieh doch bitte das blaue Buch weiter links aus dem Regal."

Martin schob das kleine rote Heft zurück und griff nach einem dicken, dunkelblau gebundenen Buch. Es bewegte sich nicht. Martin zog fester. Das Buch blieb an seinem Platz, als wäre es ein Teil des hölzernen Regals. „Und dieser Mensch will offenbar, dass nur einige wenige seine Geheimnisse teilen sollen. Du siehst: Die Wahl liegt wie immer ganz allein bei dir, Maria."

Martin sah mich an und kam wieder zurück an den Tisch. „Ich würde mich sehr freuen deine Geschichte zu lesen. Und ich bin neugierig darauf, was du mir erzählen möchtest …"

Marcello klatschte in die Hände und stand auf.

„Gut … die Regale werden langsam voll. Ich wünsche euch Geduld und Genauigkeit bei eurer Erzählung.
Das Einzige, was ich euch noch sagen möchte, ist: Wenn ihr die Wahrheit schreibt, habt keine Angst, wenn sie weh tut. Der Mensch, dem ihr sie erzählt, soll wissen, wo eure Wunden sind. Um euch genau dafür noch besser lieben zu können. Bis bald!"

Marcello umarmte Martin und gab mir einen sanften Kuss, dann ging er zu der Türe, die ins Nebenzimmer führte.

„Marcello, warum gehst du so plötzlich weg?", rief ihm Martin nach.

„Ich bin ein zwölfjähriger Junge – ich habe viel zu tun – man sieht sich!“ Er lachte, und dann fiel die Türe hinter ihm zu.

Ich sah zu Martin. Er saß in seinem Stuhl und seine Finger spielten mit dem weißen Wollfaden, den er um sein Handgelenk gebunden hatte. Nach einer Weile sah er zum Fenster hinaus und sagte: „Wir sollten anfangen …“

„Ich bleibe heute in meiner Wohnung und werde schreiben“, antwortete ich.

„Dann weißt du ja, dass ich dasselbe tun werde wie du …“

„Es kann eine Zeitlang dauern …“

„Davon gehe ich aus … wenn du unbedingt einmal Pistazieneis essen möchtest –“

„Rufe ich dich an …“

Wir standen auf und umarmten uns.

„Darf ich zuerst durch diese Tür gehen?“, fragte ich Martin. „Ich glaube zu wissen, wo sie hinführt …“

„Ladies first!“

Er lachte und öffnete mir die Tür ins Nebenzimmer, durch die Marcello uns verlassen hatte. Ich trat ein, und als Martin hinter mir die Tür ins Schloss zog, wurde es dunkel …

…

Ich saß einen Moment lang still da, dann nahm ich den Displayhelm ab. Ich legte ihn neben meinen Computer und sah mich in meiner Wohnung um. Es war Abend geworden. Die Türe, die auf meine kleine Terrasse führte, stand offen und im Hof meines Hauses sangen ein paar Vögel.

Ich wusste, dass Martin in diesem Augenblick in das Zimmer gegangen und so wie ich aus dem Spiel in die Realität seiner Wohnung zurückgekehrt war.

Ich sah auf den Bildschirm und klickte auf den Button „Exit“, der neben dem Symbol der „WorldAngels“ in hellem Blau leuchtete. Die Weltkugel, die von zwei ausgebreiteten Flügeln getragen wurde, verschwand mit einem feinen hellen Ton. So wie es klingt, wenn man mit einem Silberlöffel vorsichtig gegen ein Glas schlägt … dann war es still.

Ich musste an den Tag denken, an dem ich zum ersten Mal das Portal der „WorldAngels“ geöffnet hatte. Ich sah Kajowa vor mir, die in dem Spiel, das den Namen „Paradies“ trug, neben einem Bach auf mich wartete, um mit mir die größte Reise meines Lebens anzutreten. Am Ende unseres Weges war ich Martin begegnet. Er war der Mensch, mit dem ich zum ersten Mal in meinem Leben etwas zu ahnen begonnen hatte, nach dem ich mich immer gesehnt hatte. Vertrauen.

Ich wollte den nächsten Schritt auf diesem Weg gehen und wollte ihm erzählen, wie ich zu der Frau geworden war, die er in unserer Stadt zum ersten Mal gesehen hatte, als sie in den Geschmack eines Pistazieneises versunken war. Gleichzeitig aber hatte ich beschlossen meine Erinnerungen so zu schreiben, dass sie jedermann, der in das weiße Haus kommen sollte, aus dem Schrank nehmen konnte, um sie zu lesen …

Ich ging zu meinem Schreibtisch, holte Papier und einen Stift und setzte mich an den alten dunkelbraunen Holztisch auf meiner Terrasse. Ich lehnte mich eine Weile zurück und hörte den Vögeln zu. Ich wollte ruhig werden und warten, welches Bild aus meiner Kindheit als erstes auftauchte. Als ich die Farben und die Töne jenes fernen Tages vor mir hatte, begann ich zu schreiben …

Das, was die Menschen „den Beginn“ nennen …

Bevor ich davon erzähle, wie ich das Paradies gefunden habe, muss ich davon berichten, dass ich aus der Hölle komme.

Dass mein Leben sich zwischen diesen beiden Welten abspielen würde, konnte ich an meinem siebenten Geburtstag noch nicht ahnen. Ich war ein ganz normales Mädchen, das mit seinen Eltern am Stadtrand lebte.

Ganz normal heißt, dass ich einigermaßen hübsch war, einigermaßen nett und einigermaßen verträumt.

So wie es alle kleinen Mädchen sind, die davon träumen, dass ihr Leben mit Liebe erfüllt ist. Mit Lachen, Singen Freude und einem einigermaßen netten Mann an ihrer Seite.

Ich weiß, man könnte jetzt fragen, ob es wirklich im Kopf eines siebenjährigen Mädchens schon den Gedanken an einen netten Mann an seiner Seite geben kann – aber ich weiß, dass es bei mir so war. Ich hatte große Sehnsucht nach einem netten, hübschen Mann, der freundlich war und der mich beschützen sollte. Dieser Wunsch wurde immer größer, je mehr ich miterleben musste, dass meine Eltern gar nicht freundlich zueinander waren. Gar nicht. Ich hatte aufgehört, die Nächte zu zählen, in denen ich in meinem Bett lag und mir die Ohren zuhielt. Ich hatte mir die dicke Decke über den Kopf gezogen und unter dieser Schutzmauer lag ich da und hatte meine Finger ganz fest auf meine Ohren gepresst, um nicht zuhören zu müssen. Ich wollte nicht zuhören, wie sie sich beschimpften und gemeine Sachen zueinander sagten.

Sie fingen immer damit an, wenn sie glaubten, dass ich schon schliefe. Ich weiß bis heute nicht, wie sie es aushalten konnten, nicht zu schreien, bis ich im Traumland war – aber wenn sie endlich glaubten, miteinander allein zu sein, platzten ihre Wut und ihre Gemeinheit umso stärker heraus. Man kann auch nicht ihm oder ihr die Schuld geben. Es wäre ja so leicht zu vermuten, dass meine Mutter das arme Opfer gewesen ist. Sanft, gütig, liebevoll und um Frieden bemüht, eine leidende Frau, die von ihrem Mann unterdrückt und misshandelt wurde. Nein, so leicht kann ich es in dieser Geschichte nicht machen, auch wenn es wie eine einfache Lösung aussieht. Die Mittel der Grausamkeit, die meine Mutter anwendete, um meinen Vater zu verletzen, waren nur raffinierter und ausgefeilter als es seine Zerstörungen waren. In diesem Punkt waren auch sie ein einigermaßen normales Ehepaar. Von außen betrachtet war sie die Leidende und Ertragende und er der Grobe und Harte, wenn man sich aber die Zeit und Geduld nahm, ihr Drama genau zu betrachten, konnte man erkennen, dass es ein und dasselbe Lied war, das sie nur auf verschiedenen Instrumenten spielten.

Mein Vater war leicht zu verletzen. Einige abfällige Worte über seinen Körper, der nicht sehr sportlich war, oder über seine Arbeit, die nicht von größtem Erfolg gekrönt war, genügten, um ihn wild zu machen. Ich war auch gerne bereit zu verstehen, dass er zu toben beginnen musste, wenn er von meiner Mutter wieder einmal verhöhnt wurde, wenn er beim Rasenmähen sein Hemd ausgezogen hatte und man seinen etwas weichen Bauch sehen konnte. Welcher Mensch möchte schon das Gefühl vermittelt bekommen, nicht attraktiv zu sein? Für seine Frau. Und vielleicht auch noch für andere Frauen. Ich konnte es verstehen, dass er mit grimmigem Gesicht die Beleidigungen schluckte, um nicht vor mir zurück zu schlagen. Ich konnte verstehen, dass er damit warten wollte, bis ich eingeschlafen war. Ich konnte es verstehen, dass er sie dann wüst beschimpfte und sie verkommen und frigide nannte. Obwohl ich damals noch nicht wusste, was das Wort frigide bedeutet. Ich konnte es verstehen – aber ich wollte es nicht hören. So lag ich da und versuchte, ihre Stimmen nicht in meine Ohren zu lassen. Ihre bösen Worte nicht in meine Gedanken zu lassen. Ihre Lieblosigkeit nicht in meine Nacht zu lassen.

Es gelang mir nicht wirklich gut. So sehr ich mir auch die Finger auf meine Ohren presste, irgendetwas drang immer hindurch. Fast war es so, als würde die Bosheit, die in unserer Wohnung herumflog, noch intensiver dadurch. Es war so, als würde durch die Undeutlichkeit der wütenden Worte die Farbe der Wut verdoppelt. Was zu mir durchdringen konnte, war die Essenz ihrer heißen Gefühle. Die Konzentration ihrer Abneigung. Die Verdichtung ihrer Zerstörungslust. Ich lag unter der Decke und mir wurde heiß. Die Decke ließ nur wenig Luft durch, und nach einer halben Stunde musste ich wieder aus meiner Schutzburg auftauchen, um zu atmen. Manchmal nahm ich dann die

Hände von den Ohren und hörte ihnen zu. Ich wunderte mich am Anfang, wie ähnlich es jeden Tag war. Es war sich so ähnlich, was sie sagten, was sie riefen und mit schlecht unterdrückter Lautstärke einander zuriefen. Es kam mir vor wie ein Theaterstück, das zwei schon etwas übermüdete Schauspieler immer noch einmal und noch einmal aufführen müssen, weil ihr Vertrag es ihnen vorschreibt. Es hörte sich auch so an, als wäre ein Teil von ihnen von diesem Theater unendlich gelangweilt. Man konnte hören, dass jeder der beiden ganz genau wusste, wie die Szene weitergehen würde. Es war so, als würde ein Ritual ablaufen, das nach genau festgelegten Regeln gespielt wurde. Sie standen einander gegenüber, schlugen einander mit bösen Worten böse Wunden in ihr Herz. Seltsamerweise kam es aber nie zu einem endgültigen Todesstoß. Es blieb immer in einer unentschiedenen Schwebe hängen, wer von ihnen den anderen besiegt hatte. Diese Unentschiedenheit war es auch, die dazu führte, dass dasselbe Theater am nächsten Tag wiederholt werden konnte. Und am nächsten und am nächsten und am nächsten.

Ich hatte von meinen Freundinnen gehört, dass es bei ihren Eltern sehr ähnlich zuging, und als ich etwas älter geworden war, verstand ich, warum dieses Theater sich wiederholen musste. Immer und immer wieder. Es verhinderte, dass sich meine Eltern endgültig trennten. Das ist die Wahrheit. Die Wiederholungen eines gerade noch erträglichen Schmerzes waren es, die eine simple Wahrheit überdeckten – sie waren einander gleichgültig geworden. Gleichgültig.

Ich kann den Tag nicht festlegen, an dem es begonnen

hatte, weil ich noch zu klein war, um die Zeichen der Großen richtig zu deuten. Aber an einem Tag im Sommer fiel es mir zum ersten Mal auf. Ich war ungefähr fünf Jahre alt und mit meinen Eltern auf Sommerurlaub. Wir waren wie alle Jahre zuvor an einen See gefahren. Es war ein wunderschöner See. Still gelegen, von Tannenwäldern umgeben, die bis an seine Ufer reichten. Dazwischen lagen stille Buchten, die mit hohem Schilf zugewachsen waren. In einer dieser Buchten gab es ein Strandbad. Eine sanft zum See abfallende Wiese, Liegestühle, ein breiter Holzsteg, der in den See führte. An seinem Ende gab es eine Metallleiter, über die man in das frische klare Wasser steigen konnte. An manchen Tagen konnte ich Fische sehen, die um das Ende der Metallleiter schwammen und mit ihren Lippen immer wieder dagegen stießen. Ich hatte vom Frühstückstisch Weißbrot mitgenommen und ließ kleine Stückchen in das Wasser fallen. Die Fische kamen herbei und schnappten stumm nach den kleinen, weißen Flocken, die langsam auf den Grund sanken. Lange Zeit bin ich jeden Tag bei der Treppe gesessen und habe das Weißbrot für meine Fische verteilt.

Auf der Wiese lagen Handtücher und bunte Sonnenschirme steckten neben den Tüchern und am Kopfende der Liegestühle. Die Schirme waren gelb und weiß und rot und weiß gestreift, die Liegestühle waren mit blauem Leinen bespannt. Zu Mittag gingen wir in das Strandrestaurant, das direkt an der Wiese gelegen war. Dort standen Holztische und Stühle auf einer breiten Terrasse, die mit Kies ausgelegt war.

Meine Mutter trug abwechselnd einen gelben oder grünen einteiligen Badeanzug und mein Vater schwarze Badehosen. Zum Mittagessen zog meine Mutter jeden Tag ein leichtes Strandkleid aus weißem Frottee an und mein Vater sein hellblaues Hemd. So saßen wir dann bei Tisch und ich bekam meine geliebten Erbsen mit Reis. Jeden Tag. Fast jeden Tag. Am Samstag und am Sonntag aßen wir zusammen gebratenen Fisch. Der Fisch sah ganz anders aus als meine Fische von der Metallleiter und darum schmeckte er mir auch sehr gut.

Ich saß da und sah, wie mein Vater zu einer Frau hinüberblickte, die am Nebentisch saß. Sie saß alleine und las eine Zeitung, trank einen Kaffee und rauchte eine Zigarette. Mein Vater sah mit einem seltsamen, ernsten Blick zu ihr, den ich so noch nie zuvor an ihm bemerkt hatte. Meine Mutter beugte sich zu ihm und sagte: „Na, willst du hinüber gehen?!“ Mein Vater sah meine Mutter so kalt und hart an wie ich es noch nie erlebt hatte und antwortete: „Fang nicht schon wieder an!“ Dann schwiegen sie und mein Vater holte seine Zigaretten heraus und rauchte. Als meine Mutter sich einen Augenblick zu ihrer Tasche hinunter beugte, um ihren Lippenstift herauszuholen, lächelte mein Vater zu der fremden Frau hinüber. Sie sah es und lächelte einen unglaublich kurzen Moment lang zurück. Ganz kurz. Wie eine Wespe, die über ein Vanilleeis fliegt. Dann rauchte sie weiter und mein Vater rauchte, und meine Mutter hatte nichts bemerkt und zog sich die Lippen nach. Mit ihrem roten Lippenstift. Er war so rot wie der offene Sportwagen, der vor dem Restaurant stand, und ich fand dieses Rot wunderschön.

Das war der Tag, an dem ich damit begann, meine Eltern mit anderen Augen zu sehen. Sie waren mit einem Mal zu einer Frau und einem Mann geworden. Sie waren nicht mehr meine Eltern, die mich auf einer Luftmatratze über den See schoben und dabei lachten. Sie waren zwei Menschen geworden, die mich eine Welt sehen ließen, die ich an diesem Sommertag vor vielen Jahren zum ersten Mal erlebte, die Welt der Männer und Frauen. An diesem Nachmittag saß ich unter unserem Sonnenschirm und beobachtete meine Mutter und meinen Vater genau. Sie bemühten sich, ganz normal zu sein. Ganz normal.

Heute weiß ich, dass das die Zeit war, in der sie erkannten, dass ich angefangen hatte, sie zu beobachten. Also hatten sie damit angefangen Theater zu spielen. Das Theater der Freundlichkeit, das Theater der Höflichkeit, das Theater einer glücklichen Ehe. Ich sah ihnen zu, wie sie beim Reden miteinander manchmal lachten, obwohl es keinen Grund dafür gab. Ich sah, wie sie sich gegenseitig den Rücken mit Sonnenöl einrieben und ihr Gesicht dabei nicht fröhlich wirkte, ich sah wie sie manchmal schwer atmeten. Schwer, ganz schwer. So als würde eine tonnenschwere Last auf ihrer Brust liegen und sie würden versuchen, sie hochzuheben und fort zu schieben. Das alles begann ich zu sehen, und ich begann zu fühlen, dass sie einander gleichgültig geworden waren. In diesem Sommer. An diesem See. In dieser stillen Welt. Ich konnte andere Paare beobachten, die zu zweit an den See gekommen waren. Allein. Ohne Kinder. Ohne Beobachtung. Einige von ihnen sahen einander lächelnd an. Voll Lust und Neugier. Sie sahen einander so an, wie es meine Eltern nicht mehr taten. Meine Eltern waren zu Schauspielern geworden. Zu schlechten Schauspielern. Sie glaubten eine

Welt aufrecht erhalten zu müssen, in der sie selbst nicht mehr zu Hause waren. Mir zuliebe. Um mir das zu geben, was die Menschen Sicherheit nennen …

Dort, wo ich heute lebe, hat dieses Wort eine völlig andere Bedeutung. Ich nämlich, ich lebe im Paradies. Aber darüber möchte ich etwas später erzählen …

Es ist mir wichtig zu sagen, dass selbst ich und das Theater, das meine Eltern für mich spielten, nur eine Ausrede war. Für ihn genauso wie für sie. Es ist nämlich nicht so, dass mein Leben, das in ihr Leben getreten war, ihre Zuneigung gestört hätte. Das zu glauben, wäre viel zu einfach. Kein Kind der Welt kann die Beziehung seiner Eltern zerstören, wenn diese Verbindung nicht schon längst hohl und morsch gewesen wäre. Ich weiß, dass es diese Meinung gibt. Es gibt Menschen, die meinen, ein Kind hätte ihre Nähe gestört, ihre Intimität verletzt, ihre Erotik verhindert. Das ist ein rührender Irrglaube, um der Wahrheit nicht ins Gesicht blicken zu müssen. Und diese Wahrheit ist, dass unendlich viele Menschen aus erstickender Gewohnheit zusammen bleiben. Die Angst, allein leben zu müssen, ist für unendlich viele Menschen die treibende Kraft, die es ihnen möglich macht, zur Sicherheit in einer erloschenen Verbindung abzusterben. Anstatt sich zu trennen und ins Freie zu treten.

Es ist mir sehr wichtig, das an dieser Stelle unmissverständlich auszusprechen. Damit sage ich klar und deutlich, dass ich keine Schuld habe am Ende der Liebe meiner Eltern. Ich habe keine Schuld daran, dass ihre Erotik erloschen ist und nur mehr Sex übrig geblieben ist – von

Zeit zu Zeit. Ich habe keine Schuld daran, dass ihre Freude daran, dem anderen zuzuhören, gestorben und endloser Langeweile gewichen ist. Ich muss das alles so sehr betonen, weil ich unendlich viele Menschen kenne, die sich das Scheitern ihrer Eltern angezogen haben wie eine zweite Haut. Diese zweite Haut halten sie für ihre Gefühle und verpassen dadurch ein Leben lang die Möglichkeit, sich von ihrer Herkunft zu befreien.

In jenem Sommer, also genau vor 32 Jahren, war es soweit. Ich war aus unserer innigen Dreisamkeit heraus gebracht worden und begann, das Leben meiner Eltern mit ernst gewordenem Blick zu betrachten …

Nun wissen Sie auch, dass ich 37 Jahre alt bin. Mein Name ist Maria und meine Augen sind von einem hellen Grau-Blau. Ich denke mir, Sie sollten diese Dinge wissen, auch wenn ich ab sofort nicht verhindern kann, dass Sie damit beginnen, sich Ihr eigenes Bild zu machen. Sie werden versuchen, in Ihren Erfahrungen zu suchen, ob Sie schon einmal eine Frau in meinem Alter mit mittelblonden Haaren und steingrau-blauen Augen getroffen haben. Und Sie werden überlegen, wie Sie das, was ich Ihnen sage, einordnen können. Das tun alle Menschen. Ich auch. Auch ich habe mein Leben lang versucht, dem Augenblick mit meiner Erfahrung zu begegnen. Um ihn zu meistern. Aber glauben Sie mir. So vernünftig das auch ist – versuchen Sie bitte, für diesen Moment unserer Begegnung Ihre Erfahrungen mit 37-jährigen Frauen, die ein paar Sommersprossen auf der Nase tragen, zu vergessen. Das erlaubt uns zu erleben, was ich Ihnen an Neuem zu sagen habe, ohne dass Sie es sofort bewerten müssen. Und glauben Sie mir – der Weg ins Paradies ist neu. Für jeden von uns. So neu wie er auch für mich war und für die Menschen, die mich auf diesen Weg mitgenommen haben.

All diese Neuigkeiten gab es in jenem Sommer vor 32 Jahren noch nicht. Wir fuhren nach Hause zurück und das Streiten meiner Eltern wurde für mich zur täglichen Gewohnheit. Ich bemerkte, dass die Aufregung eines Streites für sie wie ein Ritual war. Es war ein Ritual, das mit seinem Lärm übertönte, wie still es zwischen ihnen geworden war. Totenstill.

Ich erinnere mich mit kaltem Grauen daran, wie sehr ich vor den Wochenenden Angst hatte. Vor der Stille. Der Totenstille. Man sollte meinen, dass ein Kind froh sein sollte, wenn die Schule am Wochenende vorbei ist und seliges Nichtstun auf dem Plan steht. Bei mir war es leider anders. Bei mir war es so, dass ich in diesen Tagen fühlte, wie die Zeit begann, stillzustehen. Wenn wir nicht zur Ablenkung vor der inneren Wortlosigkeit auf einen Berg fuhren oder in ein Kino gingen, blieben wir zu Hause. Dort war es dann still. Endlos still.

Ich habe das Zusammensein mit Menschen erlebt, bei denen das Schweigen wie das Rauschen des Meeres klang. Wie der Wind in den Birkenwäldern Kanadas. Wie ein Duft auf einer Insel, auf der im Sommer Oleander blüht. Dieses Schweigen gibt Raum für die Töne der Stille, die uns erlauben, die Schwingungen einer anderen Seele zu vernehmen. Das gibt es. Wenn man es in sich trägt und wenn man voll Bereitschaft ist, dieses Lied gemeinsam zu hören …

Bei meinen Eltern blieb die Zeit im Schweigen der Bedeutungslosigkeit stecken und versank. Das Leben, die Leichtigkeit und die Neugier auf den nächsten Augenblick versanken in der gegenseitigen Erstickung. Die Geräusche in der Wohnung übernahmen die Herrschaft. Manchmal saßen wir nach dem Frühstück am Sonntagmorgen im Wohnzimmer und jeder las etwas. Und es wurde geschwiegen. So sehr geschwiegen, dass das Ticken der Wanduhr jede Sekunde, die in Blei gegossen vor ihr auftauchte, mit tödlichem Krachen zertrümmerte. Das Ticken der Uhr, das Umblättern einer Zeitung, das Zurückstellen der Kaffeetasse … All dieser Lärm zeigte mir, dass es keine inneren Töne mehr gab, die gehört werden wollten. Das war die Zeit, in der ich begann, mein eigenes Leben zu bauen. Tief in mir. Ganz tief in mir …

Die Wurzeln

Das Traumland wurde mein bester Freund.

Das Traumland. Heute weiß ich, dass dieses Reich, in das ich mit meiner Seele und meiner Fantasie eingetreten war, nur die Vorstufe war. Mein Traumland, das nur mir gehörte, war die Vorstufe zu dem Paradies, von dem ich erzählen werde, das uns allen gehört. Wenn wir nur wollen. Bevor ich aber davon berichte, möchte ich ein wenig in die Zeit zurückgehen, in der meine Seele das Traumland besucht hat, um nicht zu sterben. Als die Töne der Stimmen meiner Eltern immer zackiger und ausgefranster wurden, als ich anfing, nicht nur meinen Vater und meine Mutter zu beobachten, sondern auch die Menschen auf der Straße … als ich sah, dass ihre Augen so oft wie zerbrochene Steine aussahen und ihre Bewegungen wie verzogene Segel in einem Orkan … als ich all das zu sehen begann, wurde ich krank.

Es begann damit, dass ich schwerste Kopfschmerzen bekam und lange andauernde Entzündungen in meinen Ohren und in einem strengen Winter auch eine Lungenentzündung. Es tat sehr weh und war im gleichen Atemzug eine Erlösung. Ich durfte zu Hause bleiben. Ich durfte im Bett bleiben. Ich durfte schweigen.

Ich lag in meinem Bett und sah schweigend zum Fenster hinaus. Meine Mutter hatte mir ein paar Bücher neben das Kopfende gelegt, aber die meiste Zeit verbrachte ich damit, auf die langsam ziehenden Wolken zu schauen und zu schweigen. Die Wohnung war still und leer, das Ticken der Uhr ein heiterer Takt und der Wind, der gegen das Fenster drückte, ein Bote meines Freundes aus dem Traumland …

Ich schlief von Zeit zu Zeit ein und fand mich in einem blühenden Tal. Es war zwischen zwei Bergen eingebettet und ein klarer Bach führte der Länge nach hindurch. Ich ging immer wieder an diesem Bach entlang zu seiner Quelle.

Sie lag auf halber Höhe des einen Berges in einem schattigen Wald. Die Sonne fiel schräg mit hellgoldenen Fächern durch die tiefen, breiten Tannenzweige und einige Schmetterlinge umkreisten einander an der Stelle, wo das Licht im Halbdunkel des Waldes am hellsten war. Die Quelle tanzte aus dem Waldboden, und dann sprang und rollte das Wasser über faustgroße helle Kiesel und zog eine Rinne durch den Waldboden und fiel hinunter und wurde zum Bach, der in der Ferne das Tal verließ …

Ich erinnere mich, dass ich neben der Quelle saß und ihr zusah, wie sie sich bewegte. Alles war still, nur dieses ewige Tanzen und Strömen drang aus der Erde und mein Atem wurde ruhig und nichts tat mehr weh. Mein Atem ging leicht durch meine Brust, mein Kopf war leicht und klar. So saß ich da und wusste, dass ich nie mehr anders leben wollte. Nie wieder anders …

Wenn ich erwachte, blieb dieses Gefühl der Gesundheit

bei mir. Es blieb in mir und um mich herum wie ein Echo eines Lieblingsliedes. Erst nach ungefähr einer halben Stunde kamen die Schmerzen in meinen Körper zurück und erinnerten mich daran, dass ich nicht im Paradies war. Noch nicht.

Meine Gedanken begannen zu fragen, was ich tun könnte, um dieses Traumland in mein wirkliches Leben zu retten, und damals wusste ich noch keine Antwort. Ich lag da und freute mich darauf, wieder einzuschlafen. Das Erstaunliche war nämlich, dass ich mir den Besuch meines Traumlandes wünschen konnte. Wie eine Fahrt an die Ostsee … oder zu den Pyramiden. Am meisten aber freute ich mich auf die Zeit vor dem letzten, dem großen Einschlafen am Abend. Wenn meine Mutter das Licht gelöscht, mir einen Kuss auf die Stirn gegeben und die Tür zu meinem Zimmer geschlossen hatte, dann war der Moment gekommen, an dem ich Besuch bekam. Ich bekam Besuch von einem Mann. Das erste Mal glaubte ich noch erschrecken zu müssen, aber schon bei diesem ersten Mal erlebte ich, dass nicht die geringste Furcht notwendig war. Nicht die geringste.

Ich lag in der Dunkelheit und begann langsam zu spüren, dass der Schlaf in meine Gedanken trat, als ich eine Bewegung an meinem Bett fühlte. Es war, als ob sich jemand ganz langsam an mein Bett setzte und dort für einen Moment verweilte. Ein Anflug von Schreck überkam mich, aber in der Stille, die nach der ersten Bewegung eintrat, war nur Wärme zu spüren und eine zärtliche Leichtigkeit. Ich atmete ruhig weiter, als sich jemand zu mir in das Bett legte. Unter meine Decke. Neben mich. Hinter mich.

Ich war am Rand eines Traumes und dennoch klar und wach. Ich fühlte, dass es ein Mann war. Es war ein Mann, der eine tiefe Bedeutung für mich hatte. Für meine Seele, für mein Herz, meinen Körper, für mein Leben. Ich konnte ihn niemals sehen, aber ich wusste, dass er aus meiner Zukunft kam. Die Begegnungen mit ihm dauerten ungefähr ein halbes Jahr an. Sie verliefen immer gleich. Er kam, es beruhigte mich, er war nah, ganz nah und voller Vertrauen und in seinem Schweigen war alles enthalten, was ich fragen wollte. Ich verbrachte meine Tage damit, die Routine hinter mich zu bringen, um endlich ungestört meinem Freund begegnen zu können. In unserem Schweigen wurde so vieles erzählt, das ich erst viel später wieder erkannt habe, als ich das Paradies gefunden hatte, aber damals war dieses Schweigen das einzig Richtige für ein Mädchen von 8 Jahren. Nach einem halben Jahr kam er nicht mehr zu mir und ich beschloss, wieder gesund zu werden. Mein Schutzengel war sehr froh, als er diesen Gedanken in meinen Gefühlen erkannte und half mir, ihn in dieser Welt Wirklichkeit werden zu lassen …

Der Schutzengel

Ja, Sie haben richtig gelesen. Mein Schutzengel. Ich nenne ihn auch heute, viele Jahre später, noch so. Die Sprache der Kinder muss niemals aufhören, ihre Kraft zu entfalten. Die einzige Frage ist die, ob es sich um Märchen aus der Kinderzeit handelt oder um ewige Bilder der Wahrheit.

Es ist nicht die Schuld der Wahrheit, wenn wir im Laufe des Lebens verlernen, sie beim Namen zu nennen. Es ist die Schuld jenes Teils unseres Denkens, der Wahrheiten der Seele ausblendet. Um überleben zu können. In einer Welt voll Zynismus, Grausamkeit und Lieblosigkeit. In der Welt, in der diese Worte Ausdruck des Alltags sind, hat ein Wort wie Schutzengel nichts verloren. Diesen Gedanken pflegen allerdings nur diejenigen, die genau dieses Wesens am dringendsten bedürfen.

Als ich noch in der Zeit meines Lebens war, in der ich mich über die Realität unserer Welt erstaunte, war ich oftmals sprachlos. In den Zeiten, in denen ich begann, zur Frau zu werden, wollte mein Denken nicht verstehen, warum es so viel Verweigerung gibt.

„Warum verweigern die Menschen den Weg, der sie zu ihrem Wesen führt? Warum leugnen sie die Kräfte der Seele? Warum zementieren sie ihre Regeln der Lieblosigkeit in unseren Alltag? Warum verweigern sie anzuerkennen, dass es Schutzengel gibt? Um nicht wie ein träumendes

Kind zu wirken? Weil dieses Wissen eines träumenden Kindes nichts in einer Geschäftsverhandlung zu suchen hat, in der es darum geht, den Partner über den Tisch zu ziehen?“

Heute weiß ich, warum es diese Verweigerung gibt. Sie ist das Ergebnis unendlicher Angst. Angst, zugeben zu müssen, dass es einen Weg gibt in unserem Leben, der uns vom Irrsinn unserer Geschichte fortführt in den Beginn der Geschichte vom Paradies. Noch glauben so viele dieser kämpfenden, tretenden, liebestötenden Wesen daran, dass es darum geht, einen Sieg zu erringen. Einen Sieg, der den Gegner unterwirft. Einen Sieg, der den Sieger unbezwingbar macht. Einen Sieg, der ihm ewigen Wohlstand bringt. Einen Sieg, der mit der Niederlage und der Unterwerfung seines Bruders beginnt und seiner Schwester …

Wenn Sie weiter mit mir in diese Geschichte eintreten wollen, bitte ich Sie, für die Dauer dieser Erzählung zu glauben, dass es einen anderen Weg gibt. Einen Weg, der ins Paradies führt. Einen Weg, auf dem Sie von Ihrem Schutzengel begleitet werden …

Ich habe meinen Schutzengel in einem Moment des größten Schmerzes kennen gelernt. Ich war zwei Jahre alt und das Schicksal hatte beschlossen, mir eine Kinderlähmung zu schicken. Meine Eltern sind damals fast verrückt geworden aus Sorge um mich – heute weiß ich, dass dieses erstaunliche Leben die unterschiedlichsten Farben bereit hält, um an unserem Bild zu malen und alle Farben dienen nur einem einzigen Zweck. Sie wollen, dass wir lernen zu sehen. Manchmal ist die Farbe der Duft eines frisch aufgebackenen Brotes, manchmal der Schmerz eines kleinen Kindes, dessen Beine gelähmt sind und das noch nicht sprechen kann …

Ich erinnere mich sehr gut an die fragenden Gesichter der Ärzte, die um mein Bett standen. Ich sah ihre irritierten Gesichter und wollte ihnen sagen, wie weh es mir tut. Wie weh mir ihre Spritzen tun, mit denen sie mein Rückgrat punktierten, wie weh mir die Arme taten, wenn sie mir Medikamente spritzten und wie weh mein Körper vom ewigen Stillliegen tat. Ich erreichte sie nicht. Meine Sprache war noch nicht gefunden und meine Worte ergaben für sie keinen Sinn. Ich lag da und versuchte, ihnen zu sagen, dass sie mich doch in Ruhe lassen sollten und als ich nicht zu ihnen durchdringen konnte, drehten sie sich um und gingen weg. Ich blieb liegen und sah an die Decke. Ich wollte nicht mehr so daliegen. Ich wollte aufstehen und gehen. Ich wollte den gnadenlosen Schmerz nicht ertragen, der über mich kam, als ich mich wegdrehen wollte. Wegdrehen von dieser Welt.

In diesem Moment fühlte ich eine weiche Welle von Wärme, die über mich strich. Wie eine warme, freundliche Hand eines Wesens, das mich beobachtete und immer schon da gewesen war. „Es dauert nicht mehr lange“, sagte eine Stimme zu mir. Ich hörte sie, als wäre ein Echo im Raum. Die Stimme war nicht in meinem Kopf und sie war nicht in meinem Zimmer. Sie war in einem Punkt zwischen meinem oberen Rücken und meinem Brustbein. Genau dort hörte ich fühlend diese Stimme. Und ich fühlte, dass da noch jemand war. Ganz nah, ganz in mir und doch als ein anderes Wesen. „Wer bist du?!“, dachte es in mir. „Ich bin dein Schutzengel. Ich war immer schon bei dir und werde es immer sein. Und glaube mir, bald ist es vorbei und du kannst wieder gehen."

Ich habe diese Geschichte hie und da in meinem Leben erzählt. Manchmal habe ich dabei in Augen geblickt, die davon wussten, dass sie nicht alleine sind, und manchmal bin ich als komplett verrückt erkannt worden. Es gab eine Zeit im Leben, da hat es mich sehr traurig gemacht, als verrückt zu gelten. Es gab eine Zeit, in der ich mit dieser Geschichte testen wollte, wem ich gegenüber saß. Heute ist es an der Zeit, in meinem Leben nicht mehr darauf zu achten, wer mich für verrückt erklärt oder für eine Märchenerzählerin hält. Heute ist es für mich an der Zeit, zu erzählen, was ich weiß. Ich tue dies, um all denjenigen ein Zeichen zu geben, die wissen, wovon ich spreche. Ein Zeichen, dass sie mit ihrem Wissen von der Wirklichkeit nicht alleine sind. Ein Zeichen, dass der Moment gekommen ist, um die so genannte Wirklichkeit, in der wir die letzten tausenden Jahre gelebt haben, zu verabschieden. Ein Zeichen, dass wir an dem Punkt angekommen sind, von dem wir in unseren frühesten Märchen geträumt haben. An der Tür zum Paradies …

Seit jenem Tag, an dem ich ihn zum ersten Mal gehört hatte, ist mein Schutzengel bei mir. Er lebt in meiner Welt als ewiger Duft, der so fein ist, dass es meiner vollen Aufmerksamkeit bedarf, um ihn wahrzunehmen. Ich muss einen stillen Raum schaffen, im Lärm des Alltags, ich muss ihn anrufen, um ihn zu sprechen, dann ist er da. Dieses ewige Dasein hat eine besondere Farbe. Diese Farbe ist durchsichtig. So wie der Schutzengel ist. Durchsichtig.

Wir müssen uns für einen besonderen Moment lang von den grellen Farben abwenden, um diese besondere Farbe wahrzunehmen. Das braucht Erfahrung und Übung. Ich habe Menschen kennen gelernt, die ein Leben lang nicht mit ihrem Schutzengel in Berührung gekommen sind. Zum einen lag das daran, dass sie keinen Moment erlebt hatten, der so schmerzhaft war, dass er in Erscheinung treten musste. Zum anderen war ihnen niemals erzählt worden, dass sie sich zu ihrem Engel hinwenden können. Diese Menschen waren ein Leben lang begleitet und beschützt, ohne es zu wissen. Diese Wahrheit zeigt uns etwas ganz Besonderes. Sie zeigt uns, dass wir unser Leben nur in den Bahnen leben, die vor unserem Auge offen daliegen. Nur das was wir sehen und wissen, wird Teil unseres bewussten Lebens. All die anderen unendlichen Wahrheiten aber, von denen wir umgeben sind, warten nur darauf, ob wir unseren Blick auf sie richten. Wenn wir ein Musikstück hören, können wir entscheiden, wie wir es hören wollen. Entweder hören wir es als Ganzes oder wir konzentrieren uns auf die verschiedenen Teile, aus denen es zusammengesetzt ist. Erst wenn wir es oft genug gehört haben und glauben, es zu kennen, wird es uns möglich, uns auf eine Farbe in der Vielfalt zu konzentrieren.

Mit einem Mal hören wir, wie wunderbar eine Bassgitarre mit wenigen tiefen Tönen ihr Lied erzählt. Wie fein ein Teppich von Geigen die Hauptmelodie weiter trägt. Wie präzise das Schlagzeug den Herzschlag vorantreibt. All diese einzelnen Teile treten erst dann in den Vordergrund, wenn wir uns die Zeit nehmen, bewusst darauf zu achten. Dann erst erkennen wir, dass Musik unendlich viel mehr ist als der Klang aus dem Radio, der uns am Morgen gute Laune bringt. All das gilt für unser ganzes Leben. Das, worauf wir unsere Aufmerksamkeit richten, wird zum Hauptthema unseres Daseins. Das, worauf wir hören wollen, wird stark und erzählt uns seine Geschichte. Das, was wir sehen wollen, tritt aus dem Gemälde des Alltags hervor und wird zum Mittelpunkt all unseres Daseins. So ist es auch mit dem Schutzengel. Erst wenn wir ihn zum ersten Mal selbst erlebt haben, wird er zu unserer Realität. Erst wenn uns jemand auf unseren Schutzengel aufmerksam gemacht hat, erlaubt sich unser Denken, ihn Wirklichkeit werden zu lassen. Es ist unsere Entscheidung, ob wir unsere Augen dazu verwenden wollen, zu sehen und unsere Ohren, um zu hören. Wenn wir allerdings einmal damit angefangen haben, dann gibt es kein Zurück mehr. Dieser Zauber ist das schönste, was uns das Leben schenken kann. Wenn wir einmal die Sonne über der Wüste gesehen haben, wie sie langsam und vibrierend wie ein uralter Gott in den Sandwellen versinkt, können wir niemals mehr vergessen, welchen Tropfen der Ewigkeit wir beim Verglühen erlebt haben. Nie mehr …

An dem Tag, an dem mein Schutzengel sich mir zu erkennen gegeben hatte, begann seine Prophezeiung wahr zu werden. Am Abend jenes Tages kam ein junger Arzt an mein Bett, den ich noch nie zuvor gesehen hatte. Er hatte dunkelbraune Haare und sehr, sehr dunkle Augen. Sie erinnerten mich ein wenig an dunkle Schokolade, und als ich zum ersten Mal in seine Augen sah, musste ich lachen. Ich musste lachen, weil ich sofort an dunkle Schokolade denken musste, und ich musste lachen, weil in seinen Augen so viel Heiterkeit leuchtete. So viel. Er war nicht sehr groß und ein wenig rundlich. Nein, er war nicht dick, aber so angenehm rundlich, wie es Menschen sind, die mit großer Lust und Freude von Zeit zu Zeit dunkle Schokolade essen.

Er beugte sich zu mir und sah mich mit großer Heiterkeit an: „Aha“, sagte er ohne jeden Umweg. „Du heißt also Maria.“ „Ja“, sagte ich und lächelte ihn an. „Aha … und du liegst gerne hier?!“ … Ich musste lachen und antwortete: „Nein!“ „Aha … dann solltest du aufstehen und hier raus gehen!“ Nach diesem Satz war es mir nicht mehr möglich, ernst zu bleiben und voller Respekt und Angst. So wie ich mich fühlte, wenn die anderen Ärzte an mein Bett getreten waren. Ich musste laut loslachen und sagte, „das kann ich nicht!“ „Naja, wenn du das glaubst“, antwortete er, „dann frage ich mich, wer mit mir Ball spielen soll …“

Mit diesen Worten zog er einen kleinen roten Ball aus der Tasche seines weißen Mantels und ließ ihn einige Male auf dem Boden aufschlagen. Der Ball war kirschrot und glänzend, und jedes Mal wenn er vom Boden hochflog, flog er in mein Blickfeld. Dort erreichte er seinen Höhepunkt, blieb einen Herzschlag lang auf diesem Punkt und fiel dann wieder zurück. Der junge Arzt fing ihn auf, warf ihn über seinen Kopf mit weichem Bogen von einer Hand in die andere Hand, warf ihn gegen die Wand und fing ihn endlich wieder in seinem Flug auf und hielt ihn mir über mein Bett.

„Schöner Ball, nicht wahr?“, sagte er und steckte ihn wieder ein. „Sehr schöner Ball“, antwortete ich und blickte dem Arzt nach, der wieder zur Türe ging. „Also … wenn du mit mir Ballspielen willst … dann musst du aus diesem langweiligen Bett aufstehen … ist das klar?!“ … „Ja“, antwortete ich, und dann sah er mich einen langen Moment an. Seine Augen lachten immer noch. Wie ein frecher Junge, der nicht zur Schule gehen will. Dann zog er noch einmal kurz den Ball aus der Manteltasche, winkte mir zu und ging.

Von diesem Tag an hatte ich genug. Ich hatte genug davon, in diesem elenden Bett zu liegen, genug davon, mit Spritzen gequält zu werden, genug davon, stundenlang an die Decke zu starren. Ich wollte mit all meiner Kraft raus. Raus aus diesem Gefängnis, in das mich mein Schicksal vorübergehend eingeschlossen hatte.

In späteren Zeiten in meinem Leben versuchte ich zu verstehen, warum ich am Anfang meiner Laufbahn gelähmt war. Eine Astrologin erklärte mir dann, dass diese Prüfung auf eine schicksalhafte Konstellation in meinem Horoskop zurückzuführen war. Diese Konstellation besagte, dass mein Saturn, den die Astrologen auch den „strengen Lehrer“ nennen, dafür verantwortlich war. Saturn wollte, dass ich „verharren“ sollte. Nun gut. Ich erkannte damals keinen Sinn in dieser Prüfung und versuchte immer wieder zu verstehen, warum ich schon als kleines Kind stehen bleiben sollte, wo doch alles in meinem Leben losgehen wollte. An dem Punkt, an dem ich dann erkannte, dass mein Denken mir keine Lösung bringen würde, öffnete mein Schutzengel die einzig mögliche Türe. „Die Seele lernt nur an dem, was der Verstand nicht begreift.“ Diesen Satz ließ er mich wissen und zog sich wieder in sein

Schweigen zurück. Ich muss sagen – er hat Recht. Die Essenz seines Satzes bedeutet, sich hinzugeben. Hingeben und Vertrauen. Eine Farbe, die selten verwendet wird …

Damals, als zweijähriges Mädchen, wollte ich davon nichts wissen. Ich war auf gesunde Weise wütend auf meinen Zustand und begann, ihn ändern zu wollen. So wie eine kleine Katze, die in einen Teich gefallen war, begann meine Lebensenergie in mir zu strampeln. Ich konnte es fühlen, wie aus einer unsichtbaren Quelle meine Energien zu sprudeln begannen.

Mit jedem Tag begann ich, meinen Körper wieder zu fühlen. In meinem Kopf zündete eine Flamme und ich sah immer wieder dasselbe Bild vor mir. Ich sah, wie ich aus diesem langweiligen Bett aufstand. Ich sah, wie ich mich in die Mitte des Zimmers stellte. Ich sah, wie ich den kleinen roten Ball auffing und ich sah, wie ich ihn zurück warf. In die Hände des lustigen, etwas rundlichen jungen Arztes. Jeden Tag kam er zwei Mal an mein Bett … sah zu mir herunter, lächelte, warf den Ball in die Luft und ging. Manchmal ohne ein Wort. Das machte mich wütend. Ich hatte das Recht auf ein kurzes Gespräch. Dachte ich. Ich hatte das Recht darauf, gefragt zu werden, wie es mir ging. Ich hatte das Recht darauf, mitzuspielen. Nach zwei Monaten nahm ich mir das Recht und stand auf.

Niemals werde ich das fassungslose Gesicht meiner Krankenschwester vergessen, als sie eines Morgens in mein Zimmer kam und ich in meinem Bett stand. Ich war aufgewacht und hatte das Gefühl, dass es an der Zeit sei, aufzustehen. Also schob ich meine Decke beiseite, stand auf und war bereit, zu spielen. Sie holte alle verfügbaren Ärzte, die auch sogleich herbeieilten und überlegten, welche Spritzen es gewesen waren, die meine Heilung so „über Nacht" vollbracht hatten. Am Nachmittag jenes Tages kam er endlich. Mein Spielkamerad. „Was höre ich?!", sagte er, als er in mein Zimmer trat. „Bist du endlich soweit?" ... Ich sah ihn herausfordernd an und sagte: „Ja!" Dann rutschte ich aus meinem Bett und war bereit. Er sah mich einen Moment lang an und sagte nichts. Dann zog er den Ball aus seinem Mantel und wir begannen endlich zu spielen.

Viele Jahre später wollte ich ihn wieder finden und mit ihm über diese Zeit reden und mich bedanken. Doch er arbeitete nicht mehr in diesem Krankenhaus, und niemand konnte mir sagen, wohin ihn sein Weg geführt hatte.

Manchmal nehme ich auch heute noch den kleinen roten Ball in die Hand, den er mir geschenkt hatte, als ich das Krankenhaus mit meinen Eltern verließ. Es ist eigenartig, wie klein er heute ist. Damals war er so groß wie die Welt, und meine beiden Hände waren bemüht, ihn zu fangen. Heute ist er ein kleiner runder Ball, der leicht in meiner Hand aufschlägt, wenn ich ihn hochwerfe und fange ...

Ist es nun so, dass es großer Schmerzen bedarf, um solche Begegnungen zu erleben? Brauchen wir die Nähe des Todes, um uns der Schönheit des Lebens bewusst zu werden? Hören wir unseren Schutzengel erst dann, wenn er uns von einem Abgrund zurückruft? Ich glaube, es ist nicht unbedingt notwendig. Es gibt Menschen, die sagen, dass es kein Bewusstsein gibt, das ohne Schmerzen entsteht. Erst das Verdursten lässt uns die Kostbarkeit eines Schluckes Wasser in der Wüste erkennen. Ich denke, dass diese Ansicht ihre Berechtigung hat. Zum Teil. Zu einem anderen Teil glaube ich, dass das Geschenk des Bewusstseins auch durch Geduld erhalten werden kann. Geduld und die Bereitschaft zuzuhören haben die Kraft, uns die Augen zu öffnen und im Falle großen Glücks müssen wir nicht den Weg der Schmerzen und der Einsamkeit gehen, um zu begreifen, welche Freude es bedeutet, nicht allein zu sein und ohne Behinderung über eine Wiese zu laufen.

So war ich also nach dieser Erfahrung mit meinem Schutzengel und dem Erleben meiner inneren Kraft zu dem Mädchen geworden, das anfing zu erkennen, dass Männer und Frauen ein seltsames Spiel miteinander spielen. Nachdem ich es als außergewöhnliches Spiel bei meinen Eltern erlebt hatte, begann ich zu erfahren, dass es das normale Spiel ist, dass alle Männer und Frauen auf dieser Welt spielen und damals hatte mir noch niemand gezeigt, dass wir jederzeit damit aufhören können, dieses Spiel der Grausamkeit zu spielen. Ich wurde ein wenig älter und glaubte daran, mitspielen zu müssen.

Die Spiele

Sebastian war sehr verliebt in mich. Das konnte man schon am ersten Tag sehen. An jenem ersten Tag, an dem er neu in unsere Schulkasse kam. Ich war 12 Jahre alt und saß alleine in einer Schulbank. Nahe am Fenster. Ich hatte diesen Platz sehr gerne. Ich konnte so leicht aus dem Fenster hinaussehen und träumen, wenn der Unterricht mich langweilte. Und er langweilte mich mit jedem Tag mehr und mehr. Als die Plätze am Anfang des Schuljahres zugewiesen wurden, musste ich mich innerhalb weniger Sekunden entscheiden. Wollte ich mit einem anderen Jungen in einer Bank sitzen? Der Gedanke war völlig lächerlich. Wollte ich mit einem anderen Mädchen die endlosen Stunden teilen? Der Gedanke war überlegenswert, da ich dann jemanden gehabt hätte, mit dem man flüstern und lachen konnte. Oder wollte ich doch lieber ganz alleine sitzen und so wenigstens den Raum für meine Ungestörtheit beschützen? Ich entschied mich für das Alleinsein. Irgendwann wäre jedes Gerücht zum tausendsten Mal besprochen gewesen. Irgendwann wäre jedes Plaudern über die Lehrer und ihre seltsamen Hosen zur Wiederholung der Wiederholung geworden. Irgendwann wäre ich neben einem anderen Mädchen wortlos geworden und das hätte mehr Schaden angerichtet, als gleich von Anfang an alleine zu sitzen.

Also stimmte ich mit gut gespielter Enttäuschung zu, als der Professor am Jahresanfang fragte, ob ich den letzten freien Platz nehmen wollte. Da saß ich dann mit heimlicher Freude an meiner Ungestörtheit und sah aus dem Fenster …

Die Wolken zogen immer noch so langsam über den Himmel wie an meinem 7. Geburtstag, aber die Ahnungen, die sie erzählten, waren andere geworden. Ein Anflug von Ernsthaftigkeit begann sich in mir auszubreiten, und ich bemerkte, dass ich mehr und mehr Freude daran entwickelte, alleine zu sein, nachzudenken und zu schweigen. Mein Nachdenken hatte kein bestimmtes Thema. Ich saß nicht da und dachte darüber nach, ob das Universum Grenzen hatte. Im geographischen Sinn. Und ob diese Grenzen messbar wären. Im physikalischen Sinn. Nein, derlei Gedanken machte ich mir damals noch nicht. Es war vielmehr so, dass ich das Gefühl hatte, als ob mein Denken sich auf etwas vorbereiten würde. Aus meinem schwebenden Träumen und den immer wiederkehrenden Gesprächen mit meinem Schutzengel wurde etwas, das ich eine Denkbereitschaft nennen möchte … Mein Denken suchte sich nicht ein Thema und beleuchtete und analysierte es auf allen Ebenen. Mein Denken reagierte vielmehr wie ein junges Tier. Wenn ein Satz mir auffiel in einem Gespräch, wenn eine Bemerkung in einer Runde ernsthaft streitender Menschen meine Aufmerksamkeit fesselte, wenn ein Kind mit ewig ruhigem Blick einem fliegenden Staubkorn nachsah, wenn so etwas geschah, begann mein Denken schnell und ungezügelt seine Kommentare abzugeben. Mit schnellen undisziplinierten Drehungen. Wie eine junge Katze, die springend und rollend mit einem Papier Ball spielt. So empfand ich die Vorbereitung meines Denkens auf die großen Fragen, von denen ich fühlte, dass sie da draußen hinter den langsam ziehenden Wolken auf mich warteten …

Eine dieser Fragen bestand darin, wie ich darauf reagieren sollte, dass Sebastian offensichtlich in mich verliebt war. Vom ersten Augenblick an. Das Schuljahr war bereits drei Wochen alt, als der Direktor am Beginn der 3. Stunde an einem Montagmorgen die Klassenzimmertüre öffnete und herein trat. Mit ihm trat ein Junge ein. Er war sehr schlank, hatte blonde Haare und ruhige blaue Augen. Er war sehr hübsch. Er stand da und hielt seine Schultasche unter seinem Arm und sah sich um. Alle Jungen und Mädchen betrachteten ihn wie ein neues fremdes Tier, das sich der Wasserstelle nähert. In den ersten Bruchteilen von Sekunden entschieden alle diese jungen Menschen in diesem Raum, wie sie Sebastian gegenüber empfinden wollten. Die Jungen überlegten, ob er eine Konkurrenz war und ob man sich mit ihm verbünden sollte oder ihn verachten, die Mädchen sahen genau hin und stellten fest, dass er der hübscheste Junge war, den es in unserer Schule gab. Und dann stellten sie fest, dass er an meine Bank geführt wurde und neben mir sitzen sollte, weil neben mir der einzige freie Platz war. Ja, so schnell kann sich ein Nachteil in einen Vorteil verwandeln. Es kommt nur darauf an, dass man einen langen Atem hat. In jeder Situation des Lebens. Und das Leben ist lang. Es besteht nicht nur aus den kleinen kurzatmigen Vorteilen des Augenblicks. Es besteht auch darin, Geduld zu haben. Allein sein zu können. Bereit zu sein, für den Augenblick, der wie ein Blitz einschlägt. Sebastian setzte sich neben mich, nickte mir zu und sagte: „Hallo!“ Ich sah ihn an, nickte ihm zu und sagte „Hallo!“ Dann begann der Unterricht und wir sahen gemeinsam nach vorne und ich spürte, dass er sich in der ersten Sekunde in mich verliebt hatte. So was gibt es. Die Franzosen nennen das einen „coup de foudre" und gegen diese Gewalt ist der Mensch machtlos. Schlichtweg machtlos. Ich saß neben Sebastian und ich sah zu, wie er seine Schulhefte auf den Tisch legte. Er überschritt dabei wie zufällig die unsichtbare Trennlinie, die die Mitte der Tischplatte markierte und stieß mit einem seiner Hefte an eines meiner Hefte. Die zufällig sehr nahe an der Mittellinie lagen, die die Mitte der Tischplatte markierte. Ich zog mein Heft darauf ein wenig zurück und Sebastian sagte „entschuldige" und zog sein Heft ebenfalls ein wenig zurück. Dabei berührte seine Hand meine Finger, und ich wusste schon damals, dass nichts, aber auch gar nichts auf diesem Planeten zufällig geschieht ...

Am Ende des ersten gemeinsamen Tages trat noch etwas ein, das Unwissende als Zufall bezeichnen würden. Sebastian und ich hatten denselben Weg nach Hause. Das stellte sich heraus, als ich mich von meinen Freundinnen verabschiedet hatte. Wir waren noch eine Weile vor dem Schultor beisammen gestanden und hatten darüber geredet, wie seltsam das aussah, dass der Neue ein blaues Hemd zu einer hellen Hose trug. Dazu auch noch blaue amerikanische Tennisschuhe. Ich fand das eigentlich sehr toll und fand, dass er aussah wie einer der Jungen aus dem Fernsehen, die am Wochenende in einer Serie zu sehen waren, aber meine Freundinnen fanden das alles nur lächerlich, also gab ich ihnen Recht, fand es lächerlich und verabschiedete mich ...

Damals war es mir noch wichtig, nicht aus meiner Gruppe heraus zu fallen, in die mich das Schicksal mutwillig hineinversetzt hatte. Damals war es mir noch wichtig, das Gefühl zu haben, akzeptiert zu werden. Von der Mehrheit. Heute hat sich das geändert. Heute weiß ich, dass das einzig wirklich Wichtige im Leben darin besteht, dass ich mich selbst akzeptiere. Mich selbst. Ohne Rücksicht auf so genannte Verluste. Ich sage deshalb so genannte Verluste, weil es nur ein Gewinn ist, wenn sich Menschen verabschieden, die nicht meine Kultur teilen. Es befreit, es erleichtert und schafft Raum. Raum für diejenigen Menschen, mit denen ich dieselbe Anschauung der Welt teile. Dieselbe Freude teile daran, dass wir im Paradies leben …

Damals, als ich mich umdrehte um nach Hause zu gehen, wusste ich von all diesen Gedanken und Entscheidungen noch nichts. Ich wusste nicht, dass es eine Kultur gibt, die darin besteht, dass ein Mensch zu sich selbst findet, sich zu sich selbst bekennt und das der Welt und allen anderen Menschen zu erkennen gibt. Ich wusste noch nicht, dass nur Genauigkeit im Denken und Fühlen zu einer Heilung führt, die alle anderen Menschen erkennen. Sobald sich diese unverwechselbare Haltung zeigt, bleibt es jedem überlassen, ob er mit mir sein will oder ohne mich. Und auch ich kann entscheiden, mit wem ich das Kostbarste meines Lebens teilen will oder nicht. Mit wem ich meine Zeit teilen will. Damals gab es für mich nur zwei Möglichkeiten. Die eine bestand darin, meinen Freunden beizupflichten oder alleine zu sein. Um die Wahrheit zu sagen war es so, dass ich ein Doppelleben führte. Um meine Ruhe zu haben und um nicht ausgegrenzt zu werden stimmte ich der Gruppenmeinung zu, nickte, lachte und plauderte und danach zog ich mich in meine Welt zurück die ich mit niemandem teilen musste. Mein Alleinsein. Viel später erst in meinem Leben habe ich erkannt, dass es einen dritten Weg gibt. Den Weg, der darin besteht, so deutlich wie möglich meine eigene, meine wahre Natur zu zeigen. Alle diejenigen damit anzuziehen, die diese Wahrheit meiner Natur lieben und nicht verändern wollen und mit dieser Wahlfamilie durch das Leben zu gehen. Dieser Weg allerdings, dieser Weg ist der Weg, der in das Paradies führt …

Damals allerdings war ich erstmal auf dem Weg nach Hause. Ich war ein paar Straßen von der Schule entfernt, als ich das Gefühl hatte, mich umdrehen zu müssen.

Ich drehte mich um und sah, dass Sebastian einige Meter hinter mir ging. Er trug seine Schultasche nicht wie die anderen Jungen auf dem Rücken, sondern unter seinem Arm, und der Sommerwind blies seine blonden Haare in seine Stirn. Ich blieb stehen und sah ihn an. „Warum gehst du mir nach?“, fragte ich, und dann kam er heran und blieb sehr nahe vor mir stehen. Seine Haut war ein wenig dunkler als die Haut aller anderen in der Schule. Das kam daher, dass er bis vor einer Woche noch im Süden gelebt hatte. Seine Eltern waren Geschäftsleute und hatten die letzten 10 Jahre in Rom gelebt. Deshalb hatte Sebastian leicht gebräunte Haut, was für einen so blonden Jungen sehr außergewöhnlich war. Es sah aber sehr gut aus und passte zu seinem hellblauen Hemd, das er zu seiner hellen Hose trug. Er stand vor mir und sagte: „Ich gehe dir nicht nach … ich wohne da vorne.“ Er zeigte in die Richtung, in die auch ich gehen musste, weil ich auch da vorne wohnte. „Das ist ja lustig“, antwortete ich, „ich wohne auch da vorne“, und dabei lächelte ich ihn an, weil es ein eigenartiger Zufall war, dass er vom Schicksal so nahe bei mir abgesetzt worden war. „Ich wollte dich nicht erschrecken“, sagte er und sah dabei sehr ernst und erwachsen aus. „Aber wenn du möchtest, warte ich hier bis du weiter weg bist und gehe dann erst nach Hause.“ Er sagte diesen Satz mit einer großen Ernsthaftigkeit, und ich beschloss, dass ich nicht wollte, dass er an dieser Stelle stehen bleiben sollte, bis ich um die Ecke gebogen war. „Nein, ist schon in Ordnung“, sagte ich, „wir können gerne gemeinsam gehen.“ Er nickte kurz und sagte „okay“, und dann gingen wir nebeneinander nach Hause. Ich drehte mich noch zweimal um, um sicher zu sein, dass uns niemand sehen konnte. Es war weniger eine Sache meiner Unsicherheit als eine Sache meiner Sicherheit. Ich wollte sicher sein, dass wir unsere ersten Zeiten ungestört beginnen konnten. Ein Gedanke, der noch ungenau und herumspringend wie eine verspielte Katze war, sagte mir, dass es schön war, mit Sebastian nach Hause zu gehen. Und dieser Gedanke sagte mir auch, dass ich diesen Moment beschützen sollte. Vor der Welt, vor den anderen. Immerhin war jetzt endgültig klar, dass er in mich verliebt war, und diesen Zustand wollte ich fürs Erste mit niemandem teilen.

An diesem Tag, während dieses ersten gemeinsamen Weges wusste ich noch nicht, wie schwer es ist, eine Liebe zu beschützen. Es gab eine Ahnung in mir, eine ferne Welt am Horizont der Alltäglichkeiten, die uns zuflüsterte, dass ich diesen Weg, diese Gemeinsamkeit, dieses Verliebtsein geheim halten sollte. Wie unendlich wichtig es tatsächlich ist, das erste Aufblühen einer Blume der Seele zu beschützen, weiß ich erst heute. Heute, wo ich eine erwachsene Frau geworden bin, die durch die Prüfungen des Scheiterns, die Prüfungen der Einsamkeit gegangen ist. An jenem Tag, als ich mit Sebastian nach Hause ging, erlebte ich zum ersten Mal den Zauber einer Liebe, die an ihrem Anfang steht. Jeder Schritt mit ihm wurde zu einem Abenteuer der Neuigkeit. Es war neu, zu spüren, in welchem Rhythmus er neben mir ging. Es war neu, zu fühlen, wie nahe er an mich herankam, als wir einer Frau ausweichen mussten, die einen Koffer an uns vorbei zu ihrem Auto trug. Sebastian kam ganz nah an mich heran und legte sogar kurz seinen Arm auf meine Schulter, als wir einen Bogen um die Frau und ihren Koffer machen mussten. In diesem Moment der Nähe spürte ich, dass sein Körper sehr schlank war und warm. Seine Brust, die kurz meinen Oberarm berührte, war warm unter seinem blauen Hemd, und als er so nahe bei mir war, bemerkte ich, dass er unwahrscheinlich gut duftete. Er duftete nach einer großen weißen Blume, die ich in einem Palmenhaus gesehen hatte. Mitten im Winter. Es war ein eiskalter Wintertag und ich besuchte am Wochenende mit meinen Eltern das alte Palmenhaus, das im Zentrum der Stadt in einem uralten Park gelegen war. Wir öffneten die hohen, weiß lackierten Türen mit den kleinen Fensterflächen und traten in den schwülen, heißen Palmengarten. Die Wege waren dick mit Rindenstückchen ausgelegt, auf denen man wie auf einem Teppich aus 1001 Nacht beim Gehen versank. Unzählige Farne, Palmen und Lianen umarmten einander zu einem grünen Zauberwald, der mitten in der eiskalten Stadt ein Märchen aus einer anderen Welt erzählte. Ich wanderte langsam durch die überhängenden Äste und Blüten, und neben einem kleinen Wasserfall, der aus einer Steingrotte heraustrat, fand ich eine große, weiße, gut duftende Blüte. Sie hing wie ein schlafender Waldgeist an ihrem Stiel, und von Zeit zu Zeit wippte sie langsam auf und ab, wenn sie ein Tropfen von dem Wasserfall berührt hatte. Ich beugte mich nahe zu ihr und atmete ihren Duft ein. Vanille, Zimt und Honig. So warm und leicht duftete diese stille Blüte an jenem fernen Tag im eiskalten Winter …

Genauso duftete Sebastian. Für den kurzen Moment, als er ganz nah bei mir war. Ich sah ihn an und musste lachen. „Warum lachst du?", fragte er und ich sagte: „Das erzähle ich dir ein anderes Mal." „Okay", sagte er, und dann waren wir bei meinem Haus angekommen. Noch nie in all den Jahren, seit ich in meine Schule ging, war der Weg so kurz gewesen. Das war seltsam. Ich blickte zurück und begann zu ahnen, dass die Zeit ein seltsames Tier ist. Dieses Tier läuft mit uns auf unserem Weg, und manchmal macht dieses Tier uns Angst und lähmt uns vor Schreck, und dann bleibt das Tier Zeit neben uns stehen und fragt: „Und … was jetzt?!" … und manchmal läuft es vor uns her und zieht uns mit und verwandelt Stunden in Sekunden und lächelt uns an und sagt: „Vergiss nicht, dass alles vorbei geht und verschwende keinen Augenblick – denn er wird nicht wieder kommen." An diesem Tag stand das Tier Zeit neben mir und sah mir zu, wie ich zu Sebastian sagte: „Wenn du willst, können wir morgen gemeinsam in die Schule gehen." Er sah mich an und sagte: „Wirklich?" „Ja", antwortete ich und dann sagte Sebastian: „Okay … bis morgen." Er drehte sich um und ging weiter die Straße entlang zu dem Haus, in dem er wohnte. Ich blieb noch einen Moment lang stehen und sah ihm nach. Als ich mich eben umdrehen wollte, um in das Haus zu gehen, blieb er noch einmal kurz stehen und winkte mir zu. Ich winkte zurück und ging hinein.

Nun war es also soweit. Ich hatte einen Freund. Von einem Augenblick auf den anderen. So etwas gibt es. Ich war überrascht und gleichzeitig auf eine seltsame Weise völlig ruhig. Ein Teil von mir versuchte Ordnung zu machen in meinen Phantasien und Fragen. Der andere Teil fragte sich, was Sebastian jetzt wohl dachte. Er fragte sich, ob er an diesem Nachmittag schon an den nächsten Morgen dachte. Ob er nervös war, wie lange er für seine Hausaufgaben brauchte, ob er morgen wieder das blaue Hemd tragen würde, ob er einen Freund hatte, dem er alles erzählen würde, ob er Probleme hatte einzuschlafen, so wie ich … Der andere Teil in mir saß auf einer stillen Wiese unter einem Baum und sagte: „Es ist so wie es ist". Ich pendelte zwischen diesen beiden Stimmen in meinem Inneren, und nach einer langen Zeit, in der ich am Abend in meinem Bett lag, begann ganz langsam die Stimme unter dem Apfelbaum zu gewinnen. Bis dahin allerdings lief der Tag immer und immer wieder in meinem Kopf ab. Wie ein Film in einem ländlichen Sommerkino, in dem lange Wochen nur ein Film gezeigt wird. Immer wieder. Immer wieder. Ich wusste genau, dass Sebastian genau wie ich in seinem Bett lag und die Momente in seinem Kopf abliefen. Wie er sich zu mir gesetzt hatte, wie wir einander angesehen hatten, wie wir in der Pause sitzen geblieben waren, wie er seinen Apfel geteilt hatte, den er in der Schultasche dabei hatte. Wie er mir eine Hälfte von seinem Apfel geschenkt hatte. Wie er angefangen hatte, mir ein wenig von seinem Leben in Rom zu erzählen und von den vielen Eissorten, die es dort gab, in dem Eisgeschäft gleich neben der Piazza della Rotondo … und dann siegte die Stimme unter dem Baum auf der Sommerwiese und wir schliefen ein. Sebastian und ich.

Die Anderen

Es ist eine seltsame Sache mit den Anderen. Die anderen Menschen sind wie eine Luftbewegung. Ein Sturm, der einen von unten erfasst und hoch trägt. Oder sie sind ein Gegenwind, der es nicht zulässt, dass man vorwärts kommt. Windstill ist es nur sehr selten in diesem Leben. Sehr selten halten die Anderen mit ihren Energien still. Die Energien, mit denen sie auf mein Leben reagieren. Ich habe mich in meiner Kindheit sehr oft gefragt, warum das so ist. Warum können einen die Anderen nicht einfach in Ruhe lassen? Und wenn sie es schon nicht schaffen still zu sein, warum benutzen sie ihre Energien so viel öfter um zu schaden, anstatt zu unterstützen? Warum werden ihre Kräfte von ihnen so oft zum Gegenwind gebündelt, der verhindert, dass ein Samen in den Himmel steigt, hoch fliegt, weit fliegt, um dann am besten aller Plätze Wurzeln zu schlagen und einen Baum hervorzubringen, der die süßesten Früchte trägt? Heute denke ich, dass die Anderen sich so sehr im Negativen verstricken und ihre Energien zur Verhinderung und Zerstörung einsetzen, weil ihr eigenes Leben so triste ist. Ein Mensch, dessen Herz voll ist von Liebe, Freude und Heiterkeit, hat nicht eine Minute zu verschenken, in der er sich dunklen Mächten öffnet. Und Tratsch und Klatsch und bösen Gerüchten und dunklen Mächten.

Als ich am nächsten Tag in die Schule ging, wurde ich mit genau diesem Kampf zwischen Hell und Dunkel konfrontiert.

Ich war mit großer Freude aus meinem Bett gesprungen, hatte mit schöner Ungeduld meine Schultasche gepackt und war mit Sebastian zur Schule gegangen. Er hatte schon auf mich gewartet. Direkt vor meinem Haustor. Er hatte gelächelt und „Hallo" gesagt und dann hatte er mich gefragt, ob er meine Schultasche tragen dürfte. Weil sie so schwer aussah. Und weil das ein gutes Training für ihn sein konnte. Gewissermaßen als Nebenerscheinung. Ich war mehr als sprachlos. So etwas hatte ich bis zu diesem Tag erst einmal gesehen. Bei einem Jungen und einem Mädchen in der Fernsehserie, die am Wochenende lief. Er ging mit ihr durch hohe Getreidefelder und redete mit ihr und trug dabei ihre Tasche. Den ganzen langen Weg. Bis über den kleinen Fluss, der vor der Farm lag, in der sie wohnte. Genau so trug Sebastian meine Tasche bis zur Schule. Und genau das war unser Fehler. Ich hatte noch die Eingebung, ihn zwei Straßen vor dem Schulhaus zu bitten, mich die Tasche für den Rest der Strecke selbst tragen zu lassen. Er verstand ohne viele Worte den Sinn in meiner Bitte. Aber trotzdem – es war zu spät. Eine meiner Freundinnen war von ihren Eltern an diesem Tag mit dem Auto zur Schule gebracht worden, und ich hatte sie nicht gesehen. Dafür aber hatte sie uns gesehen. Damit war es mit dem Schutz unseres Geheimnisses vorbei. Schon in der ersten Pause zogen mich meine Mädchen in eine Ecke des Schulhofes und wollten alles wissen. Alles. Ich war wie gefangen in dem Tornado ihrer Energien, der an mir zerrte und zog. Sie redeten alle durcheinander und gaben ihre Kommentare ab. Zu allem an ihm. Wie er ging, wie er aussah, was für seltsame Pausen er beim Sprechen machte, als der Lehrer ihn über die Grenzflüsse zwischen Indien und Pakistan befragte. Nichts war gering genug, um nicht zum Anlass zu werden für ihre Kritik an meinem Sebastian. Heute weiß ich, dass dieser Zustand mit Sicherheit auch dadurch hervorgerufen wurde, weil sie das Gefühl hatten, dass ich etwas vor ihnen verbergen wollte. Etwas für mich behalten wollte. Mein Geheimnis nicht mit ihnen teilen wollte. Das machte sie angriffslustig. Wie ein Rudel von Jagdhunden fielen sie über meine Schweigsamkeit her und drängten mich in die Ecke. Ich fühlte, dass sie eifersüchtig waren auf meinen Zustand, und sie ließen mir keine Wahl. Es lag auf der Hand. Wenn ich mich weiter entziehen würde, hätte ich von diesem Tag an keine Freundinnen mehr. Keine Begleiterinnen, mit denen ich gleich gesinnt unterwegs war. Keine verschworene Bande mehr, für die die Jungen jene irritierende Welt darstellten, nach der sie sich so sehr sehnten, dass sie sie angreifen mussten.

Ich gab nach einer kurzen Zeit der Gegenwehr, die nur aus verlegenem Schweigen bestand, nach und sagte leichtfertig: „Wenn er glaubt, dass er sich darauf etwas einbilden kann, mir einmal die Tasche getragen zu haben dann hat er sich geschnitten. Sowas kann ja schließlich jeder Esel.“ Sie lachten zufrieden und selbstsicher. Hatten sie es doch geschafft, dass ich mich aus dem anderen Land, in das mich das Schicksal geführt hatte, zurückzog. Für einen kurzen Augenblick lang hatte ich etwas vorweggenommen. Etwas, das in der Luft lag und das wir bei den Mädchen beobachtet hatten, die 2 bis 3 Jahre älter waren. Diese Mädchen bewegten sich schon mit einem wissenden Lächeln wenn sie vor dem Schultor durch die jungen Männer schritten. Elegant und ein wenig kokett wie junge schöne Tiere, von denen man nicht weiß, ob sie

Beute machen oder selber zur Beute werden. Diese Mädchen waren uns Vorbild und Schreck in einem und demselben Augenblick. Wir wollten sein wie sie, und gleichzeitig mussten wir uns noch über sie lustig machen. Wir machten Witze über ihre Art sich zu kleiden und gewisse Blicke zu werfen. Zu den jungen Männern. Wir machten Witze, um einer Gewissheit die Schärfe zu nehmen. Die Gewissheit, dass diese Blicke etwas nach sich ziehen würden. Diese Blicke führten dazu, dass die Männer die unsichtbare Grenze überschritten und sich den jungen Frauen näherten. Sie ansprachen, anlachten und berührten. Das alles hatte eine Energie, von der wir erkannten, dass sie schwer zu bändigen war – in Wirklichkeit gar nicht zu bändigen war. Diese Energie erschreckte uns. Sie machte uns deutlich, dass unser Leben von dem Tag an, an dem wir sie besitzen, ein anderes sein würde. Sie machte uns klar, dass es ab diesem Moment kein Zurück mehr geben würde in die zauberhafte Unbefangenheit unserer Kindheit. Ich hatte einen Bann gebrochen. Ein wenig. Aber genug, zurückgepfiffen zu werden. Von den Anderen. Die noch nicht so weit sein wollten. Die noch Ruhe haben wollten vor dem Sturm, der da draußen auf dem Meer tobte. Auf der hohen See, in deren turmhohen Wellen sich die Schiffe der Männer und Frauen begegneten. Also ließ ich es zu, dass ich an diesem Tag meine Sehnsucht und meine ersten Träume zu verraten begann. Noch bevor der Hahn zum dritten Mal krähte.

Ich saß den ganzen Tag in allen Stunden stumm neben Sebastian. Ich antwortete nicht auf seine leise geflüsterten Bemerkungen zum Unterricht, ich sah ihn allzu lange an, wenn er mir einen Bleistift borgte, und ich lächelte nur gequält, als er einen Witz machte. Über die Mathematiklehrerin. Endlich verstand er, dass ich meinen Schleier über mich gezogen hatte und verstummte …

Der Abstand

Wäre ich im fernen Arabien geboren worden, hätte ich diesen Kummer, den Kummer, den ich ihm und mir bereiten musste, nicht gehabt. Im Land von 1001er Nacht wäre es gar nicht so weit gekommen. Ich konnte das mit großer Bestimmtheit sagen, weil ich ein Jahr zuvor, ein Jahr bevor Sebastian in unsere Klasse gekommen war, mit meinen Eltern in Arabien gewesen war. Im Winter. Wir bereisten Syrien, Libanon und zuletzt Ägypten. Die Stimmung zwischen meinen Eltern war überraschend friedlich. Vielleicht lag das daran, dass sie von dieser Reise schon ihr Leben lang geträumt hatten. Vielleicht lag es daran, dass sie aus ihren Gewohnheiten herausgelöst waren wie eine rostige Schraube, die neu geputzt und geölt wird und wieder zu glänzen beginnt. Vielleicht lag es aber auch nur daran, dass wir in einer eisigen Stadt in das Flugzeug stiegen und in einem heißen, trockenen Land von Bord gingen. Der Wind flog durch die geöffnete Flugzeugtüre und schon kurz bevor man auf die Treppe trat, die auf das Rollfeld führte, legte er seine heiße Hand auf die Winterkörper der Passagiere. Wir lächelten uns an, und mein Vater zog seinen Pullover über den Kopf und band ihn sich locker um die Hüften. Meine Mutter setzte ihre großen Sonnenbrillen auf, mit denen sie wie ein Filmstar aussah, und so fuhren wir mit dem Gefühl großer Leichtigkeit und eines wunderschön begonnenen Urlaubs in unser Hotel.

Ich drückte meine Stirn gegen das Fenster im Taxi und sah hinaus auf die Straße. Eine andere Welt lag da draußen. Eine ganz andere Welt. Auf den Straßen waren unendlich mehr Menschen, als ich es von unserer Stadt gewohnt war. Die Männer trugen zur einen Hälfte nur Hemd und Hose und zur anderen Hälfte bodenlange Kaftane. Einige von diesen Männern hatten eine kleine, glatte Mütze auf dem Kopf und die meisten von ihnen einen dichten Bart. Ich hatte so etwas noch nie gesehen. Im Vorbeifahren kamen wir an einigen Kaffeehäusern vorbei. Die Türen standen offen und auf der Straße drängten sich kleine Tische und Holzstühle. Die Männer saßen beisammen, tranken Tee oder Kaffee aus kleinen Glastassen und rauchten eine Wasserpfeife. Selbst durch die geschlossenen Fenster unseres Taxis drang der Duft von frisch geröstetem Kaffee, und ich fragte meine Mutter, ob ich das Fenster herunter kurbeln durfte. Sie half mir dabei, und dann strömte der Geruch von Arabien in unseren Wagen. Kaffee, Hitze, warme Luft und der Duft von reifen Mangos, als wir an einem Marktplatz vorbei fuhren. Die Stadt lag flirrend und hupend in der Hitze und dann bemerkte ich, dass ich keine Frauen sah. Überall waren nur Männer. Junge, alte, in Hosen oder Kaftans, redend, rauchend, manche eingehängt gehend. Aber in keinem Kaffeehaus, an dem wir vorbei fuhren, sah ich eine Frau. Dann, endlich, nach einer halben Stunde Fahrt, erblickte ich ein kleines Mädchen. Sie war ungefähr 4 Jahre alt und ging mit einem Wesen an der Hand, das von Kopf bis Fuß schwarz gekleidet war. Heute weiß ich, dass es ihre Mutter war, die einen Tschador trug, damals aber war ich sprachlos und fragte meine Eltern, warum das kleine Mädchen mit einem schwarzen Geist an der Hand gehen muss. Sie lachten und erklärten mir, dass in Arabien die Frauen einen Schleier tragen, um nicht von den Männern belästigt zu werden. Außerdem verbrachten sie ihr Leben die meiste Zeit mit den anderen Frauen der Familie zu Hause mit ihren Kindern. Alleine durfte keine Frau auf die Straße gehen. Immer war sie in Begleitung einer anderen Frau oder eines Mannes aus ihrer Familie. Ich war sprachlos. Nachdem mir meine Eltern diese eigenartigen Gesetze erklärt hatten, begann ich, das Leben auf den Straßen mit anderen Augen zu sehen. Zwischen all die erkennbaren Körper und Gesichter der Männer mischten sich die unerkennbaren schwarzen Figuren der Frauen. Wie die schwarzen Tasten bei einem Klavier. Ohne Körper, ohne Gesicht, ohne Augen. Zu dem schwarzen Tuch, das ihre Körper verbergen sollte, trug mehr als die Hälfte aller Frauen eine golden schimmernde Maske, die ihre Augen verstecken sollte. Ich war sprachlos. „Muss ich hier jetzt auch so ein schwarzes Kleid tragen?“, fragte ich meine Mutter, doch sie lachte und beruhigte mich und erklärte mir, dass ich erstens noch zu jung dafür war und dass wir zweitens Touristen waren. Touristenfrauen durften so gehen und stehen, wie sie es von zu Hause gewohnt waren. Immerhin waren sie ja als Ungläubige erkennbar und durften so sein, wie sie immer lebten.

Obwohl das nicht wirklich stimmte. Kurz bevor wir bei unserem Hotel aussteigen wollten, gab mein Vater meiner Mutter einen Kuss auf die Wange. Sie hatte ihn angesehen und gesagt: „Danke, dass wir hier sind und dass du dir und uns diese Reise möglich machst.“ Er lächelte sie an und gab ihr einen kleinen, kurzen Kuss auf die Wange.

„Tun Sie das nicht, Sir, bitte!“ Der Taxifahrer drehte sich

zu meinen Eltern um und sah sie sehr ernst und aufgeregt an. Es war ein freundlicher älterer Mann. Er mochte ungefähr 60 Jahre alt sein und hatte sehr dunkelbraune Haut, dunkle Augen und sehr kurze graue Haare. Er sprach unsere Sprache, weil er viel mit Touristen zu tun hatte und auf der Fahrt hatte er uns immer wieder Gebäude und Sehenswürdigkeiten erklärt. Nun, nachdem mein Vater meine Mutter geküsst hatte, war er sehr aufgeregt und nervös: „Bitte, Sir, das hier ist ein islamisches Land. Es ist nicht üblich, dass ein Mann eine Frau in der Öffentlichkeit küsst. Bitte, Sir, tun Sie das nicht. Entschuldigen Sie, Madame, aber es ist nur zu Ihrer Sicherheit."

Einen Augenblick lang sahen meine Eltern den Taxifahrer sprachlos an, dann lachten sie und meine Mutter sagte „Aha – andere Länder – andere Sitten." Der Taxifahrer lachte nicht und sah meine Mutter ernst und eindringlich an. „Ich weiß, dass Sie bei sich zu Hause so leben. Aber bitte respektieren Sie den Glauben, den wir hier in meinem Land haben. Erfreuen Sie sich an der Schönheit meines Landes, aber wissen Sie bitte, dass wir hier anders leben als Sie. Küssen Sie sich nicht in der Öffentlichkeit, berühren Sie sich nicht und auch wenn Sie mit ihrer Frau spazieren gehen, Sir, dann halten Sie dabei bitte nicht ihre Hand. Ich sage Ihnen das, weil Sie eine freundliche Familie sind und diese Dinge nicht wissen können. Vielen Dank!"

Er öffnete uns die Wagentüren und wir stiegen aus. Nachdem er unsere Koffer zum Hotel getragen hatte, wünschte er uns noch einmal eine schöne Zeit und fuhr weg. Mein Vater und meine Mutter versuchten, den Moment mit einigen leichten Bemerkungen zu entschärfen. Sie hatten bemerkt, dass ich erschrocken war. Ich war nicht nur von den Worten überrumpelt, die der freundliche alte Taxifahrer zu meinen Eltern gesagt hatte, sondern auch von seinem Ton, den seine Stimme dabei annahm. Sie klang mit einem Mal sehr hart und stechend. Wie ein alter Nagel, der aus einem Boot heraus steht, in das man an einem sonnigen Tag im August einsteigen wollte, um eine friedliche Fahrt zu unternehmen. Man stieß sich den Nagel in den Fuß und der Ausflug war verdorben. Von einer Sekunde auf die andere. So hart und verletzend hörte sich seine Stimme an. Seine Augen bekamen einen harten Glanz, und alles Freundliche war aus ihnen verschwunden. Ich war ein kleines Mädchen, und die sozialen und Stammesreligion-beeinflussten Wurzeln dieser schwarzen Kleider, die die Frauen tragen mussten, waren mir herzlich egal. Ich spürte nur eines. Es war eine gefährliche Sache, eine Frau zu sein, und noch gefährlicher war es, sich nicht genau so zu verhalten, wie es alle anderen taten. Alle anderen. Mit einem Mal war die warme helle Sonne stechend geworden und das lebendige Treiben auf den Straßen eng und Atem raubend. Es war nicht in Ordnung zu sehen, dass meine Mutter und ich Frauen waren. Frauen mit offenem Haar und lachenden Augen. Es war nicht in Ordnung, dass eine Frau gerne mit ihrem Mann Hand in Hand ging. Es war nicht in Ordnung, eine Frau zu sein. Das war der einzige Gedanke, das war das einzige Gefühl, das für mich nach diesen Worten unseres Fahrers übrig geblieben war. Von einem Moment auf den anderen fühlte ich mich fremd und störend. Meine Eltern versuchten, meine Stimmung zu heben, indem sie noch an diesem ersten Tag mit mir in einen Bazar gingen. Sie hofften, dass die vielen bunten

Dinge meine Gedanken ablenken würden. Das Gegenteil war der Fall. Wir gingen nebeneinander durch die schmalen Gassen des Bazars. Die Händler riefen uns zu sich und boten Tee an und ein Geschäft, das sehr günstig für uns sein sollte. Billig, billiger, am billigsten. Überall rief man uns diese Worte zu, um uns zu einem Kauf zu verführen. Sie lachten und waren freundlich, und ich hatte keinen Grund, mich zu fürchten. Nicht auf den ersten Blick. Auf den zweiten Blick hatte ich das Gefühl, dass sie uns ansahen wie störende Eindringlinge. Eindringlinge, die man in Kauf nimmt, weil sie die Taschen voller Geld haben. Vor allem meine Mutter und mich betrachteten sie wie seltsame Tiere in einem Zoo. Ich hatte das Gefühl, völlig nackt zu sein. Ich sah all die Frauen, die uns entgegenkamen und sah nichts von ihnen außer einem schwarzen Tuch. Im Gegensatz dazu war es mir zutiefst unangenehm, dass ich einen Rock trug, der nur bis zu meinen Knien reichte. Meine Mutter trug helle Sommerhosen und eine Bluse mit halblangen Ärmeln. Ich weiß es bis heute, dass ich es mir nicht einbildete, wie die Blicke der Männer sich in ihre Haut brannten und sich daran festsaugten. Ich ging nahe an meine Mutter heran und hielt mich an ihrer Hand fest. Ich wollte auch nach der Hand meines Vaters greifen, aber im letzten Moment zuckte ich zurück. Ich war doch ein Mädchen und er ein Mann. Also war es verboten, mit ihm Hand in Hand zu gehen. Ich verstand nicht, warum die Menschen in diesem Land so lebten. Ich verstand nicht, warum Frauen bei dieser unglaublichen Hitze so schrecklich viel anhaben mussten, und ich verstand nicht, warum sie sich nicht einfach dagegen wehrten. Ich wollte nur mehr so schnell wie möglich nach Hause oder zumindest in unser Hotel zurück.

Meine Eltern fühlten, dass mir die Begegnung mit dieser anderen Kultur keine Freude bereitete und nachdem mein Vater eine Wasserpfeife gekauft hatte und meine Mutter einen silbernen Armreifen, fuhren wir ins Hotel zurück.

Am Abend dieses Tages fragte uns der Concierge sehr freundlich, wie unser erster Ausflug verlaufen war und meine Mutter erzählte ihm, dass es ein wenig gewöhnungsbedürftig, war sich den Sitten des Landes als Frau aus dem Ausland anzupassen. Der Concierge lächelte und sagte: „Ich verstehe Sie sehr gut, Madame, weil ich lange Zeit in Ihrem Land gelebt und studiert habe. Ich verstehe, dass Ihnen die Art wie Männer und Frauen bei uns leben, fremd ist. Aber glauben Sie mir, es vereinfacht sehr viele Dinge. Sowohl für die Männer wie für die Frauen. Sie haben einen viel größeren Frieden als bei Ihnen, wo Frauen jederzeit von einem fremden Mann angesprochen werden können. Ob sie es wollen oder nicht. Der Tschador ist für unsere Frauen kein Gefängnis. Er gibt ihnen vielmehr ihre Würde als Frau, die sicher sein kann, nicht belästigt zu werden."

Ich stand da und verstand seine Worte, aber ich verstand nicht ihren Sinn. Warum sollte mich nicht jedermann, der es wollte, ansprechen können? Was war daran so böse? Ich konnte ja jederzeit entscheiden, ob ich ein Gespräch wünschte oder nicht. Außerdem sollte doch jedermann sehen können, wie hübsch meine blonden Haare waren, wenn ich sie frisch gewaschen hatte. Nein, ich konnte ihn nicht verstehen. Noch weniger verstand ich, dass meine Eltern dem zustimmten, was er als nächstes sagte: „Wenn ich Ihnen etwas empfehlen darf?" „Bitte!", sagte mein Vater.

„Hier im Hotel haben wir einen sehr schönen Laden. Wenn Sie wollen, begleite ich Sie dahin. Wir haben dort eine sehr große Auswahl an erstklassigen Tüchern. Ihre Frau und Ihre Tochter könnten sich eines aussuchen, das Ihnen gefällt. Das Tuch tragen Sie, wenn Sie ausgehen, und Sie werden sehen, dass Sie sich viel nobler fühlen damit. Es ist ein Zeichen für unsere Leute, dass Sie unsere Kultur verstanden haben und respektieren. Man wird Ihnen dann sehr entgegenkommend begegnen, glauben Sie mir. Es muss ja nicht gleich der Tschador sein. Ein schönes breites Tuch um den Kopf und die Schultern tut es auch!" Er und meine Eltern lachten über diesen Witz und auf dem Weg zu dem Laden, der in der Lobby des Hotels lag, sagte er noch zu meiner Mutter: „Wenn ich noch etwas hinzufügen darf?"

„Ja?"

„Tragen Sie keine Hosen. Hosen sind für Männer. Sie haben doch sicher sehr schöne, lange Kleider in Ihrem Gepäck. Und wenn nicht, finden Sie sicher etwas, das Ihnen gefällt, in unserem Geschäft."

Die kommenden Tage trug meine Mutter bodenlange Kleider, und jeden zweiten Tag tauschten wir unsere langen Tücher. Beim ersten Mal, als wir das Hotel verließen, hatte ich ein breites oranges Tuch um meinen Kopf gewickelt und meine Mutter trug ein hellblaues Material. Beim zweiten Mal wechselten wir die Farben. Mit diesen rührenden Spielen versuchte meine Mutter mich abzulenken. Es gelang ihr nicht. Ich hatte keine Lust, in dieser mörderischen Hitze eingepackt wie im Winter durch die Wüste zu gehen. Auch wenn mein Vater sich noch so viel Mühe gab, mir den eigentlichen Sinn dieser Verkleidung zu vermitteln. Angeblich hatten die Wüstenvölker erkannt, dass der Körper in großer Hitze sehr schnell sehr viel Flüssigkeit verliert. Darum hätten sie begonnen, sich in Unmengen von Stoff zu hüllen, um diesen Flüssigkeitsverlust zu verhindern. Es gelang ihm nicht. Ich fragte ihn, warum Frauen mehr Flüssigkeit verlieren als Männer. Offenbar musste das ja so sein, wenn es stimmte, was er mir erklärte, denn die Männer, die ich in diesen Ländern sah, trugen nach wie vor lockere Hemden und Hosen. Mein Vater erkannte, dass ich nicht abzulenken war und resignierte.

„Wie deine Mutter schon sagte. Andere Länder, andere Sitten." Das war der letzte Satz, der zu diesem Thema fiel, und dann wurde nicht mehr länger darüber gesprochen.

Heute bin ich froh darüber, dass ich damals als Kind mit diesen Sitten in Berührung gekommen bin. Diese Sitten haben mich zu einem Zeitpunkt meines Lebens berührt, an dem ich noch keine Notwendigkeit spürte, meine Lebendigkeit zu belügen. Ich fühlte ganz unmittelbar, dass ich eingesperrt wurde. Eingesperrt in dicke Lagen von Stoff, der juckte und unter dem ich schwitzte. Eingesperrt in den Vorschriften, wie ich zu gehen hatte, zu stehen hatte und wann ich welche Hand halten durfte und wann nicht. Das alles ging mir unsagbar auf die Nerven. Ich erkannte, dass ich eine Frau war und dass Frauen in diesen fernen Ländern eingesperrt wurden. So einfach war meine Erkenntnis. Und das wollte ich nicht. Ich wollte mich frei bewegen, wie ich es aus meiner Heimat kannte. Ich wollte lachen, schauen, reden und küssen, wann und wo und wie es mir passte. Ich wollte nicht 3 Meter hinter einem Mann gehen, und ich wollte anderen Menschen in die Augen sehen können. Männern wie Frauen. Ich wollte frei sein. Ich wollte nicht in das Gefängnis, das sich als religiöse Vorschrift tarnte. Ich wollte nicht fühlen, dass ich als Frau weniger wert war als ein Mann. Ich wollte nicht mitspielen, und ich wollte vor allem nicht meinen Mund halten.

Heute erinnere ich mich, wie es damals war für mich, als ich das kleine fremde Mädchen gesehen hatte, das noch zu wenig Frau war, um schwarz eingewickelt zu werden. Für den Rest seines Lebens. Ich erinnere mich daran, wie ich damals voll Traurigkeit war, weil dieses kleine Mädchen sehr bald eingesperrt werden musste. Sie würde eingesperrt werden und ich würde wieder nach Hause fliegen. Dorthin, wo ich im Strandbad zusehen konnte, wie verliebte Männer ihren Frauen den Rücken mit Sonnenöl eincremten. Ich erinnere mich, dass ich nichts wie weg wollte. Nichts wie weg ...

Ja, das waren die Gefühle eines Kindes, die noch nicht durch den Filter von Vorsicht, Diplomatie und Toleranz gesonnen waren. Das waren die Gefühle eines Mädchens, das mit diesen Gefühlen näher am Paradies war als die Erwachsenen.

Heute weiß ich, dass diese schnelle Wahrhaftigkeit der Schlüssel ist zu unserem Glück. Heute weiß ich nach langen Umwegen über falsche Toleranz und politische Korrektheit, dass tief in uns ein Kind lebt, das unbestechlich die Wahrheit sagt. Das Kind in uns erkennt ohne jeden

Umweg, ob es leben darf oder ob es abgetötet werden soll.

Dieses Kind ist es, das wir suchen müssen. Dieses Kind ist es, das wir wieder zum Leben erwecken müssen, damit es uns Erwachsene führen kann. Zu den Wegen, auf denen wir unsere Gesundheit finden. Zu den Wegen, auf denen wir unsere Lebendigkeit finden. Unsere Liebe finden, unsere Heiterkeit finden und unsere Freiheit finden. Manchmal staune ich immer noch, wie unheimlich schnell diese Wege verschüttet werden können. Gestern noch waren wir staunende Wesen, die aus vollem Hals lachen konnten und weinen und Zärtlichkeit gesucht haben und im Traum über alle Wolken fliegen konnten. Heute schon nehmen wir uns zusammen und bedenken jede Handlung, bevor wir sie setzen und fragen uns, ob sie uns Gewinn verschaffen kann. Gewinn in Form von Geld und Macht und dem Aufstieg auf der Leiter unserer Welt.

Keine Sorge, ich werde jetzt nicht zur sentimentalen Realitätsverweigerin, die sich die Kinder an die Macht wünscht. Keine Sorge. Ich weiß genauso gut, wie ich vom Zauber der Kinder erzähle, dass Kinder mitleidlos quälen und zerstören können. Ich sehe diese Wahrheit mit offenen Augen. Ich weiß nur auch, dass die zerstörende Seite in unseren jungen Wesen mit Liebe und Geduld und Hingabe verwandelt werden kann. Ich weiß, dass es ein Leben gibt, das das Lieben in den Kindern zum Blühen bringt. So lange und so sehr zum Blühen bringt, bis ihre Offenheit und Freude ihre Möglichkeit zur Grausamkeit ausblendet. Diesen Gedanken, von dem ich weiß, dass er für viele naiv klingt, trage ich in mir, weil ich weiß, dass jedes Kind auch ein Spiegel ist. Jedes Kind gibt die Liebe oder die Gewalt an die Welt zurück, die es von der Welt bekommt. In unseren Händen und in unserem Leben liegt der Schlüssel, wie gütig und stark unsere Kinder werden, die in sehr kurzer Zeit bestimmen werden, wohin unsere Welt fliegt.

Wenn die Welt, in der ein Kind lebt, seine Freiheit zerstört, wird es mit all den anderen Kindern, die zu Erwachsenen werden, diese Zerstörung weiter geben. Offen oder als schleichende Krankheit der Seele. Alles, was die Freiheit eines Mannes oder einer Frau beschränkt, ist von Übel und offen und deutlich abzulehnen. Heute, als erwachsene Frau, weiß ich, wie lange ich gebraucht habe um diesen Satz auszusprechen. Ohne schlechtes Gewissen. Ohne eine anerzogene, angeborene, antrainierte moralische Distanz in meinem Kopf, die nicht den Mut hat zu sagen, dass es Wahnsinn ist, die Hälfte der Menschheit zu vergewaltigen und wegzusperren. Es hat lange gedauert, bis wir aussprechen durften, dass es ein bestialischer Irrsinn ist, Mädchen zu beschneiden. Heute, jetzt, in diesem Augenblick wird kleinen Mädchen mit rostigen Messern ihre Natur geraubt. Und das ist doch eine ewige Tradition?! Fest verankert im Glauben, in den Ritualen und der Spiritualität der Menschen, die einander diesen Irrsinn antun?! Bei dieser Vergewaltigung der Natur melden wir uns zu Wort. Da haben wir die empörte Aufrichtigkeit uns zu erregen. Warum? Weil Blut fließt? Weil die Zerstörung so endgültig ist? Warum auch immer. Wir fühlen, dass wir es nicht zulassen wollen. Und dieses Gefühl ist wahrhaftig und gut. Warum scheuen wir dann davor zurück, die Vergewaltigung eines Menschen zu verurteilen, die sich angeblich nur in Äußerlichkeiten zeigt? Angeblich ist die totale Verhüllung des weiblichen Körpers nur der Ausdruck einer religiösen und weltanschaulichen Haltung. Aber welche Haltung? Diese Haltung sagt nichts anderes, als dass die Frau nicht existieren soll. In all ihrer Schönheit. In all ihrer Weiblichkeit. In all ihrer Freiheit. Eine Frau in das Gefängnis einer anonymen Kleidung zu sperren, sie in das Haus zu sperren und sie aus der Öffentlichkeit weitgehend wegzusperren ist nichts anderes als die Beschneidung des seelischen Körpers. Das Recht, ein Mensch zu sein mit all seiner Vielfalt und all seinen Möglichkeiten, wird verstümmelt. Der Sinn dahinter ist derselbe wie bei der Beschneidung des Körpers. Das Leben soll zerstört werden. Die Lust soll ausradiert werden. Die Freiheit soll vernichtet werden. Einmal mit zackigen Glasscherben, die in das Intimste hineinschlagen und es verwüsten, das andere Mal auf der Ebene der Tradition. Beides ist ein Verbrechen. Dieses Wort müssen wir lernen auszusprechen, um unsere Haltung zu zeigen. Unsere Haltung ist es, die uns von denjenigen unterscheidet, die es sich in der Beliebigkeit gemütlich gemacht haben. Natürlich kann man sagen, dass all diese Fragen eine Sache von anderen Ländern und anderen Sitten sind. Aber – nicht wirklich.

Ich glaube heute daran, dass wir alle miteinander verbunden sind. In Aktion und Reaktion. Ich glaube, dass es ein großes unsichtbares Netz gibt, das uns fühlen lässt, wie es zugeht. Auf dieser unserer Welt. So wie die Nachrichten im Fernsehen uns die realen Bilder realer Ereignisse vom anderen Ende der Welt erleben lassen, so gibt es etwas, das ich das Fernfühlen nennen möchte. Alle Menschen auf diesem Planeten sind mit ihren Seelen an dieses Netz angeschlossen. Sie sind mit ihren Worten und Taten und ihrem Glauben und Nichtglauben angeschlossen. Wie ein unendlicher Ozean, dessen Wellen in Hawaii aus demselben Wasser bestehen wie in Shanghai, sind wir alle miteinander verbunden. In diesem Meer unserer Gedanken und Gefühle hat jeder einzelne Gedanke und jedes einzelne Gefühl eine Wirkung.

Es scheint nur so, als würde es uns nichts angehen, wenn Ehebrecher tausende von Kilometern von uns entfernt bis zur Brust im Boden eingegraben und gesteinigt werden. Es scheint nur so. In Wahrheit bewegt sich das Netz, das uns alle verbindet, ununterbrochen. Es schickt die Wellen der Ereignisse um den ganzen Erdball und in Wirklichkeit fühlen wir alles. Alles was geschieht. Auf den tiefsten, unbenutzten Kanälen unseres Empfangssystems laufen alle die Bilder ab, die unseren Alltag nicht erreichen. Als Schwingung. Als Stimmung. Als Farbe. Als Duft. Als eine Melodie, die die Luft unserer Seele durchdringt. Aus diesem Grund gibt es keine Trennung. Aus diesem Grund hat der Satz: „Das ist so weit weg, das geht mich nichts an" keine Gültigkeit. Aus diesem Grund ist es notwendig für das Überleben unserer Seele, dass wir eine Haltung zeigen. Haltung zeigen und klar und deutlich „nein" sagen zu jeder Handlung, die die Freiheit jedes Menschen beschneidet. Es ist wichtig, nicht in die Falle der falschen Toleranz zu tappen. Alles zulassen alles geschehen lassen, alles hinnehmen bedeutet am Ende nur, dass das Böse ungestört wüten kann. Auch zu diesem Wort gilt es, keine Scheu zu haben. Es gibt das Böse und es gibt das Gute. Wenn wir davor zurückschrecken, die Dinge beim Namen zu nennen, weil wir Angst haben ab diesem Moment nicht mehr offen und tolerant zu wirken, haben wir auch schon den ersten Schritt getan, um das Böse zu stärken. Es ist böse, kleine Mädchen zu beschneiden. Es ist böse, kleine Buben zu vergewaltigen und ihnen danach die Beichte abzunehmen, und es ist böse, Männer und Frauen gegeneinander in einen Krieg der Geister zu treiben. Wenn wir uns fragen, was denn dieser Klarheit im Wege steht, dann gibt es darauf zwei Antworten. Die eine Antwort lautet: Wir sind zu faul, zu träge und zu feig, eine Haltung zu zeigen, weil das Konsequenzen nach sich zieht. Die andere Antwort lautet: Wir scheuen uns zu Recht davor, die Worte Gut und Böse in den Mund zu nehmen, weil sie über Jahrtausende von den so genannten geistigen Führern der Menschen missbraucht und pervertiert worden sind. Das ist ein Rätsel und dieses Rätsel ist gleichzeitig eine Falle. Wenn wir uns davor scheuen, die Worte Böse und Gut auszusprechen um nicht mit denjenigen verwechselt zu werden, die diese Worte jahrtausendelang missbraucht haben, dann erlauben wir ihnen, sie ohne unseren Widerspruch weiter zu missbrauchen. Am Ende dieser Gedanken steht eine Einsicht. Wir haben nur eine Sprache, um unsere geistigen und seelischen Welten zu beschreiben. Es geht also nicht darum, die Worte zu vermeiden, weil wir damit auch den Schatz vermeiden, den sie in sich tragen. Es geht darum, diese Worte so neu wie noch nie in unserer Geschichte mit heilender Wahrheit aufzuladen. Wenn die Kirche unserer Länder über tausende Jahre das Gebäude, das zwei Menschen in Liebe verbindet, mit dem Wort „Böse“ besetzt hat. Wenn unsere Priester die körperliche Liebe verdammt haben und als „Böse“ gebrandmarkt haben. Wenn unsere Päpste als Stellvertreter Gottes das Leben und seine blühende Wahrheit als „Böse“ bezeichnet haben, dann haben sie keine

Wahrheit erschaffen. Im Gegenteil, sie haben die Wahrheit in das Gegenteil verkehrt. Nun ist es an uns, keine Scheu zu haben vor dem Wort „Böse". Diese Scheu besteht zu Recht, weil jeder denkende Mensch Zeuge geworden ist, wie dieses Wort missbraucht wurde, um uns die Liebe zum Leben auszutreiben. Es ist an uns, das Wort wieder in unseren Besitz zu nehmen und es zum Ausdruck der Wahrheit werden zu lassen. „Böse" sind nicht diejenigen, die das Leben in Liebe und Freiheit feiern, „Böse" sind die falschen Priester, die die Samen der Angst, die Lebensfeindlichkeit und die Unterdrückung in uns gesät haben. Es ist an der Zeit, diese Blumen des Bösen auszureißen und zu verbrennen. Es ist an der Zeit, der Wahrheit wieder ihren Platz zu geben in unserem Leben. In unserem Alltag, in unseren Träumen. Wenn wir all diesen Schutt, diesen Müll und das Geröll der Verblendung beiseite geräumt haben, werden wir uns auf einem Weg finden, der dorthin führt, wo wir alle leben können – wenn wir es wollen – im Paradies.

Ein Abschied

Sebastian und ich wussten an jenem Tag noch nichts von dieser Möglichkeit. Wir waren in eine Geschichte geworfen, für die wir keine Fortsetzung finden konnten. Die Wahrheit ist, dass es an mir lag, dass unsere Blüte nicht zu duften begonnen hatte. Ich war es gewesen, die ohne erkennbaren Grund mit einem Mal verschlossen und abwehrend geworden war. Ich war es gewesen, die ohne ein Wort der Erklärung einen Schleier über ihr Gesicht gezogen hatte. Ich war für Sebastian von einem Augenblick auf den anderen ein irritierendes Geschöpf geworden. Ein Mädchen, von dem niemand sagen konnte, warum es das tat – was es tat. Er saß neben mir und verwandelte sich in einen Jungen, der vom Zufall auf diesen Platz neben mir gesetzt wurde. Nichts weiter. Er sah nach vorne zur Tafel, wo der Unterricht abgehalten wurde. Er schrieb in seine Hefte, er plauderte in den Pausen mit den anderen Jungen und am Ende des Jahres verabschiedete er sich von uns, weil seine Eltern wieder einmal die Stadt verließen. Er gab auch mir die Hand und sagte „Also dann, mach's gut". Dann winkte er uns noch einmal zu und war fort. Als ich an diesem Tag nach Hause ging, war ich traurig und wütend. Traurig, weil wir kein einziges Mal in all der Zeit, in der Sebastian in meiner Schule war, miteinander geredet hatten. Über das, was mit mir geschehen war. So schweigsam und so abwehrend. Ich war traurig, weil ich mir so oft ausgemalt hatte, wie es wäre, wenn ich ihm alles hätte erklären können, alles verraten können, was hinter meiner verwandelten Art steckte. Ich hatte es nicht geschafft. Ich war stumm geblieben. Das machte mich wütend. Ich hatte mich einsperren lassen. Von meiner Angst. Das war die Wahrheit, und diese Wahrheit machte mich zornig. Alle anderen Mädchen hatten mich beobachtet. Immer wieder. Ob ich es durchhalten würde. Mein Schweigen. Meinen Rückzug. Meine abwehrende Haltung. Ich hatte es durchgehalten. Und was hatte es mir gebracht? Trauer und Wut. Das war das Ergebnis. Ich ging an jenem Tag nach Hause und beschloss, nie mehr in meinem Leben etwas zu tun, nur weil die anderen es von mir erwarten. Ich hatte noch keine klaren Worte in meinem Kopf für diesen Entschluss. Ich fühlte nur, dass ich das nächste Mal in meinem Leben ich selbst sein wollte. Wenn mir der Zufall einen Jungen schicken würde. Ich selbst.

In dieser Zeit, in der ich dem Zwang in meiner Gruppe gehorcht hatte, war ich niemals glücklich gewesen. Ich konnte mir selbst dabei zusehen, wie ich zu zwei verschiedenen Personen wurde. Das eine Mädchen in mir verhielt sich so, wie alle anderen es von mir verlangten und verschleierte sein wahres Gesicht. Das andere Mädchen in mir begann, hinter diesem Schleier in einer Traumwelt zu leben. Ich träumte davon, wie es wäre, Hand in Hand zu gehen. Ich träumte davon, miteinander zu lachen, zu reden und am Ende eines heißen Sommertages einen Kuss zu bekommen. Ich träumte davon, aber ich ließ es nicht Wirklichkeit werden. Diesen Zustand wollte ich nie mehr erleben. Wütend auf mich selbst ging ich nach Hause. Wütend auf meine nicht gelebten Träume ging ich in mein Zimmer. Wütend über diese vertane Chance warf ich mich auf mein Bett und weinte meine Traurigkeit weg …

Drei Jahre später

Drei Jahre später war es endlich soweit. Nachdem ich ohne eine zweite große Liebe dahin gelebt hatte, ging ich an einem schönen Abend im Juni mit zwei meiner besten Freundinnen zu einem Geburtstagsfest. Wir waren von einem Mädchen aus der nächsthöheren Klasse eingeladen worden. Es geschah nicht sehr oft, dass sich die Mädchen aus verschiedenen Jahrgängen trafen, aber mit diesem Mädchen, das ein Jahr älter war als wir, verband uns eine schöne Heiterkeit und die Liebe zu Pferden. Ihre Eltern hatten einen Reitstall und irgendwann war durch Zufall die Sprache auf Pferde gekommen. Meine zwei besten Freundinnen und ich hatten immer schon davon geträumt, reiten zu lernen und so kam eines zum anderen. Das Mädchen aus der höheren Klasse hieß Barbara, und als ich Geburtstag hatte, schenkte sie mir als Überraschung eine Reitstunde. Ich war vom ersten Augenblick an verliebt in das Gefühl, auf diesem riesigen, heißen Tier zu sitzen und überzeugte meine Eltern, mir eine Stunde pro Woche Reitunterricht zu schenken. Meine beiden besten Freundinnen erreichten bei ihren Eltern dasselbe und so waren wir plötzlich als die vier Pferdemädchen bekannt. Meine zwei Freundinnen Lisa und Stephanie verstanden sich mit Barbara sehr gut, und so wurden wir, obwohl uns von Barbara ein volles Jahr an Lebenserfahrung trennte, eine verschworene Gruppe von vier reitenden Mädchen.

An diesem Tag nun, von dem ich erzähle, waren wir unterwegs zu Barbaras Geburtstagsfest. Ihre Eltern hatten ein Haus am Stadtrand mit einem sehr großen Garten, und der Tag war warm und heiter. Wir hatten uns sehr chic gemacht und trugen alle etwas Make-up und kurze Röcke und hohe Schuhe. Stephanie war sogar so weit gegangen, weiße Stiefel zu ihrem blauen Minirock anzuziehen. Ich fand das sehr mutig, aber gleichzeitig hinreißend. Sie sah ein wenig aus wie Barbarella und ich machte ihr gerne dieses Kompliment. Sie freute sich sehr und sagte mir, dass ich mit meinem roten Minirock und den schwarzen hohen Schuhen aussah wie die Hauptdarstellerin in der Fernsehserie, die jeden Freitag im Fernsehen lief. Das war ein sehr großes Kompliment. Ein sehr großes. Genau diese Schauspielerin war es, die für mich im letzten Jahr zu einem Vorbild geworden war. Sie hatte ähnlich blondes Haar wie ich und nachdem ich mir einen schulterlangen Stufenschnitt und einen Pony gegönnt hatte, der bis über die Augenbrauen ging, sah sie mir sogar fast ähnlich. Das beeindruckendste aber war die Art und Weise, wie sie sich schminkte. Sie war eindeutig der Star der Serie und alle Jungen in dem Film waren hinter ihr her, und bis auf ihre engste Freundin waren alle Mädchen tödlich eifersüchtig auf sie. Vor allem ab dem Moment, als sie in der zweiten Staffel damit begonnen hatte, die Augen komplett auf Smoky Eyes zu schminken. Das aber nicht mit schwarzer Farbe, so wie man es erwarten konnte, sondern mit einer unglaublich raffinierten Mischung aus Azurblau und Purple. Es sah einfach galaktisch aus, und es wurde perfekt komplettiert durch den blassen hellrosa Lippenstift, den sie als dezenten Kontrast auflegte. In der letzten Folge war sie dazu übergegangen, sich die Fingernägel, die sie ebenfalls in einem zarten Pink lackiert hatte, mit kleinen glitzernden Sternen zu bekleben. Am Tag darauf war ich in einem Geschäft für Kosmetikzubehör und kaufte mir exakt dieselben Sterne. Es dauerte über eine Stunde, bis alle Nägel vollgeklebt waren, dafür hatte ich dann aber auch ein Abbild der Milchstraße auf meinen Händen. Als Höhepunkt zeigte mein linker Ringfinger die Konstellation des Gürtels des Orion. Das war mein ganzer Stolz. Und noch mehr erfüllte mich mit Stolz, dass meine besten Freundinnen mich mit diesem Star aus dem Fernsehen verglichen. Zu so etwas sind eben wirklich nur beste Freundinnen fähig. Meine Eltern hatten mir Geld gegeben für ein Taxi, mit dem ich Lisa und Stephanie abholte. Wir wollten für die Fahrt zusammenlegen und hatten versprochen, vor Mitternacht wieder zu Hause zu sein. Es war allen Beteiligten klar, dass diese Zeit nur ein ungefährer Richtwert sein sollte. Immerhin war es ein Freitagabend und der nächste Tag kannte keine andere Verpflichtung, als sich auszuschlafen. Als wir drei Mädchen bei Barbaras Haus aus dem Taxi stiegen, war die Party schon im vollen Gang. Der Beginn war für 18 Uhr festgesetzt, aber wir hatten aus unserer Lieblingsserie im Fernsehen gelernt, dass es chic ist, etwas später zu kommen. Um den richtigen Auftritt zu haben. Also spazierten wir gegen 20 Uhr auf das Grundstück. Es waren erschreckend viele Menschen da. Ich schätze, dass es mindestens 50 Leute waren, die zu sehr lauter Musik tanzten und Zigaretten rauchten und Bowle tranken. Barbara schrie laut über die Wiese, als sie uns kommen sah, lief auf uns zu und umarmte und küsste uns. Sie war offenbar schon sehr guter Laune, um nicht zu sagen, sie war offenbar etwas betrunken. Wir waren noch nie auf einer so großen, so lauten Party gewesen und gaben uns alle Mühe, unsere Faszination nicht merken zu lassen. Barbara umarmte uns überschwänglich und zog uns zu einem Tisch, der unter einem blühenden Apfelbaum stand. Auf dem Tisch war ein riesiger Pokal aus Glas mit einem großen, gläsernen Schopflöffel. Mit diesem Schopflöffel füllte uns Barbara drei große Gläser mit Erdbeerbowle und dann rief sie: „Happy Birthday to me … so schön, dass ihr da seid." Dann umarmte und küsste sie uns noch einmal, nahm einen großen Schluck aus ihrem Glas und zeigte auf die feiernden Menschen. „Sucht euch einen aus", lachte sie und ging zurück zu einem Jungen, der auf sie bei einem Busch gelbblühender Forsythien gewartet hatte.

Da standen wir nun mit unseren Gläsern und sahen, was sie mit diesem Satz gemeint hatte. Es waren nicht nur ihre Freundinnen aus ihrer Klasse gekommen, sondern auch sehr viele junge Männer. Ich sage das deswegen so ausdrücklich, weil es keine Jungen aus ihrer Klasse waren. Vielmehr waren es uns völlig neue und fremde junge Männer. Keiner von ihnen war in unserem oder Barbaras Alter. Sie waren 18 oder zum Teil schon 19 Jahre alt und sehr souverän. Sie tanzten mit den Mädchen, die alle aus Barbaras Klasse kamen oder aus ihrem Freundeskreis, den sie als Reiterin hatte. All diese Mädchen waren wie sie 16 Jahre alt und offenbar schon sehr darin geübt, mit diesen fremden jungen Männern umzugehen. Somit waren Lisa, Stephanie und ich eindeutig die jüngsten. Wir sahen einander an, sahen, dass jede von uns dasselbe dachte und ließen uns nicht das Geringste anmerken. „Na dann – Cheers!", sagte Stephanie endlich, und erleichtert über ihren Vorstart tranken wir unsere Bowle aus. In einem Zug. Ich hatte von den Erwachsenen gelernt, dass man Alkohol nur in vernünftigen, kleinen Schlucken zu sich nehmen sollte. Diese Erdbeerbowle aber schmeckte so unglaublich unvernünftig gut und frisch und vor allem so süß, dass wir uns sofort unsere Gläser neu füllen mussten. Innerhalb weniger Minuten wurde die Wiese unter unseren Füßen angenehm weich und die Musik legte sich wie ein breites Band aus Rhythmus und treibenden Melodien um unsere Körper. Wir lachten uns zu und begannen, langsam und Schritt für Schritt mit dem Glas in unserer Hand, an dem wir uns festhielten, die Landschaft zu erkunden.

Verführung

Der Dschungel war voller wilder, schöner Tiere. Sie lachten und tanzten und umarmten sich, küssten sich, umarmten sich wieder und manche von ihnen verschwanden in der dunklen Nacht, die sich über den Park legte. Rund um das Haus von Barbaras Eltern steckten brennende Fackeln im Boden und in den Zweigen der Bäume, die um den Tisch mit der Bowle standen, hingen altmodische Lampions aus Papier, in denen Kerzen brannten. Wir hatten ein paar Mal zur Musik getanzt, die aus den großen Lautsprechern kam, die Barbara mit der Musikanlage aufgestellt hatte. Wir hatten noch ein paar Mal unsere Gläser mit Bowle gefüllt und ausgetrunken und ein paar Mal sehr laut miteinander gelacht, als wir bemerkten, dass wir die ganze Zeit von drei jungen Männern beobachtet wurden. Sie schienen Freunde zu sein und standen auf dem Geländer, das die breite Terrasse vor dem Haus einrahmte. Sie hatten uns die ganze Zeit zugesehen, als wir drei Mädchen miteinander tanzten und dabei niemandem Beachtung schenkten. So macht man das als junges Mädchen, das einerseits alles tut, um aufzufallen und andererseits vor der Reaktion auf ihr Make-up, ihren Minirock und ihre hohen Schuhe große Angst hat. Ein junges Mädchen tanzt dann ganz alleine, nur für sich. Das junge Mädchen bemerkt sehr wohl, dass die Männer mit ihren Blicken an ihrem Körper kleben, aber das junge Mädchen blickt niemals zurück. Es hat nicht die geringste Ahnung, warum die Männer sie mit ihren Blicken so unaufhörlich festhalten. Das junge Mädchen tanzt mit ihren besten Freundinnen und am nächsten Morgen wird sie sagen, dass es doch nur darum geht, Spaß zu haben miteinander. Jungs sind dabei absolut unwichtig. Absolut. An diesem Abend durchbrachen die drei jungen Männer diese rührende Lüge und kamen zu uns auf die Tanzfläche. Sie traten mitten in unseren heiligen Ring der Jungfrauenschaft, lachten uns zu und begannen, mit uns zu tanzen.

Wir konnten nichts dagegen tun. Sie waren ja auch wirklich sehr nett und sogar sehr hübsch. Ich fand, dass vor allem Stefan sehr hübsch war. Er war sehr groß und hatte sehr dunkelbraunes Haar. Er hatte ein weißes Hemd zu einer dunkelblauen Jeans an und dunkelblaue Segelschuhe mit weißem Rand. Das sah todchic aus. Er tanzte plötzlich vor mir und sagte: „Hi, ich heiße Stefan – und du?“ „Maria“, sagte ich und musste lachen. Es gab keinen besonderen Grund zu lachen. Es war einfach so lustig. Es war lustig zu sehen, wie Lisa mit ihrem neuen Bekannten tanzte und auch Stephanie zu lachen begann, als sie den Namen ihres Tänzers hörte: Edmond. Er hieß Edmond, obwohl er nicht aus England kam. Ich hörte durch die Musik, wie er sich zu Stephanie vorbeugte und nahe an ihrem Ohr sagte: „Ich heiße Edmond – und ich komme nicht aus England!“ Stephanie lachte daraufhin sehr lange und laut und diesen Moment nützte Edmond, um an sie heranzutreten. Er trat nahe und umarmte sie. Ruhig, schnell, zärtlich. Einfach so. Stephanie sah ihn erstaunt an und fast sah es aus, als wollte sie seine Arme wegschieben. Edmond aber hielt sie fest und die Musik wechselte zu einem romantischen langsamen Song. Es passte also sehr gut, dass Stephanie ihn nicht wegschob, sondern stattdessen umarmte und ihren Kopf auf seine Brust legte. Es passt sehr gut, dachte ich, als ich mich an Stefan lehnte und wir uns zu der langsamen Ballade von Rod Stewart umarmten. Mir war sehr schwindelig. Von der Wärme seiner Brust, von den fünf Gläsern Bowle, von dem vielen Lachen und endlich von seinem Kuss. Wir waren nach der langsamen Nummer eng umschlungen spazieren gegangen. Ich sah, dass Lisa und Stephanie dasselbe taten.

Wir verließen fast gleichzeitig die Tanzfläche und gingen langsam und umarmt mit unseren schönen Tänzern in den Teil des Parks, wo es sehr dunkel war. Das ferne Licht des Hauses und der Fackeln schimmerte mit goldenem Glanz durch die tiefhängenden Äste der Bäume und das Gras war noch warum und dicht von der Hitze des Sommertages. Mir war immer noch sehr schwindelig und darum war es gut, dass Stefan und ich uns unter einen riesigen, uralten Baum legten. Er zog sein Hemd aus und rollte es zu einem Polster, auf den ich meinen Kopf legte, und als er mich küsste, musste ich ein wenig lachen, weil sein Kuss so süß nach Erdbeerbowle schmeckte. „Warum lacht du?“, fragte er, während er meinen Rock hochschob und meinen Slip nach unten zog. Über meine Oberschenkel, meine Knie, meine Fesseln, bis er endlich ganz weg war. „Du schmeckst so süß nach Erdbeerbowle“, sagte ich und musste tief und erschrocken einatmen. Stefan hatte seine Hose geöffnet und meine Hand in seinen Slip geschoben. Er war hart und heiß und darauf war ich nicht vorbereitet … „Das geht aber nicht“, sagte ich und hielt ihn fest in der Hand und war sprachlos, wie heiß und hart er dort unten war. „Ich hab dich echt lieb“, flüsterte Stefan in mein Ohr, und mir war so unsagbar schwindelig. So hatte ich noch niemals mit einem Jungen dagelegen. Noch niemals. Es war so verwirrend und unglaublich schön, als er mit seiner warmen Hand zwischen meine Beine griff und mich streichelte. Es war genauso, wie ich es mit mir machte, wenn ich allein im Bett lag, und es war doch tausendmal schöner. Ich spürte, dass er so etwas nicht zum ersten Mal machte, und dieses Gefühl machte mich müde und aufgeregt im selben Augenblick. Ich mochte Stefan sehr gerne und darum sagte ich nur halblaut „Wir müssen aufpassen“, als er meine Beine auseinanderschob und langsam und tief in mich eindrang. Es tat überhaupt nicht weh. Vielleicht lag das daran, dass ich beim Turnen einmal mein Häutchen eingerissen hatte. Es hatte ein wenig geblutet und die Lehrerin, der ich das gesagt hatte, meinte nur mit einem eigenartigen Lächeln „Das macht nichts, dann wird es eben nicht weh tun“. Ich hatte damals ihre Worte nicht verstanden und musste auch in dieser Nacht nicht daran denken, als Stefan auf mir lag und langsam und sehr lieb immer wieder tief in mich eindrang. Nach ein paar Minuten spannte sich sein Körper an und zitterte und zuckte, und dann wurde es in mir ganz heiß und nass. Er atmete heftig und tief ein und aus und sank dann auf meine Brust. Ich war müde, verwirrt und unglaublich glücklich. So ist es also, wenn man eine Frau geworden ist, dachte ich, und für ein paar Minuten zogen mich die Freude und die Erdbeerbowle in das Traumland …

Das Erwachen

Als ich erwachte, war Stefan schon wieder angezogen. Er saß neben mir an den Baumstamm gelehnt und sagte: „Na, geht's wieder?“ Ich war noch etwas benommen vom Schlaf und vom Erdbeergeschmack und begann, langsam meinen Slip wieder anzuziehen … „Bist du jetzt mein Freund?“, hörte ich mich sagen. Meine Stimme kam von weit her und hatte ein eigenartiges Echo in meinem Kopf. Ich sagte diesen Satz, obwohl ich ihn wirklich nicht sagen wollte. So etwas tut man nicht. Das war mir klar, aber in dieser Nacht geschahen so viele Dinge, die man nicht tut, dass es darauf auch schon nicht mehr ankam. Stefan lachte und streichelte mir leicht über den Kopf. „Für heute Nacht sicher“, lachte er und half mir hoch. Wir gingen zu den anderen zurück und Stefan war so nett, dabei meine Hand zu halten. Die ersten paar Schritte. Dann wollte ich keinen falschen Eindruck erwecken und ließ seine Hand wieder los. Wir tranken gemeinsam eine Bowle und dann sagte Stefan: „Man sieht sich – Okay?“

„Man sieht sich“, antwortete ich und merkte, dass ich sehr müde war. Auf der Fahrt nach Hause schlief ich im Taxi ein. Lisa und Stephanie hatten alle Mühe mich zu wecken, als wir kurz nach zwei Uhr bei mir zu Hause ankamen. Ich wollte so leise wie möglich in mein Zimmer, aber die Haustüre war von innen versperrt. Nachdem ich angeläutet hatte, war mein Vater herausgekommen. Er hatte noch in der Küche gesessen und auf mich gewartet.

Als er bemerkte, wie sehr ich schwankte und nach Erdbeeren roch, gab er mir die erste Ohrfeige meines Lebens. Meine Mutter stand im Bademantel an der Türe zu meinem Zimmer und sagte: „Ausnahmsweise hat dein Vater Recht, dich so zu behandeln. Warum missbrauchst du unser Vertrauen, wenn wir dir ohnehin schon erlauben, bis Mitternacht fortzubleiben. Ich bin sehr enttäuscht." Mit diesen Worten zog sie die Zimmertüre zu und ging in ihr Schlafzimmer. Zum ersten Mal ohne mir einen Gute Nachtkuss zu geben. Zum ersten Mal in meinem Leben. Ich war zu schwindelig und zu verwirrt, um mich über meine Eltern aufzuregen, die die nächste Stunde sehr laut stritten. Er machte ihr Vorwürfe, dass sie ein schlechtes Vorbild sei, und sie beschimpfte ihn als Versager, der sich nur mit Schlägen zu helfen wisse. Und das, obwohl sie noch in der Küche seine Ohrfeige völlig berechtigt gefunden hatte. Mir war das alles egal und ich lag da und im Einschlafen dachte ich: „Jetzt bin ich eine Frau … zum ersten Mal in meinem Leben …"

Das Ergebnis

In den nächsten Tagen hatte ich viel mit meinen Freundinnen zu besprechen. Am Tag nach der Party wollte noch keine von uns mit der ganzen Wahrheit herausrücken. Dann endlich, nach ungefähr einer Woche hatte Lisa als erste den Mut zu beichten. Wir saßen an einem Freitag nach der Schule in einem Eissalon und aßen Pistazieneis. Lisa begann zu erzählen, dass es ihr in der Nacht auf der Wiese sehr wehgetan hatte und Stephanie sagte, dass Edmond etwas grob gewesen sei. Wir erkannten, dass wir alle drei dasselbe erlebt hatten und begannen, immer offener und schneller von dem Erlebnis zu erzählen. Es war wie ein Sturzbach an Gefühlen, der endlich jemanden gefunden hatte, der ihn auffing. Nach all den Erzählungen von Lisa und Stephanie erkannte ich, dass ich mit Stefan großes Glück gehabt hatte. Ich war mir nicht sicher, ob es gut wäre für unsere Freundschaft, wenn ich davon berichten würde, dass es wunderschön gewesen war. Also entschied ich mich, zuzuhören und meinen Bericht den Erlebnissen von Lisa und Stephanie anzupassen. Nun waren wir noch mehr verschworen. Nun teilten wir ein Wissen, das uns ein geheimnisvolles Lächeln auf das Gesicht zauberte. Nun saßen wir drei in einem Boot. Nach ungefähr sieben Wochen war ich mir nicht mehr so sicher, ob wir wirklich alle drei dasselbe erlebt hatten, da ich festgestellt hatte, dass meine Periode ausgeblieben war. Ich wartete 3 Tage. 5 Tage. 11 Tage. Ich wartete drei Wochen. Dann ging ich in eine Apotheke, die weit weg von unserer Wohnung am Bahnhof gelegen war. Ich kaufte einen Schwangerschaftstest. Als in dem kleinen Sichtfenster angezeigt wurde, dass ich eine werdende Mutter war, wurde mir schwindelig und ich musste mich setzen. Ich hatte den Test gleich auf einer Bahnhofstoilette gemacht, und nun saß ich in der kleinen Kabine mit ihren Metallwänden und wusste nicht, was ich tun sollte. Die Nacht in dem Park stand immer wieder vor mir. Die brennenden Fackeln, die Wiese, Stefans Atem auf meiner Brust. Ich saß da und wollte diesen Moment auslöschen. Ich sah mich selbst, wie ich ihn zurückschob, aufstand und weglief. Ich wollte den Augenblick in meinem Lebensfilm ausradieren, wegschneiden, ungeschehen machen. Ich saß auf der Klobrille und sah immer wieder auf den kleinen weißen Plastikstab in meiner Hand. Die beiden rosa Streifen schienen direkt aus meiner Haut zu kommen. Sie brannten sich in meine Augen und meinen Atem. Ich bekam kaum noch Luft. Ein Kind war in mir. Mein Kind war in mir. Es war ruhig und wartete und ließ sich Zeit. Es war in mir und fragte mich, was nun geschehen sollte. Mein Körper fühlte sich an wie schmelzendes Eisen, das unter einer Metallpresse verbogen wird. Meine Brust wurde eng, meine Gedanken zu einem langen engen heißen Tunnel. Der Tunnel bewegte sich langsam auf mich zu und drückte auf meine Wangen, er drückte auf meine Brust, er drang in meinen Körper ein und drückte auf jede einzelne Faser. Brennend und langsam, aber rauchend, bis ich nichts mehr sah und auf den Boden rutschte. Ich fühlte wie mein Kopf gegen die Metallwand stieß, dann fühlte ich nichts mehr, weil ich ohnmächtig geworden war …

Eine Betrachtung

Heute weiß ich, dass dieser Augenblick mich auf einen neuen Weg geschickt hat. Dieser Moment der Erkenntnis traf mich wie ein Schlag mit einem schweren Hammer. Mitten auf die Stirn. Mitten in meinen unbeschwerten Lauf durch die bunte Welt der Sinnlichkeit hatte das Leben mir zum ersten Mal gezeigt, dass alles was wir tun eine Konsequenz nach sich zieht. Alles. In meinem Fall war es ein Kind. Ein Kind sollte kommen, nur weil ich Gefallen daran gefunden hatte, mit Stefan ganz nah zu sein. Ohne Gedanken. Ohne Vorsicht. Ohne Abwehr. Ich war in diesem Augenblick wie ein junges Tier gewesen. Ein junges Tier oder ein Mensch in den Anfängen unserer Geschichte. Meine Mutter hatte mich eindringlich davor gewarnt, mit einem jungen Mann heimzugehen. Vor allem ohne jeden Schutz. Unsere Lehrer hatten das Selbe versucht. In einer Woche, in der es im Unterricht darum ging, das Bewusstsein zu schärfen für die möglichen Konsequenzen ungezügelter Sexualität. Im Religionsunterricht wurden alle klugen und medizinischen Argumente verkürzt auf den kurzen Gedanken, dass es Sünde sei, ohne das Sakrament der Ehe sexuelle Erfahrungen zu erleben. Das war eindringlich. Sünde. Ich hatte also eine Sünde begangen. Eine Sünde.

All diese Warnungen und Verbote hatten eine einzige Aufgabe. Sie sollten verhindern, dass Unordnung in das Leben kam. Die Verbote, die der Zärtlichkeit einen Riegel vorschieben sollten, hatten den Sinn zu verhindern, dass ein Kind in eine Welt geboren wurde, in der keine Sicherheit wartete. Keine Familie, die bereit war das Kind zu empfangen. Kein Vater, der dafür sorgen würde, dass Wohnung und ein Zuhause bereit waren. Keine feste Verbindung zwischen seiner Mutter und seinem Vater, die einander versprochen hatten, zusammen zu bleiben – komme was wolle. Zusammen zu bleiben, um ein Netz der Sicherheit aufzuspannen für das neue Kind. All die Verbote hatten den Sinn, die Männer und die Frauen von einander fern zu halten. So lange fern zu halten, bis die Voraussetzungen zementiert waren für ein sicheres Leben. Eines neuen Menschen.

All diese Verbote und Mauern hatte ich in jener Nacht ignoriert. Ich war durch die Hitze der Nacht, durch die Kraft der Erdbeerbowle und durch die schöne Zärtlichkeit von Stefan in eine andere Zeit gebracht worden. In eine Zeit, in der alle diese Behinderungen noch keine Kraft gehabt hatten. In die Anfangszeit des Menschen.

Ich weiß, dass es eine Zeit gegeben hat, in der das, was ich in dieser Nacht erlebt hatte, das Gesetz war. Das einzige Gesetz. Das Gesetz des Lebens. Es hat eine Zeit gegeben, in der das oberste Gesetz darin bestanden hat, die Anziehung zwischen Mann und Frau zu leben. Ohne jede Einschränkung.

Ohne jede Gefahr. Ohne die Gefahr, dass ein Kind, das auf die Welt kam, Unordnung bereiten würde. Dieses Kind war ein Geschenk für alle, die darauf warteten, dass neues Leben erscheinen sollte. Vor undenkbar langer Zeit war noch kein Gedanke geboren, der das Leben behindern sollte, wenn es seine Kraft zeigte. Keine Angst. Keine Scham. Keine Reue.

Seit jenen Zeiten, in denen es noch keine Gesetze gab, hat sich in Wahrheit nichts geändert. Nichts. Wir sind dieselben geblieben. Wir waren in dieser sprachlosen Vorzeit unserer Geschichte ungezähmte Tiere. Ohne Angst zur Lebendigkeit, ohne Scheu vor Nähe, ohne jede begrenzende Berechnung …

Nichts hat sich daran geändert. Nichts. Das müssen wir wissen, wenn wir unsere Kleider ausziehen. Die Kleider unseres Alltags, die unsere Nacktheit verbergen und vor allem die Kleider unseres Verhaltens. All die Regeln, Gebote und Gesetze, die wir geschaffen haben, all die Angst vor Strafe, wenn wir die Gebote der Menschheit verletzen sind nur dünne Kleider. Diese Kleider sind nicht wir. All das tausendfach gerufene, geschriebene, befohlene Nein zum Leben sind nicht wir. Dieses Nein ist unser einziger Versuch, das ungezügelte Tier in uns zu zähmen. Damit wir eine Ordnung erschaffen, die unser Zusammenleben einfach machen soll. Einfach. Ein Teil der Menschheit versucht, diese Ordnung mit Worten und Geboten aufrecht zu halten, ein anderer misstraut der Kraft der Gebote und stellt sich trennend zwischen Mann und Frau. Versteckt die Frau in blauen oder schwarzen Tüchern und greift zur Peitsche, wenn ein Mann oder eine Frau einander lieben ohne es zu dürfen. Wir tun alles, um dieser Ordnung zu gehorchen. Wir knien nieder und bitten Gott um Kraft, die Gebote zu befolgen. Wir schreiben die Verbote an die Wände unseres Lebens, um sie niemals zu vergessen. Wir zeigen mit dem Finger auf den Sünder, der diese Wände nieder bricht und verbannen ihn aus unserer Mitte. Das ist die größte Angst, die in uns lebt. Verbannt zu werden. Geächtet zu werden. So wie noch vor 100 Jahren als Mutter eines unehelichen Kindes ausgestoßen zu werden.

Ja, die Zeiten haben sich geändert. Ein wenig. Die Frau wird nicht mehr gesteinigt und verstoßen. Nicht in dem Land, in dem wir leben. Der Staat stellt sogar ein wenig Geld bereit, wenn der Vater nach seiner kurzen Freude mit der Mutter seines Kindes keine Lust verspürt, sein Leben zu ändern, um für immer für beide da zu sein. Ja, wir haben ein wenig von unserer Härte und Schärfe verloren. Aber in unseren Gedanken, die über tausende Jahre gelernt haben, dass es Sünde ist, sich gehen zu lassen, in unseren Gedanken brennen wir noch immer, wenn das Leben uns besiegt hat.

Wir müssen wissen, dass wir aus mehreren Bausteinen zusammengesetzt sind. Das, was wir gelernt haben, in der Welt, in der wir hier in unserem Land leben, sind andere Gesetze als die Gesetze der Menschen am anderen Ende der Welt. Und die Gedanken, aus denen sie geboren sind, haben nichts mehr mit der Welt zu tun, die vor tausenden Jahren existiert hat. Unter allen Fassaden der Kultur lebt immer noch das ungezähmte Tier, das frei sein will. Wir müssen wissen, dass jeder Gedanke, den wir in unserem Kopf zur Welt bringen, von einem Fremden gezeugt wurde. Das ist der erste Schritt zur Freiheit. Das ist der erste Schritt ins Paradies. Das Paradies liegt nicht hinter uns, in den Zeiten in denen wir Tiere waren, die ohne Kultur ihre Natur ausgelebt haben. Das Paradies, das wir schon so oft erschaffen wollten, mit unseren Regeln und Verboten, ist niemals Wirklichkeit geworden, weil unsere Gesetze ausschließlich Angst geboren haben.

Das Paradies wird für uns Wirklichkeit werden, wenn wir uns die Zeit nehmen, den Müll unserer lebensfeindlichen Gedanken wegzuräumen.

Damals, als ich ohnmächtig am Boden einer blau gekachelten Bahnhofstoilette lag, wusste ich noch nicht, dass es einen Weg gibt, der mich von diesen zerstörenden lebensfeindlichen Gedanken von Schuld und Sünde wegführen konnte. Ich war ohnmächtig geworden, weil mein Wesen von all den tausend Stimmen, die mich in meinem Kopf verdammten, überladen wurde. Und kollabierte. So wie eine Glühbirne, die nur eine genau berechnete Menge an Stromstärke verträgt und durchbrennt, wenn mit einem Schlag 100 000 Volt durch ihre Leitung jagen.

Ich musste auf schmerzhafte Weise erfahren, dass unsere Gedanken Kräfte sind. Sie sind Kräfte, die scheinbar aus dem Nichts kommen und scheinbar ohne Farbe, Gewicht, Hitze und Kälte sind. Das Gegenteil ist der Fall.

Jeder Gedanke erschafft in uns eine Welt, die mit grenzenloser Wucht auf uns einwirkt. Das, was wir Phantasie nennen, ist eine der stärksten Realitäten auf diesem Planeten. Der Gedanke kann nicht nur Berge versetzen. Der Gedanke ist es, der unser gesamtes Dasein bestimmt. Der Glaube daran, das Richtige oder das Falsche zu tun, hat zur Folge, dass wir uns gut oder schlecht fühlen. Uns nicht nur gesund oder krank fühlen, sondern es tatsächlich auch werden. Das Gefühl von tiefer Schuld wirkt wie ein unsichtbares Gift auf unseren Körper. Es greift in unsere Zellen, in unseren Herzschlag, in unseren Atem, und es hat die Macht, uns sogar zu töten.

Genauso gibt uns der Glaube, das Richtige getan zu haben, Energie und Lebenslust, die uns dann befähigt, Bäume auszureißen.

Bevor wir den ersten Schritt auf dem Weg tun, der uns ins Paradies führen soll, müssen wir wissen, dass unser Glaube unser Schicksal ist. Wenn wir das erkannt haben, dürfen wir uns dem größten Abenteuer stellen, das das Leben für uns bereithält. Wir dürfen uns fragen, ob unser Glaube der richtige ist. Wir dürfen darüber nachdenken, ob die Gesetze, an die wir glauben, die besten Gesetze sind. Ob es Gesetze sind, die wirklich zu unserer Befreiung und Gesundheit geschaffen wurden. Wir dürfen und wir müssen uns zum ersten Mal in unserem Leben damit beschäftigen, ob der Mensch zu dem wir „Ich" sagen, tatsächlich das richtige „Ich" ist.

Wer hat dieses Ich erschaffen? Waren es meine Eltern und ihre Verbote und ihr Vorbild? Oder war es mein Widerstand gegen ihre Art zu leben?

War es meine Schule, waren es Filme aus Hollywood? War es die knackige Twiggy oder die sinnliche Marilyn Monroe, die mich von der Frau träumen ließ, die ich heute bin?

Was immer wir glauben zu denken, was immer wir denken, dass es unser Gedanke ist – es wurde uns von außen in unser Leben gebracht. Von außen.

Wenn wir unsere Freiheit erlangen wollen, müssen wir still werden, stehen bleiben in unserem Lebenslauf und hinsehen. Hinsehen, auf unsere Vorstellung vom Leben. Es ist nur eine Vorstellung. Es ist nicht das Leben.

Der Beweis dafür liegt darin, dass schon der Mensch neben mir eine ganz andere Vorstellung von seinem Leben hat und trotzdem glaubt, diesen Glauben an sein Leben würden alle Menschen teilen. Das Gegenteil ist der Fall. Schon eine Türe neben mir ist das Leben von völlig anderen Phantasien bestimmt. Und doch ist allen Menschen ein und derselbe Atem und ein und derselbe Herzschlag gegeben. Die Frage ist nur – wofür schlägt unser Herz und welches Bild in unserem Kopf lässt unseren Atem stocken?

Wir haben einen Freund in unserem Leben, der uns hilft, der Antwort auf diese Fragen näher zu kommen. Und dieser Freund ist unser Körper.

Unser Körper ist ein Barometer, das auf den seelischen Luftdruck reagiert. Jede Schwankung wird von unserem Körper registriert. Und dann sagt er uns, was wir tun sollen. Er zeigt uns, welches Essen und Trinken für uns gut ist, er zeigt uns, dass wir Pause machen sollen, bevor wir zusammenbrechen, und er zeigt uns, wie wir mit Belastungen umgehen müssen, die unsere Seele treffen. Unser Körper reagiert mit zwei einfachen Zeichen. Er wird schwach oder er wird stark. Bei jedem Menschen, dem wir begegnen, bei jedem Gespräch, das wir führen, in jeder Situation unseres Lebens spricht unser Körper zu uns und hilft uns, eine Entscheidung zu treffen. Das einzige, was wir tun müssen, um ihn zu verstehen, ist, seine Sprache zu lernen. Wir müssen lernen, was es bedeutet, wenn uns die Augen zufallen, obwohl wir ausgeschlafen sind. Wir müssen lernen, zu verstehen, was es heißt, wenn wir in der Gegenwart eines anderen Menschen nach Luft ringen, obwohl wir gesunde Lungen haben und wir müssen respektieren, wenn unser Körper uns aus einer Geschichte befreien will, die uns überfordert, indem er uns ohnmächtig werden lässt. Für jede Frage in unserem Leben hat unser Freund eine Antwort. Selbst dann, wenn wir glauben, keine Frage gestellt zu haben.

Es ist an uns, ob wir seinem Ratschlag folgen oder nicht. Wir können ihn auch überhören. Wir können seine Warnungen ignorieren. Wir können rauchen gegen unseren Stress, trinken, um uns zu entspannen, Aufputschmittel nehmen gegen unsere Erschöpfung. Wir haben 1000 Peitschen erfunden, um unseren Freund zu unserem Sklaven zu machen. Wir hören nicht auf das, was er uns rät. Wir treiben ihn zu Höchstleistungen, obwohl er uns eine Pause vorschlagen möchte. All das liegt in unserer Macht. Eine Zeit lang. Das ist die Wahrheit. Eine Zeit lang.

Eine Zeit lang können wir das Gaspedal durchdrücken und ohne zu schalten Vollgas fahren. So lange, bis der Motor überhitzt und explodiert. Das ist seine letzte Möglichkeit, mit uns zu sprechen. Wenn wir nicht hören wollen, dann lässt er uns fühlen. Dann zwingt er uns, zu gehorchen. Dann zeigt er uns, welche Bedeutung das Wort Demut hat.

So lange wir in einer Welt leben, die es als Schwäche bezeichnet, wenn ein Mensch weinen muss, um sich von einem Schock zu befreien, so lange wir ein fröhliches Lachen in einem Geschäftsgespräch als kindisch erleben, so lange wir die Ehrlichkeit unseres Körpers unterdrücken wollen, um in jeder Situation an der Macht zu sein, so lange wird er uns letzten Endes zwingen zu begreifen, wer der Stärkere ist.

An jenem Tag in dieser kalten Toilette am Hauptbahnhof hatte mein Körper entschieden, mein System abzuschalten. Zu viele Gedanken voller Angst und Panik, Verzweiflung und Schuldbewusstsein waren durch meinen Kopf gerast. Zu viel Sorgen und zu viel Not hatten mir das Gefühl gegeben, dass es keinen Ausweg geben konnte. Mein Körper wollte verhindern, dass ich in meinem jungen Kopf verrückt wurde und schaltete das Licht aus. Die Gedankenflut aus. Die Verzweiflung aus.

All das konnte geschehen, weil ich damals keine Rettung sah. In einem Augenblick, in dem nichts anderes geschehen war, als dass die Natur ungestört ihre Arbeit vollbracht hatte.

Hätte es einen Ausweg für mich gegeben? Hätte ich fröhlich und lachend auf die zwei rosa Streifen blicken können? Hätte ich nicht aus Todesangst in Ohnmacht fallen müssen?

Wenn ich im Paradies gelebt hätte, wäre alles ganz anders gekommen. Ich hätte ein Kind geschenkt bekommen und wäre zu meiner Familie gegangen, um es ihnen zu erzählen. Meine Mutter und all die anderen Frauen hätten mich umarmt und mit ihrer Erfahrung aufgefangen.

Meine Tanten, meine Großmutter und andere Frauen, die schon Kinder geboren hatten, würden einen großen Kreis bilden, in den hinein mein Kind auf die Welt kommen konnte. Beschützt und geliebt von allen in meiner Familie. Mein Vater, seine drei Brüder und deren Freunde hätten diesen inneren Kreis in den ersten Jahren mit Fürsorge und Schutz verstärkt und mir und meinem Kind Sicherheit gegeben. Der Vater meines Kindes wäre frei gewesen, zu uns zu kommen oder weiter zu gehen. Wohin auch immer sein Weg ihn führen würde. Seine Anwesenheit hätte kein Zwang sein müssen, um unser Überleben zu sichern, da alle Menschen rund um mich ihr Bestes gegeben hätten, um uns in dieses Leben zu begleiten. Nachdem die Natur ohne jeden Gedanken und ohne tiefes seelisches Gefühl ihre Arbeit vollbracht hatte, hätten er und ich erleben können, ob es eine Liebe gibt zwischen uns. Da es Liebe gibt, ohne Kinder auf die Welt zu bringen, und da Kinder auf die Welt kommen, ohne dass ihre Eltern einander lieben, wäre es in unserer Freiheit gelegen, genau das herauszufinden. Das, was die Wahrheit ist. Zwischen einem Mann und einer Frau. Wenn wir den Mut haben, diese Wahrheit herauszufinden, sind wir dem Paradies einen Schritt näher.

Eine Wahrheit

Jeder Mensch hat in sich die Sehnsucht nach Sicherheit. Wir wollen Nähe erleben. Geborgenheit, Wärme und Schutz. Und wir wollen, dass diese schönen glücklichen Gefühle bei uns bleiben. Für immer. Wir wollen das erleben, was wir als Babys erlebt haben, als die ganze Welt nur eine einzige Aufgabe kannte – uns zu schützen. Uns zu wärmen und uns zu ernähren. Unser Körper wurde mit Milch und Honig gekräftigt und unsere Seele mit nicht endender Umarmung. Im besten Fall. Nach diesem besten Fall sehnen wir uns für den Rest unseres Lebens. Wir sehnen uns danach, diese Kontinuität zu erleben, auch wenn wir bereits erwachsen geworden sind. Auf dem Weg vom Kind zum Erwachsenen haben wir erfahren, dass das Leben auch Kälte für uns bereithält. Gegenwind. Feinde. Krieg und Todesgefahr.

Um all diesen Bedrohungen zu entgehen, wünschen wir uns einen Menschen, bei dem all diese Gefahren keine Macht mehr über uns haben. Wir sehnen uns zurück in das unbewusste Paradies unserer ersten Jahre.

Die Anziehung zwischen einem Mann und einer Frau hat nichts mit dem seligen Paradies eines Kindes zu tun. Das Paradies des Kindes besteht darin, dass seine erotischen Farben noch nicht erwacht sind. Die Sexualität noch schläft. Seine Verbindungen zu den Menschen noch von keiner anderen Absicht der Natur getragen sind als ein

Kind zu sein. Die Absicht der Natur eines Kindes ist es, erwachsen zu werden. Die Absicht der Natur eines Erwachsenen ist es, Kinder auf diese Welt zu bringen. In jedem von uns hat dieses Kind überlebt. Wenn wir einem Erwachsenen begegnen, stehen wir gleichzeitig einem Kind gegenüber, das er vor vielen Jahren gewesen ist. Dieses Kind ist immer noch in ihm am Leben und fordert sein Recht. Und das Recht eines Kindes besteht darin, beschützt zu werden. Ohne Anfang und vor allem ohne Ende. So stehen zwei Erwachsene voreinander, und ihre Natur verlangt nichts anderes als ihre körperliche Vereinigung, um Leben zu erschaffen. Nur dieser Impuls ist von Bedeutung. Keine Nähe, keine Sicherheit, keine Ewigkeit an Gemeinsamkeit ist dafür nötig. Es will geschehen, und wenn wir es nicht kontrollieren, bedenken und verhindern, geschieht es auch. Im selben Atemzug verlangt das Kind in uns Dauer, Hingabe und Liebe. Diese drei Forderungen haben nichts miteinander zu tun. Das ist das Rätsel in all unseren Begegnungen. Begegnen wir einander, um ein Programm der Natur zu erfüllen? Oder begegnen wir einander, um uns zu lieben? Wer diese Frage in tiefer Wahrheit beantworten kann, ist dem Paradies noch einen Schritt näher.

Das Rätsel unseres Unglücks besteht darin, dass wir keine Geduld aufbringen wollen, um genau zu sein.

Die Genauigkeit

Der Mut zur Genauigkeit wird in keiner Schule, keinem Buch und keiner Religion gelehrt. Das ist die Wurzel unseres seelischen Unglücks. Das Unglück besteht darin, dass wir ungenau leben und die Welten miteinander vermischen. Wir sehnen uns nach körperlicher Nähe und gleichzeitig nach seelischer Berührung. Wenn wir genau sind, wissen wir, dass es diese Möglichkeit gibt. Es gibt Männer und Frauen, deren Seelen einen gemeinsamen Tanz der Liebe feiern und die einander körperlich begehren und glücklich machen.

Es gibt körperliche Nähe ohne jede seelische Bedeutung.

Und es gibt Seelenverbindungen, die ohne jedes sexuelle Spiel in uns erblühen.

Wenn wir glücklich sein wollen, müssen wir diese drei Wege erkennen und genau wissen, auf welchem Weg wir uns befinden, wenn wir mit einem anderen Menschen zu wandern beginnen. Sei es für eine halbe Stunde, sei es für unser ganzes Leben.

Wenn wir aus Sehnsucht danach, alles auf einmal erhalten zu wollen, ungenau leben, tun wir damit alles, um unglücklich zu werden.

Um körperliche Befriedigung zu erhalten, spielen die

meisten Menschen ein Spiel. Sie spielen einander vor, dass sie voller Liebe sind. Voll Absicht, miteinander Nähe und Zukunft zu teilen. Dieses Spiel der Lüge spielen die Menschen einander vor, um an ihr eigentliches Ziel zu kommen. Dieses Ziel ist kurzfristige Lust ohne Konsequenzen. Aus Angst, für diese unverzierte Wahrheit nicht mit Lust belohnt zu werden, beginnen wir zu lügen. Wir werden ungenau. Wir werden berechnend.

Gleichzeitig gibt es auch die andere Seite des Flusses. Auf dieser Seite spielen die Menschen einander vor, dass es sexuelles Begehren zwischen ihnen gibt, obwohl überhaupt keine Lust vorhanden ist. In Wahrheit wünschen sich diese Menschen auf dieser Seite des Flusses der Lügen Stille, Nähe, körperlose Geborgenheit. Aus Angst, den anderen dadurch zu verlieren, werden sie ungenau. Sie belügen sich selbst, ihren eigenen Körper und das Leben des anderen Menschen.

Der Ausweg aus all diesen Sackgassen der Lüge ist tiefste Genauigkeit. Unser Schicksal besteht darin, dass wir niemals gelernt haben, dieses Wort voller Mut in die Welt unserer Beziehungen einzuführen. Der Mut ist notwendig, um die Konsequenzen, die sich aus unserer Genauigkeit ergeben, zu ertragen. So wie es sein kann, dass wir genau dem Menschen begegnen, der in Wahrheit in all seinen Farben zu uns passt, so kann es auch sein, dass sich durch unsere Genauigkeit all diejenigen aus unserem Leben verabschieden, die bereit waren, sich und uns zu belügen.

Die Angst

Vor diesem Abschied haben wir Angst. Die Angst, verlassen zu werden, wenn wir unser wahres Gesicht zeigen, hält uns zurück. Die Angst hält uns zurück, die Wahrheit zu sagen.

Wir befürchten, dass all die Menschen, die uns in unserer Ungenauigkeit gewohnt waren, sich zurückziehen werden, wenn wir ihnen zeigen, wer wir wirklich sind. Darum lachen wir mit, wenn Witze gemacht werden, die uns traurig machen, darum trinken wir das fünfte Glas Schnaps in einer launigen Runde, obwohl wir wissen, dass wir am nächsten Morgen Kopfschmerzen ertragen müssen, darum gehen wir mit Menschen ins Bett, vor deren Berührungen uns insgeheim ein wenig friert, nachdem der Reiz des Unbekannten verflogen ist. Zu all dem sind wir bereit, weil dieses Maskenspiel der scheinbaren Nähe uns die Illusion gibt, nicht allein zu sein.

Das Rätsel liegt darin verborgen, dass wir in dieses Theater hineingeboren wurden. Das ist in Wahrheit die Wurzel aller Lügen. Wir werden in die Lügen unserer Welt geboren und lernen mitzulügen. Wir lernen nicht, zu erforschen, wer wir sind. Wir lernen, so zu tun als ob wir dazu gehören. Zu all den Anderen, die älter sind als wir Kinder und die uns die Wege zeigen, in den Dschungel der Verlogenheit. Alle raten uns, das Spiel der Masken mitzuspielen. Niemand ermuntert uns, hinter die Masken zu schauen und sie am Ende abzunehmen.

Wo könnten wir sein, wenn wir eine andere Kultur hätten? Wo könnten wir stehen, wenn das höchste Ziel unserer Welt darin bestehen würde, jedem Menschen dabei zu helfen, der zu werden, der er ist? Und nicht so zu tun, als wäre er einer der Anderen – nur um nicht aufzufallen. Wo wären wir, wenn unser schönstes Ziel darin bestehen würde, aufzufallen? Aufzufallen, in unserer Besonderheit! In unserer Unverwechselbarkeit! In unserer Kostbarkeit! Wir wären einen Schritt näher dem Paradies.

Die Angst ist kein guter Ratgeber auf diesem Weg. Sie hat ihre Berechtigung in dunkler Nacht auf einem eisigen Berg. Sie hält uns zurück, im Nebel in eine Gletscherspalte zu stürzen, weil wir zu schnell gelaufen sind. Für Momente wie diesen, ist die Angst unser Freund. Auf dem Weg eines Menschen zu sich selbst hat sie nichts verloren.

Wir müssen ihr in die Augen sehen und sie bitten, uns in Ruhe zu lassen und Platz zu machen für unseren Mut. Die Belohnung für die Überwindung der Angst liegt darin, in unserem eigenen Herzen zu Hause zu sein. Im Spiegel das eigene Gesicht zu erkennen und dieses Gesicht denjenigen zu zeigen, die uns sehen wollen. Uns und niemand anderen.

Wenn wir diesen Weg beginnen zu gehen, lassen wir die Ruinen unserer Lebenslügen hinter uns und begegnen denjenigen Menschen, die genauso wie wir auf dem Weg sind in das Paradies.

Die Schmerzen

Damals, vor vielen Jahren auf dem harten und schmutzigen Boden der Toilette am Hauptbahnhof erwachte ich langsam aus meiner Ohnmacht. Keiner dieser Gedanken war in meinem Kopf und gab mir Ruhe und Kraft. Mein Kopf war voll Panik, Angst und Verzweiflung. Ich stand langsam auf und öffnete die Toilettentüre. Ich ging zu den Waschbecken und drehte den Wasserhahn auf. Ich ließ das kalte Wasser in meine Hände laufen und schüttete es mir in das Gesicht, um zu mir zu kommen. Dann stützte ich mich auf den Beckenrand und sah mich im Spiegel. Ich war bleich und hatte tiefe dunkle Ringe unter den Augen. Ich hatte das Gefühl in der letzten Viertelstunde 100 Jahre älter geworden zu sein. Ich sah mir in die Augen und wusste, dass ich in dieser Sekunde nicht alleine war. Ich hatte mein Kind bei mir. Ich hatte mein Kind in mir. Ich war nicht mehr allein.

Ich sah mir in die Augen und sah noch ein anderes paar Augen. Ich hörte einen anderen Atem, ich fühlte ein anderes Herz schlagen. Ich wusste, dass ich nicht fliehen konnte, nicht weglaufen konnte. Ich wusste, dass das kein Traum war, aus dem ich erwachen konnte. Ich fühlte in jeder Zelle meines Körpers, dass eine andere Zeit begonnen hatte.

Das wollte ich nicht. Ich wollte aus dem Augenblick ausbrechen. Ich wollte den zähen Schleier zerreißen, der sich erstickend um mich legte. Ich wollte aus der Zeitlupe, mit der ich in diese dunkle Schlucht stürzte, herausbrechen. Mit aller Kraft.

Ich drehte mich um und ging weg. Ich ging Stunden durch die Stadt. Ich blickte in Auslagen, ohne zu erkennen, was dort zu sehen war. Ich saß auf den Stufen einer alten Kirche, ohne zu spüren, wie kalt der Stein war, ich ging in ein Kaffeehaus und trank eine heiße Schokolade mit Rum, ohne sie zu schmecken.

Ich fühlte die Anstrengung und die Schmerzen, als mein Sohn auf die Welt kam. Ich fühlte sein Gewicht, als die Schwester ihn mir auf die Brust legte. Ich durchwachte all die schlaflosen Nächte. Ich stand auf, um ihn zu füttern, ich stand auf, um ihn zu tragen, ich stand auf, um ihn in den Schlaf zu wiegen.

Ich saß da und sah, wie ich einen Kinderwagen kaufte und ihn durch die Straßen der Stadt schob. Ich sah, wie mein Sohn größer wurde und zu laufen begann. Ich sah meine Eltern, die ihm ein rotes Auto schenkten an seinem ersten Schultag. Ich sah, dass ich nicht wusste, wie ich all das schaffen sollte. Ich sah, dass ich allein war in all diesen Bildern, und ich fühlte, dass ich das nicht wollte. Ich hatte keinen Gedanken daran und keinen Mut, meiner Mutter zu erzählen, was geschehen war. Ich wollte einen klaren Kopf bekommen und beschloss, Stefan zu treffen.

Als ich diesen Gedanken in mir fühlte, wurde mir klar, dass ich nicht wusste, wie ich ihn erreichen konnte. Ich kannte nur seinen Vornamen. Keine Adresse, keine Wohnung, keine Telefonnummer. Ich hatte nichts, das mir erlauben würde, den Vater meines Kindes zu finden. Ich beschloss, Barbara anzurufen. Als ich sie beim dritten Versuch am Telefon hatte, sagte sie zu mir, dass sie keinen Stefan kennen würde. So viele Leute waren von anderen Leuten auf ihre Party mitgebracht worden, und von all denen kannte sie kaum die Hälfte, und so war sie nicht die Hilfe, die ich erhofft hatte. Mir blieb nichts anderes übrig, als Lisa und Stephanie um Beistand zu bitten. Ich verschwieg ihnen den wahren Grund meiner Frage nach Stefan, und Lisa konnte mir die Telefonnummer ihres Abenteuers geben. Dieser junge Mann lachte sehr fröhlich am Telefon, als ich ihn um den Kontakt zu Stefan bat und nach drei Tagen und vielen Versuchen, ihn zu sprechen, hatte ich ihn endlich am Apparat. Als ich ihm erzählt hatte, dass ich schwanger war, fragte er mich, ob wir uns die Arztkosten teilen könnten. Ich begriff, dass er damit eine Abtreibung meinte und begriff, dass er nicht vorhatte mich zu sehen, mich zu umarmen, mich zu heiraten und mit mir eine Familie zu gründen.

Ich hörte seine Stimme und konnte nichts mehr sagen. Ich fragte nicht, ob er mich auf irgendeine Art lieb hatte, ich fragte nicht, was er bei der ganzen Sache in seinem Herzen fühlte. Ich spürte sehr deutlich, dass er etwas überrascht und ärgerlich war und unser Gespräch schnell beenden wollte. Ich sagte, dass ich kein Geld brauchen würde und wünschte ihm einen schönen Tag. Als er endlich aufgelegt hatte und ich seine Ungeduld und Erleichterung in der Art, wie er den Hörer auf die Gabel geworfen hatte, fühlen konnte, saß ich da und beschloss, diesen Zustand zu beenden.

Ich musste ihn beenden, wenn ich nicht verrückt werden wollte. Ich konnte nicht schlafen, ich konnte nicht denken, ich konnte nicht essen und ich konnte mich auf nichts mehr konzentrieren. Ich starrte in der Schule vor mich hin und rannte auf dem Nachhauseweg in fremde Menschen, die vor mir über den Gehsteig gingen. Ich begann, rasende Kopfschmerzen zu bekommen und täglich mehr und mehr Übelkeit. Meine Mutter sah mich beim Frühstück an und sagte mir, dass ich wie ein Gespenst aussah. Ich wusste, dass sie Recht hatte und zuckte nur mit den Schultern. Ich drückte jede Nacht meine Hände auf meinen Bauch und betete, dass ich wieder alleine sein wollte. Ich sprach zu meinem Sohn und sagte ihm, dass es für uns beide zu früh sei. Viel zu früh. Ich sagte ihm, dass er keinen Vater haben würde und dass meine Eltern sehr böse wären. Auf mich und auf ihn. Weil er zu früh gekommen war. Zu früh in meinem Leben. Zu früh für alles, was noch nicht bereit war für ihn. Ich lag da und redete halblaut in das Dunkel der Nacht und wünschte mir so sehr, dass ich die Zeiger der Uhr zurück drehen könnte. Ich bat meinen Sohn aus ganzem Herzen um Verzeihung und gleichzeitig bat ich ihn, noch einmal zurück in den Himmel zu gehen, von wo er viel zu früh zu mir gekommen war.

Nach einigen Wochen, in denen ich begonnen hatte im Sitzen so zu zittern, dass ich das Wasser in meinem Trinkglas verschüttete, ging ich wieder einmal von der Schule nach Hause. Ich musste daran denken, wie Sebastian meine Schultasche getragen hatte und wie warm und freundlich dieser Tag gewesen war.

Ich kam an einer Kreuzung an und lief noch schnell im letzten Moment los, um auf der anderen Straßenseite anzukommen, bevor sie auf Rot schaltete. Ich war in einem Zustand des Träumens und Taumelns und verpasste es zu erkennen, dass die Ampel schon rot war und lief los und lief in einen Lieferwagen, der von rechts heran fuhr …

Als ich im Krankenhaus aufwachte, standen meine Eltern mit ernstem Gesicht an meinem Bett. Ich hatte eine schwere Gehirnerschütterung und einen Arm- und Beinbruch. Ich sah in die Augen meiner Mutter, die mich so noch nie angesehen hatte und fragte was los sei. „Die Brüche werden heilen", sagte sie leise, „aber du hast dein Kind verloren … es war ein Junge …"

Ich sah in ihre Augen und dann in die Augen meines Vaters. Ich sah sie an und sagte nichts. Dann schloss ich die Augen und schlief wieder ein.

Drei Jahre später

Drei Jahre später war ich mit der Schule fertig. Die Zeit, nachdem ich aus dem Krankenhaus entlassen wurde und mein Arm und mein Bein zu heilen begannen, verging wie ein Film ohne Ton. Etwas in mir war auf seltsame Art und Weise still geworden. Ganz still.

Es gibt Tage im Sommer, in denen es mit einem Mal so still wird. Am späten Nachmittag. Langsam schiebt sich eine breite Wolkenfront über den Himmel, der eben noch strahlend blau war. Die frische heiße Sommerluft wird schwül und drückend und die Blätter der Bäume hören auf, sich spielend im Wind zu drehen. Wie eine undurchdringliche Decke aus Blei schreitet die Wolkenwand quer über den Himmel und das Licht am Boden bekommt einen grauen Glanz. Es wird still. Seltsam still.

Die Menschen in den Strandbädern blicken erstaunt um sich und beginnen ihre Sachen einzupacken, weil sie ahnen, dass ein Gewitter bevor steht. Die graue Wand am Himmel ist so unerbittlich lückenlos, dass jeder erkennen kann, dass es mit der Sonne für diesen Tag vorbei ist. Alle rollen die Handtücher ein, rufen die Kinder aus dem Wasser und gehen. Sie ziehen sich in das Hotelzimmer zurück und hoffen, dass etwas Heiteres im Fernseher läuft. Ein lustiger Film, der die Kinder darüber hinweg tröstet, dass der Tag am See zu Ende ist.

Der Strand und die Wiese liegen still und wartend. Ein leichter, schwüler Wind bewegt die durchhängenden Stoffbahnen in den Liegestühlen. Das Wasser des Sees ist dunkel und zwei Schwalben fliegen tief über der Wasseroberfläche. Sie fliegen so tief, weil die Mücken die Höhe des Himmels verlassen haben. Ganz nah über den Boden wurden sie herunter gedrückt und dort werden sie von den jagenden Vögeln gefunden.

Wer den Sommer am Land kennt, der weiß, dass diese Stille und die tief fliegenden Schwalben die Vorboten eines Gewitters sind. Bis das Gewitter beginnt, bleibt es jedoch seltsam still. Man könnte meinen, der Wolkenbruch müsste jeden Moment losgehen. Aber wenn diese hohe, breite Wolkenwand kommt, die keine Formen hat und keine Bilder in sich trägt, dann bleibt es seltsam lange still. Erst gegen Mitternacht, wenn alles endlich schläft, wird in die Stille ein Krachen schlagen. Der erste Blitz, der erste Donner wird die Atemlosigkeit des Wartens zerreißen und dann wird der Regen endlich fallen. Die ganze Nacht. Den ganzen nächsten Tag und manchmal auch die ganze lange Woche. Doch bis dahin ist alles einfach still …

Ich war in diese Stille gekommen.

Nach drei Monaten konnte ich wieder ganz normal gehen und meinen Arm bewegen, und auch am Unterricht hatte ich wieder begonnen teilzunehmen. Meine Eltern hatten sich bemüht, mich so zu behandeln wie immer. In allem was sie sagten und taten war aber die Bemühung zu spüren, normal zu sein, und das ließ sie verkrampft und angespannt wirken.

Meine Mutter hatte zweimal versucht mit mir zu reden, aber ich hatte nichts zu sagen. Was hätte ich sagen sollen? „Es tut mir leid … das habe ich nicht gewollt?!“ Diese Sätze waren so überflüssig und sinnlos, dass ich einfach schwieg. Was hätte meine Mutter sagen sollen nach ihren Fragen, auf die es keine Antwort von mir gab? Ein strenges Wort … ein liebes Wort … die übliche Ermahnung, auf der Hut zu sein? Sie spürte, dass all das sinnlos war und ließ mich in Ruhe. Ein paar Mal umarmte sie mich ohne ein Wort, aber ich spürte wie mein Körper steif wurde und nicht aufmachen wollte. Sie fühlte meinen Rückzug und kam mir nicht mehr allzu nahe.

Mein Vater hatte keine Geduld gehabt. Nach zwei Tagen im Krankenhaus bekam er einen Wutanfall und wollte wissen wer es war, der mich in diese Situation gebracht hatte. Er wollte einen Namen, einen Ort, eine Adresse, um hinzugehen und demjenigen alle Knochen im Leib zu brechen. Das waren seine Worte. „Wenn ich dem Kerl begegne, breche ich ihm alle Knochen im Leib“, hatte er an dem Tag geschrieen, als er mit ansehen musste, wie schmerzhaft es für mich war, in diesem Bett zu liegen und mich nicht bewegen zu können. Meine Mutter versuchte, ihn zu beruhigen und führte ihn aus dem Zimmer. Ich war froh endlich allein zu sein und blickte hinaus aus dem Fenster …

Das Schweigen

In den drei Jahren danach bis zum Schulende wurde ich sehr schweigsam. Ich saß im Unterricht und machte, was von mir verlangt wurde. Ich arbeitete mit, ich gab meine Schularbeiten ab, ich war ordentlich und pünktlich, und ohne mich dafür anstrengen zu müssen, fiel ich nicht störend auf. Meine Freundinnen lachten in der ersten Zeit sehr oft über mich, weil ich so widerstandslos und ohne aufzubegehren zu einer stillen, ordentlichen Schülerin geworden war. So still und ordentlich, dass die Lehrer damit begonnen hatten, immer nur mich mit den kleinen Aufgaben des Schulalltages zu betrauen.

Anwesenheitslisten, das Verteilen von Schulplänen, das Zurechtrücken der Rollbilder des menschlichen Körpers im Biologieunterricht – all diese Verantwortungen übertrugen sie mir. Ich war still und ordentlich, und nachdem meine Freundinnen genug über meine Veränderung gelacht hatten, resignierten sie und lachten nicht mehr.

In dieser Stille verbrachte ich meine letzten drei Schuljahre. In meiner freien Zeit ging ich sehr gerne in den nahe gelegenen Wald, der bei unserem Wohnhaus begann, und an warmen Tagen setzte ich mich mit meinen Büchern unter unseren dicken, alten Apfelbaum. Er war schon über 70 Jahre alt, und an meinem 17. Geburtstag verlor er einen seiner weit ausladenden Äste. Der Ast war altersschwach geworden und unter seinem eigenen Gewicht abgebrochen. Gemeinsam mit meinem Vater sägten wir den gesplitterten Stumpf ab und verarzteten seine Wunde mit Baumwachs. Tapfer und gelassen ertrug mein großer Freund diese Operation, und schon im nächsten Frühjahr blühte er wie ein weißes Sternenbild, als wäre nichts geschehen. Als ich ein kleines Mädchen war, hatte der Ast, den er nun verloren hatte, die Seile gehalten, an denen meine Holzschaukel festgebunden war. Zwei fingerdicke Seile trugen ein Holzbrett und im Sommer war ich stundenlang nicht von meiner Schaukel wegzuholen. Als wir den abgestürzten Ast zersägten, sah ich die zwei Einkerbungen, die die Schnüre durch mein Gewicht in der Rinde eingekerbt hatten. Im Winter, als das Holz durchgetrocknet war, verbrannten wir die honigfarbenen Stücke in unserem Kamin. Es knisterte und ab und zu flogen Funken hoch. Hinaufgewirbelt durch die heiße Luft der Flammen.

Unter diesen alten Apfelbaum zog ich mich mit einer Decke, einem Kissen und einer kleinen Schale mit Mandeln in Schokolade zurück, wenn ich träumen wollte. Mandeln in Bitterschokolade waren meine Lieblingssüßigkeit, und meine Mutter brachte mir immer rechtzeitig eine neue Packung, wenn die alte zu Ende ging. Diese Mandeln in Bitterschokolade kamen aus Spanien und die Schokolade hatte einen geheimnisvollen Geschmack. Anders als die Mandeln in Bitterschokolade, die es bei uns zu kaufen gab. Heute weiß ich, dass das Geheimnis darin bestand, dass ein klein wenig Kardamom in der Schokolade beigemengt war. Dieser Geschmack verzauberte mich und ließ mich in die fernen Länder fliegen, über die ich in meinen Büchern so viel erfahren konnte.

Im Lauf der Zeit entdeckte ich, dass mich Archäologie und Geschichtskunde immer mehr und mehr in ihren Bann zogen. Am eindringlichsten fühlte ich mich zu den Bildern und Beschreibungen von Ägypten hingezogen. Die Kraft und die Klarheit, die ich in den Pyramiden fühlte, die makellose Symmetrie in den Tempelbauten von Karnak und das ewige Lächeln der Götterstatuen in Abu Simbel begannen mir eine Geschichte zu erzählen, für die ich noch keine Worte kannte.

Am allermeisten aber beeindruckte mich die Geschichte von Echnaton und seiner Frau Nofretete. Als ich das erste Bild von ihm sah, blieb ich minutenlang sprachlos mit dem aufgeschlagenen Buch auf meinen Knien sitzen. Nach all den anderen Königsstatuen, die in meinem Lexikon abgebildet waren, sprang mir das Bild Echnatons entgegen wie ein schwarzer Panther im Dschungel. Alle Statuen vor ihm waren von zeitloser Schönheit. Ein Idealbild von Ebenmäßigkeit und alle Zeiten überdauernder Gelassenheit. Die Gesichter der Königsstatuen waren glatt, schön, still und unbewegt. Echnatons Statue zeigte einen Menschen in seiner Realität. In seiner Unregelmäßigkeit. In seiner überhaupt nicht glatten Verletzbarkeit. Und das, obwohl er in der Tradition einiger Gottkönige stand. Seine Frau Nofretete war das bewundernswerteste Frauenbild, das ich jemals gesehen hatte. Stark, fein, konzentriert und sagenhaft sinnlich und weiblich. Voll stiller Erotik und atmend in ihrer steinernen Schönheit. Ich vertiefte mich gefesselt in die Geschichte dieses unfassbaren Paares und entdeckte, dass sie die gesamte Geschichte Ägyptens auf den Kopf gestellt hatten. Sie hatten den jahrhundertealten Gott Amun gestürzt. Sie hatten eine neue Hauptstadt gegründet, und sie hatten Amun und alle seine Nebengötter durch Aton ersetzt. Die einzige Gottheit in Gestalt der ewigen, lebensbringenden Sonne. Diesem Gott weihten sie ihre neue Stadt Tel-el-Amarna und lebten ihr Leben als Mann und Frau als Vorbild für ihr Volk.

Ich war entgeistert und sprachlos. Ich fühlte beim Anblick der Bilder einen stillen Ruf, der mich mit diesen beiden Menschen zu verbinden begann. Ich hing magisch gefesselt an den Abbildungen der steinernen Reliefs, die ihn und sie in ihrem Alltag zeigten. Ich sah, wie sie ihren Mann zärtlich umarmte, sah, wie er mit seinen Töchtern spielte und träumte mich, ohne Zeit und Raum zu beachten, in die Darstellung der geflügelten Sonne, die über allen Abbildungen dieser großen Liebe schwebte. Schlicht und klar, nur als runder steinerner Kreis schwebte der höchste Gott über den Liebenden und von seinem Rand fielen Strahlen auf Nofretete, ihre Kinder und ihren Mann.

Diese Menschen hatten vor tausenden Jahren etwas gewagt. Sie hatten gewagt, die eisernen Fesseln der Tradition und der Leblosigkeit zu zersprengen und Bilder ihres Lebens hinterlassen. Jedes dieser Bilder hatte nur eine einzige Botschaft: Sei der du bist und lebe dein Leben in Liebe.

Ich saß still unter meinem Baum und lehnte mich an seinen alten Stamm, der schon meine Kinderhände gespürt hatte und fühlte mich nicht mehr allein.

Wenn es so etwas vor tausenden Jahren gegeben hatte, wenn es möglich gewesen war, dass ein Mann und eine Frau einander liebten, dann musste es doch wieder geschehen können. Diese beiden Menschen hatten ein Zeichen hinterlassen. Ein Zeichen ihrer Geschichte. Sie waren Könige und Götter gewesen in ihrer Zeit und hatten doch einen Beweis hinterlassen für etwas, das ihnen offenbar viel wichtiger gewesen ist. Den Beweis, dass es Liebe gibt. Den Beweis, dass alle Macht der Welt nichts wert ist, wenn diese Welt nicht mit einem Menschen erlebt wird, der Liebe gibt. Mit einem Menschen erlebt wird, der sich so zeigt, wie er wirklich ist. Verletzbar, offen und voller Sehnsucht. Es war ihnen gelungen, diesen Weg in das Zentrum ihres Lebens zu stellen. Und es war ihnen gelungen, über all die Jahrtausende hinweg ein Zeichen zu geben. Für diejenigen, die Augen haben, zu sehen. Für mich …

Ich saß da und strich langsam über die Bilder. Es waren Fotografien aus Steinen und gleichzeitig war es, als würde ich Musik hören, die mit keinem Instrument dieser Welt gespielt wurde.

Ich schloss meine Augen und lehnte mich an meinen Baum. Ich fühlte, wie der Wind durch seine Äste zog und die Blätter zum Tanzen brachte. Ich fühlte den warmen Sonnenwind auf meinen Wangen und ich fühlte, dass irgendwo da draußen jemand auf mich wartete. Er war am Leben und war bereit, mir zu begegnen. Die einzige Frage, die es gab war die, wann das Schicksal diese Begegnung erlauben würde …

Noch war es lange nicht soweit. In diesen letzten drei Jahren meiner Schulzeit hatte ich keinen Kontakt mit dem anderen Geschlecht. Meine Stille und mein Schweigen waren nicht sehr attraktiv. Meine Freundinnen explodierten in ihrer Weiblichkeit. Sie reiften heran, sie wurden weicher in ihren Bewegungen, verspielter in ihrer Art, ihre Haare zu werfen. Verführerischer in den Bewegungen ihres Körpers. Ich sah zu, wie sie aufblühten und begehrt wurden. Die Jungen aus den höheren Klassen drängten sich um sie und begannen, einander Konkurrenz zu machen. Sie übertrumpften einander mit großen Reden und starken Gesten, aber am unschlagbarsten waren die etwas Älteren, die die Schule schon hinter sich hatten und am Freitag mit einem ersten eigenen Auto oder Motorrad vor der Schule warteten. Sie öffneten mit lässiger Bewegung die Türe und meine Freundinnen stiegen ein, warfen ihr Haar zurück und fuhren mit ihren Verehrern zu einer Party. Dieser Vorsprung eines eigenen Autos oder Motorrads machte die Jungen aus meiner Klasse rasend vor Wut und Eifersucht. All ihre beeindruckenden Reden und eng geschnittenen Hosen der neuesten Mode hatten kein Gewicht gegen das, was die Älteren zu bieten hatten. Luxus und Exklusivität. Sie standen ohnmächtig vor dem Schultor und mussten mit ansehen, wie ihre Mädchen von den Kriegern eines fremden Stammes entführt wurden. Krieger eines Stammes, die schon gelernt hatten, das Feuer zu zähmen und einen Speer zu schleudern. Diese Fähigkeiten beeindruckten die Weibchen, und bereitwillig ließen sie sich mitnehmen in diese andere Welt. Kein leicht erzählter Witz, kein innig geschriebenes Gedicht, keine Aufmerksamkeit hatte diese Verführungskraft wie das Dröhnen eines Motorrades. Das lernten die Jungen meiner Klasse in diesen Tagen und beschlossen, alles zu tun, um auch in den Besitz dieses Feuers zu gelangen.

Ich sah diesem Treiben zu und fühlte mich wie in der Steinzeit. Nichts hatte sich geändert. Nichts. In all den tausenden Jahren.

Das Tier in uns ist immer noch das Tier, und in den jungen Jahren unseres Lebens erlaubt es sich, noch an der Macht zu sein und unser Leben zu bestimmen.

Ich hatte diese Wahrheit am eigenen Leib erfahren und mein Wesen hatte sich zurückgezogen. Ich hatte im Fernsehen einen wunderschönen Film über Seeanemonen gesehen. Im warmen Wasser der Südsee leben sie auf schroffen Korallengebirgen und wehen sanft in der Meeresströmung. Hunderte von zarten, langen Fingern strecken sie aus auf der Suche nach den Flecken ihrer Nahrung. Wenn man einen dieser Finger unsanft berührt, zuckt die gesamte Anemone in sich zusammen. Im kurzen Blitz eines Moments. So verharrt sie lange Zeit, bis sie es wieder wagt, sich zu öffnen. So war es mir ergangen, und meine Seele hatte sich in sich selbst zurückgezogen.

Ich ging zu keiner Party, ich besuchte keine Konzerte, ich antwortete sehr uncharmant und einsilbig, wenn es ein Junge riskierte, mich anzusprechen. Nach einiger Zeit hatte sich verbreitet, dass mit mir nichts anzufangen sei und sie hörten auf, mich zu umwerben.

Das war mir nur Recht. Ich hatte keine Lust und keine Kraft, in dem witzigen Getue mitzuspielen. Mir war klar, dass es ohnehin nur darum ging, mich ins Bett zu bekommen, und die umständlichen Anläufe zu dieser simplen Wahrheit interessierten mich genauso wenig wie diese

Wahrheit. Nachdem ich in meinem engen Kreis durchgehend als kalt und frigide erkannt worden war, hatte ich für den Rest meiner Schulzeit Ruhe. Ich war über diese Entwicklung sehr froh. Es war ein für alle Mal erledigt. Ich musste nicht jeden Tag aufs Neue nein sagen. Ich hatte den Stempel des „Nein" auf meiner Stirn stehen, und das verschaffte mir Ruhe und Ungestörtheit. Ich konnte meine Zeit nach der Schule und an den Wochenenden mit mir selbst verbringen. Ich musste keine Gespräche führen, die mich langweilten, ich musste die ewig sich gleichförmig wiederholenden Rituale nicht mitspielen. Ich musste nicht so tun, als würde ich abwehren, nur um am Ende doch nachzugeben. Ich musste nicht mitspielen.

Ich ging nach Hause und in meinen Wald und zu meinem Baum. Ich nahm meine Bücher mit mir und floh in die Welten, in denen andere Gesetze herrschten. Ich sah, dass meine Eltern von zwei Gefühlen getrieben waren. Das eine Gefühl gab ihnen eine Art von Ruhe und Entspanntheit, weil sie erlebten, dass ich mich keiner neuen Gefahr aussetzte. Das andere Gefühl machte sie unruhig, weil sie sich zu fragen begannen, ob ihre Tochter etwas sonderbar war. Eine Eigenbrötlerin. Ein Mensch, der nicht fähig war, mit Seinesgleichen in der angemessenen Art zu kommunizieren. Anfangs fragten sie mich daher von Zeit zu Zeit, ob ich nicht einmal mit Freunden ausgehen wollte. Als ich sie zum wiederholten Mal nur schweigend angesehen hatte, beschlossen sie, mich nicht mehr solche Sachen zu fragen und ließen mich in Ruhe. In der Schule erledigte ich meine Pflichten, tat nicht mehr und nicht weniger als ich musste und verließ diese Stufe in meinem Leben mit einem mittelguten Abschluss.

Eine Reise

Meine Eltern waren froh, dass meine zurückgezogene Art sich nicht auf meine Leistungen ausgewirkt hatte und wollten mir zur Belohnung für meinen Erfolg ein Geschenk machen. Sie fragten mich, was ich mir wünschte, und ich war auf diese Frage vorbereitet. Ich zeigte ihnen einen Prospekt für Fernreisen und im Mittelteil des Katalogs eine zwölftägige Ägyptenfahrt. Meine Eltern waren sehr überrascht, aber als ich ihnen erklärte, dass mir keine Gefahr drohte, da es sich um eine Gruppenreise handelte, waren sie froh, sich keine weiteren Gedanken über mein Geschenk machen zu müssen. Wir buchten gemeinsam im Reisebüro, und eine Woche nach meinem letzten Schultag landete ich in Assuan.

Die Reise war in drei Teile geteilt. Zwei Tage waren für Assuan vorgesehen. Sechs Tage für Luxor und vier Tage für Cairo. Als ich aus dem Flugzeug stieg, hatte ich das Gefühl nach Hause zu kommen.

Wir waren am späten Nachmittag gelandet und die Sonne stand schon tief. Ein Teil in mir erinnerte sich an die Reise mit meinen Eltern in meiner Kindheit, als ich die ersten verschleierten Frauen auf den staubigen Straßen sah. Ein anderer Teil konnte dieses Bild auslöschen und war voller Erwartung und Neugier. Ich wollte mit einem anderen Bewusstsein, als es mir als Kind möglich gewesen war, durch dieses Land gehen und lernen.

Ich wollte mich hineinfühlen in die Schwingung der Luft, in die Wellen der Erde und die Strahlen der Sonne, die vor tausenden Jahren ein Gott gewesen war.

Schon beim Weg in das Hotel fühlte ich, wie eine unbekannte Entspannung meinen Körper ergriff. Ich konnte tiefer atmend. Die Wärme war eine andere als bei uns Zuhause. Sie war tiefer. Dunkler. Mächtiger. Die Wärme umarmte mich und öffnete meine Brust. Ich musste kurz vor dem Hotel stehen bleiben und die Augen schließen. Vor dem Eingang waren Oleanderbüsche gepflanzt und ihr intensiver Duft nach Vanille und Nelken betäubte mich. „Langsam …", sagte mein Schutzengel zu mir … „Langsam …"

Ich stand da, hatte die Augen geschlossen und musste lächeln. Das Lächeln brach aus mir heraus wie ein Sonnenstrahl durch die Gewitterwolken nach einem schweren Regen. Ich stand da und atmete langsam ein und aus. Atmete tief und langsam den Duft des Oleanders ein und aus. Atmete die Wärme in meinen angespannten Körper, der ein wenig weicher wurde und offen. Ich hatte das Gefühl, dass mein Atem tiefer in meine Brust hinunter sank und höher in meinen Rücken stieg als in all den Jahren zuvor. Der heiße Atem der Wüste drang bis an den Platz vor dem Hotel und ließ mir keine andere Wahl als nachzugeben. Nachzugeben und zu atmen, tief zu atmen …

Ich stand da und lächelte, weil ich ein wenig weich wurde in den Knien, und ich lächelte, weil ich die Stimme meines Schutzengels so lange nicht gehört hatte. Ich konnte in diesem Augenblick nicht sagen, ob ich vergessen hatte, ihn zu rufen oder ob er geschwiegen hatte. Vielleicht musste er schweigen, weil ich in meiner Zeit des Rückzuges nicht hören wollte. Vielleicht konnte ich ihn nicht hören, weil ich den Glauben an ihn verloren hatte. Wie immer unsere Prüfung gewesen war, an jenem Tag war sie beendet und mein Begleiter war wieder bei mir. So sehr bei mir, dass ich lächeln musste und ihn begrüßte. „Da bist du ja wieder", sagte ich zu ihm und er antwortete: „Ich war nie fort." „Warum habe ich dich dann nicht gehört?", fragte ich und hatte keinen Vorwurf in meiner Frage.

„Die Seele lernt nur an dem, was der Verstand nicht begreift", sagte er und ließ mich meine Augen wieder öffnen. Ich blickte auf den Oleander, der sich langsam im Abendwind bewegte. Ich sah auf den rosafarbenen Himmel knapp über dem Horizont. Ich blickte auf den Eingang des dunkelrot gefärbten „Old Cataract Hotel". Wie ein schlafendes Tier aus einer anderen Zeit lag das Hotel vor mir, und ich ging hinein, bekam meinen Schlüssel und ging auf mein Zimmer.

Eine Neuigkeit

Als ich auf meinen Balkon trat, näherte sich die Sonne dem Horizont.

Mein Zimmer war angenehm altmodisch eingerichtet. Ein Bett mit einem dunklen Holzrahmen, zwei tiefe weiche Fauteuils, ein kleiner runder Tisch mit einer Glasplatte, ein Perserteppich auf den breiten, dunklen Holzbohlen. Ein Zimmer aus dem vorigen Jahrhundert.

Ich stellte meinen Koffer vor das Bett und trat hinaus vor die Türe. Auf dem Balkon standen zwei Strohstühle und ein kleiner Teetisch. Ich lehnte mich auf das dunkle Holz des Geländers und blickte auf das Bild vor mir.

Der Nil floss langsam vorbei und in der Mitte des Flusses lag eine Insel. Am Rand ragten riesige düstere Felsen in das dunkle Wasser. Sie waren nicht zackig und schroff, sie waren rund und wirkten wie riesige Bachkiesel, die seit ewigen Zeiten von den Wellen des Nils abgeschliffen wurden. Hinter der Insel zog ein helles, dreieckiges Segel über das Wasser. Es war ein Fischerboot, und ich konnte den Mann sehen, der am Ruder stand. Er trug einen hellen, bodenlangen Kaftan und einen weißen Turban. Langsam verschwand die hohe Spitze des Segels hinter den Palmen, die auf der Insel standen und eine Gruppe von Vögeln zog mit ruhigem Flügelschlag auf die andere Seite des Stromes. Am anderen Ufer zog sich der Sand bis zum

Nil und dahinter türmten sich Felsen auf. Die Sonne hatte eine dunkelgelb glühende Farbe, die langsam begann, sich in Orange zu verwandeln.

Ich trat einen Schritt zurück und setzte mich in einen der beiden Korbstühle. Auf dem Teetisch stand ein kleines Tablett mit Mineralwasser und einer Dose mit Mangosaft. Ich füllte den Saft in ein Glas und trank einen kleinen Schluck. Ich saß da und war von einer angenehmen, neuen Stille erfüllt. All das Rauschen der alltäglichen Gedanken der letzten Zeiten war verstummt. Jahrelang hatte es in mir geplappert und gewispert und es hatte keinen Sinn ergeben. Der Alltag in der Schule, der Alltag im Kampf meiner Eltern, der Alltag im Durchhalten meiner Pflichten war wie ein Orchester gewesen, in dem die verschiedenen Instrumente versuchen, einen gemeinsamen Ton zu finden, bevor das Konzert beginnen konnte. Es ist ein Chaos von Dutzenden von Klängen und dann wird es auf einmal still. Wenn alle sich auf einen Ton geeinigt haben, der sie verbinden wird, wenn alle Flöten, Geigen und Oboen eingestimmt sind, wird es auf einmal still. Dieses Gefühl der Stille hatte ich, als ich mein Glas mit dem Mangosaft in der Hand hielt und in die Sonne blickte, die sanft auf dem Hügel aufsetzte, der genau gegenüber von meinem Zimmer lag. Es war mit einem Mal vollkommen ruhig. Die letzten Jahre hielten den Mund und in die Stille hinein hörte ich eine Frage: „Was jetzt?"

„Was jetzt ...?"

Ich fühlte meinen Körper, der sich in den friedlichen Korbstuhl sinken ließ, ich blickte über den Horizont, hinter dem der Abendhimmel violett zu werden begann, und ich wusste, dass eine große Neuigkeit auf mich wartete. Ich konnte nichts über diese Neuigkeit sagen, außer, dass sie am Beginn meiner nächsten Lebensstufe stand, auf die ich nicht vorbereitet war. Die Neuigkeit bestand darin, dass ich mit Sicherheit wusste, dass mir nichts von all dem, was ich gelernt hatte, dabei helfen konnte, weiterzugehen. Jeder Tag, den ich in der Schule verbracht hatte, war sinnlos gewesen. Sinnlos und zeitverbrennend. Keine Trigonometrie, kein Algebra, keine lateinischen Vokabeln konnten mir eine Hilfe sein für das, was jetzt vor mir lag. Und vor mir lag die Frage, was ich aus meinem Leben machen wollte. Ich hatte keine Ahnung und darum war es so still. Ich war im Niemandsland gelandet …

Ich wusste, dass die letzten Jahre dazu da gewesen waren, mich zu beschäftigen. Sonst nichts. Sie waren dazu da, die Lebenszeit der Kinder mit überflüssigen Formeln zu beschränken, die Zeit zu überbrücken, bis es vom Gesetz erlaubt war, dass wir in die Arbeitswelt eintreten konnten. Das war der einzige Sinn, den ich in meiner Schulzeit sehen konnte. Wir wurden geparkt und beschäftigt und abgelenkt. Wir wurden abgelenkt davon, die einzig wichtige Frage zu stellen: „Wer bin ich und was möchte ich aus meinem Leben machen?“

Diese Frage und die Antwort darauf hätte das gesamte Gefüge zum Einsturz bringen können. Darum wurden wir nicht darauf aufmerksam gemacht, dass das die einzige sinnvolle Frage ist. Wenn es sich nicht vermeiden ließ, wurde die Frage in ein Kostüm gesteckt. Die Frage lautete dann: „Was willst du eines Tages werden?“ Und damit war dann die Entscheidung gefragt zwischen Astronaut, Gärtner und Bankangestelltem. Wir wurden Tag ein Tag aus darauf ausgerichtet, unser Leben nach der Schule so monoton und eintönig zu führen, wie es der sinnlose Alltag im Mathematikunterricht oder Geographieunterricht war. In Wahrheit braucht niemand jemals in seinem Leben das Ergebnis von acht Jahren Studium sphärischer Körper oder das Wissen über Schiefer und Granitvorkommen in Bulgarien. Denjenigen, den diese Details tatsächlich fesseln, der wird sein Leben diesen Themen widmen. Alle anderen sollen in ihrer Kindheit mit diesen Sinnlosigkeiten betäubt werden, damit sie es ertragen und gewohnt sind, ihr restliches Leben betäubt und sinnlos hinter einem Bürotisch zu vergeuden.

Heute weiß ich, dass wir in einer Welt leben, deren Ziel es ist, uns schlafen zu lassen. Wir nehmen unsere Kinder nicht an der Hand und helfen ihnen dabei, aufzuwachen und zu erkennen, wer sie sind. Wir geben ihnen eine Form und treiben sie dazu an, die Form unseres Lebens anzunehmen und zu erfüllen, anstatt sie zu ermutigen, ihre eigene Form zu suchen und zu finden. Wir führen unsere Kinder nicht auf einen Weg, auf dem sie lernen, zu sich selbst zu finden. Wir schicken sie in ein Rennen, in dem es darum geht, die inneren Wahrheiten zu überhören und abzutöten, um zu funktionieren. Die Frage, der wir uns stellen müssen, lautet: Wollen wir unseren Kindern einen Weg in das Leben zeigen, der damit beginnt, dass sie sich selbst erkennen? Wollen wir sie begleiten auf ihrer Suche nach ihren tiefsten Fähigkeiten, und wollen wir unseren Vorsprung als die Älteren dazu nützen, ihnen die Weggabelungen zu erleichtern, an denen die Gefahr droht, dass sie sich verlieren? Oder wollen wir unsere größere Macht und unsere Kraft dafür einsetzen, sie auf eine Reise zu schicken, in der es nur darum geht, die eigene Seele zu verraten?

Jedes Kind möchte mit großer Freude und Kraft wachsen, lernen und stark werden. Die Basis für die gesunde Entwicklung ist eine Beschäftigung mit dem eigenen Körper. Er will laufen, schwimmen, klettern, sich bewegen und dadurch kräftiger werden und elastisch bleiben. In einem starken, lebendigen Körper fließt die Lebensenergie von Kopf bis Fuß und sorgt für eine klare Aura, die strahlend und anziehend wirkt. In einem Kind, dessen Basis auf diese Weise gesund erhalten wird, gibt es die Antworten, die in ihm angelegt sind. Es gibt Lehrer unter ihnen, es gibt Sportler, es gibt Maler, Bauarbeiter und Techniker. Keiner dieser Wege ist besser oder schlechter als der andere. So unterschiedlich wie die Kinder schon in ihren ersten Stunden sind, so unterschiedlich ist ihre tatsächliche Begabung und Eignung. Die Lösung all der Rätsel, die uns unglückliche Kinder aufgeben, liegt darin, sich die Zeit, die Liebe und die Geduld zu nehmen, ihnen zuzuhören und sie anzuschauen. So lange müssen wir aufmerksam zuhören und hinsehen, was es in unseren Kindern wünscht, bis wir die Zeichen, die sie uns geben, erkennen. Dann ist es an uns, jedem einzelnen Kind dabei zu helfen, derjenige Mensch zu werden, der es sein möchte.

Es gibt die Meinung, dass es für ein Kind wichtig sei, eine Frustration angesichts einer sinnlosen Aufgabe auszuhalten und dadurch Disziplin zu lernen. Das Gegenteil ist der Fall. Die immer wiederkehrende Ablehnung einer Aufgabe ist ein lebendiges Zeichen dafür, dass das Wesen eines Kindes seine wirkliche Aufgabe sucht. Die Aufgabe, für die es geboren wurde. Wenn dieser Wunsch nicht gehört und mit falscher Disziplin gebrochen wird, um einer sinnlosen Tätigkeit zu dienen, bricht eines Tages jeder Antrieb im Kind, seinen eigenen Weg zu finden. Dann ist das Ziel erreicht, das darin besteht, einen funktionierenden Automaten programmiert zu haben, der alles tut, was eine Autorität ihm vorschreibt. Dann haben wir ein Mitglied einer reibungslosen Gemeinschaft von braven Menschenmaschinen geschaffen. Dann haben wir Ruhe. Zumindest vordergründig …

In der Tiefe des Kindes, in der Tiefe des Menschen, der sein Kind noch immer in sich trägt, brodelt die Sehnsucht nach Lebendigkeit weiter. Sie ist in Wahrheit nur übertüncht und zubetoniert. Es scheint nur so, als wäre es gelungen, das Leben zu betrügen. Tief unten im Gefäß unseres Daseins lauert es auf die Möglichkeit, auszubrechen. Diesen Zwiespalt lernen wir mit Ritualen zu betäuben, an denen fast alle teilnehmen.

Es wird gelärmt, gebrüllt, getrunken, es werden Drogen genommen, es wird die Zeit totgeschlagen mit Sportevents und Bungee-Jumping, Fernsehserien und Formel-1. All das, was mit den wirklichen Bedürfnissen eines menschlichen Wesens nichts zu tun hat, ist willkommen, um als Ablenkung zu dienen.

Stille, Wärme, Zärtlichkeit, Erotik, Kraft und Lebendigkeit, Freiheit, Liebe und Mut stehen nicht auf unserem Lebensplan. Sie stehen nicht auf der Liste unserer Lebensziele, und sie werden uns nicht nahe gebracht, wenn wir die Frage stellen, was wir mit unserer Zeit anstellen sollen.

Wenn wir vor einem Kind die Vielfalt all der Wege ausbreiten, auf denen es gehen kann, wird es auf diejenigen Schuhe zeigen, die seine Seele ihm zeigt. Dann ist es eine völlig andere Aufgabe, Disziplin zu lernen. Diese Disziplin und dieses Durchhalten, das dann gefragt ist, dienen dazu, das Ziel zu erreichen, in dem das Kind sein Lebensglück findet. Dieses Erlernen von Kontinuität hat zur Folge, dass ein Kind lernt, stolz zu sein auf seinen Fortschritt. Stolz auf die Kraft, die es erlebt, um durchzuhalten. Stolz auf das Ergebnis, keine Maske tragen zu müssen.

Es gibt für die Art und Weise, wie wir mit unseren Kindern leben, nur zwei Wege. Den Weg der Unterdrückung oder den Weg der Befreiung.

Den Weg der Unterdrückung haben wir in den letzten tausenden Jahren gewählt. In unserer Zeit und unserer Kultur scheint es nur so, als wäre die Unterdrückung weniger geworden. Wir schlagen weniger mit dem Stock, aber dafür schlagen wir die Fenster der Seele solange zu, mit sinnlosen Ablenkungen, bis sie resigniert und sich genauso in sich zurückzieht, wie sie sich in früheren Zeiten vor dem Knüppel zurückgezogen hat.

Der Weg der Unterdrückung kostet uns Energie und Kraft, um die jungen wilden Tiere zu zähmen und vor unseren Pflug der Pflichterfüllung zu spannen. Der Weg der Befreiung verlangt von uns Anteilnahme und aufmerksame Liebe. Am Ende dieses Weges erwarten uns aufrechte

Wesen, deren Kindheit ein aufregender, herausforderndernder Anlauf gewesen ist, um Freundschaft und Liebe geben zu können. Um ein Leben zu führen, das geprägt ist von Aufgaben, die von innerer Kraft und Energie erfüllt sind. Um zu jedem anderen Menschen eine Beziehung eingehen zu können, die von einer einzigen Wahrheit getragen ist. Der Wahrheit, dass die Liebe jedes Menschen die Liebe ist, die er als Kind gelernt hat zu geben.

All diese Gedanken hatte ich an jenem fernem Abend auf dem Balkon meines Zimmers im „Old Cataract Hotel“ noch nicht. Sie kündigten sich in einer neuen Stille an. Einer Stille, die mir noch unbekannt war und die Frage, „Was jetzt?“, beantwortete ich mit einer endlosen Neugier auf meine Zukunft. Heute weiß ich, dass diese Neugier der Schlüssel ist, den das Leben für uns bereit hält, wenn wir bereit sind für die Reise in das Paradies.

Eine Frage

Die Frage ist: Warum führen wir unsere Kinder nicht auf den Weg, der ins Paradies führt? Wenn wir fähig sind, die zwei unterschiedlichen Wege zu erkennen. Wenn wir fähig sind, das eine Ende der Strecke zu beschreiben, das uns zu großen, freien, starken Menschen macht. Und wenn wir genauso fähig sind, die Ohnmacht und das leblose Taumeln am anderen Ende eines Tunnels voraus zu wissen – warum schicken wir dann unsere Kinder in diese Enge? Warum bekämpfen wir die Freiheit, in die wir alle geboren werden und ziehen die Mauern immer höher?

Heute weiß ich, dass es eine große Angst gibt vor der Freiheit. Die Angst, dass unsere Kinder zu Erwachsenen werden, die sich nicht mehr kontrollieren lassen, ist so groß, dass wir es lieber in Kauf nehmen, ihnen das Paradies zu vernageln.

Die Frage ist, was geschehen würde, wenn wir die Schleusen dieses Dammes öffnen würden. Wir haben einen Damm gebaut, um den Fluss der Lebendigkeit aufzustauen. Dieser Damm besteht aus Strafen, Ermahnungen und Schlägen. Wenn unsere Kinder lachen und springen, weil sie ihren Körper erleben wollen, zwingen wir sie, still zu sitzen und stumm zu werden. Wenn sie Fragen stellen, die unser Leben in Zweifel ziehen, verbieten wir ihnen den Mund und geben ihnen Lügen als Antwort. Wenn sie trotz alledem aufbegehren und ausbrechen wollen, machen wir ihnen klar, dass ein Ausbruch aus unserem Gefängnis mit Einsamkeit und der Narrenmütze bestraft wird.

All diese Bausteine der Lieblosigkeit haben wir zu einem riesigen Damm aufgebaut. Der Druck, den der Fluch der Lebendigkeit auf diesen Damm ausübt, ist riesig groß. Eine riesige drängende Energie baut sich unter all diesen Verboten und Einschüchterungen auf und sucht nach einem Ventil. Das ist in Wahrheit der Grund, warum wir diesen Damm in unserer Welt seit tausenden Jahren immer höher bauen.

Die angesammelte Kraft von unzähligen Energien der tausenden und Millionen suchenden, drängenden, nach Luft ringenden Menschen kann man steuern. Man kann diesen Druck durch ein Ventil schicken und damit den Motor unserer Geschäfte antreiben. Das ist der wahre und einzige Grund. Wir brauchen die Frustration von Millionen, um ihnen einzureden, dass ihr Glück darin besteht, am Wochenende einkaufen zu gehen. Geld auszugeben. Sich eine Belohnung zu gönnen. Wir erzählen unseren Erwachsenen, die niemals ihrem Kind, das sie in ihren Herzen tragen, eine Freude machen durften, dass es die größte Freude ist, ein großes rotes Auto zu kaufen. Ein Haus zu kaufen, ein Flugzeug zu kaufen, um davon zu fliegen. Weg zu fliegen von dem Ort, wo sie kein wirkliches Glück finden können. Wegfliegen ist das größte aller Ziele. Wegfliegen von dem Ort, auf dem das rote Auto und das große Haus stehen und Schulden darauf warten, abgetragen zu werden. Weit weg fliegen, um viel Geld, und im blauen Meer am weißen Strand eine Tia Maria trinken und dabei so auszusehen wie die schönen Menschen im

Film, die uns vorspielen, dass an diesem Strand, und nur an diesem Strand das Glück wartet …

Nach zwei Wochen Sand unter den Füßen fliegen wir wieder zurück und beginnen noch mehr zu arbeiten, um die Kosten dieser Reise wieder herein zu bringen. Und während wir aufstehen, um zur Arbeit zu gehen, suchen wir im Katalog das neue, zweite Auto. Am besten in Schwarz. Und die nächste, noch längere Reise, die ans andere Ende der Welt führen soll. Auf seltsame Art und Weise haben das erste rote Auto und der weiße Pudersand uns doch nicht so glücklich gemacht. Irgendetwas hat gefehlt. Wir sagen uns zur Beruhigung, dass das ganz sicher der Stress war, nach all der vielen Arbeit, und wir sagen uns, dass zwei Wochen zu kurz sind und ein Hotel mit 4 Sternen keine wirkliche Erholung bieten kann. Wir beginnen länger und härter zu arbeiten, um endlich drei Wochen flüchten zu können. In das 5-Sterne-Hotel mit eigenem Bungalow direkt am Meer …

Das ist es …

Das ist der Grund, warum wir nicht lernen dürfen, wo wir in Wahrheit unser Glück finden können. In Wahrheit führt der Weg zu unserem Glück nicht in die Ferne. Der Weg zu unserem Glück führt in unser Herz. Das Herz, mit dem wir geboren wurden. Das Herz, das wir ein Leben lang übersehen, weil es uns so nahe ist. Weil es in uns ist. Das Herz, das so leise schlägt, dass wir stehen bleiben müssten, um es zu hören. Stehenbleiben, aufhören mit dem Lärm unseres Ehrgeizes. Still werden und zuhören, was es uns sagt – unser Herz …

Das müssten wir tun, um zu uns zu finden und zu erkennen, was wir wirklich brauchen, um glücklich zu sein … Dieses Stehenbleiben erfordert großen Mut. Es erfordert den Mut, anders zu sein als die Anderen. Die Anderen werden nicht aufhören, zu rennen, zu starten und zu drängen, weil sie nichts anderes gelernt haben. Sie müssen so laut schreien und einander weiterschieben, wie eine Ochsenherde, die in Panik geraten ist.

Diese wilde Flucht ist die Flucht vor der Stille und der Gefahr, die die Stille in sich trägt. Die Gefahr besteht darin, plötzlich allein zu sein. Fremd zu sein unter all den Anderen. Die Gefahr besteht darin, den Anschluss zu verpassen, wenn man sich einmal erlaubt hat, nicht immerzu im Kreis zu rennen. Solange uns niemand zeigt, dass nur dieses Stillstehen im rasendsten Galopp der erste Schritt ist zu unserer Freiheit, werden wir erleben, dass uns die Angst vorwärts treibt zu Erfolg, Karriere, Geld und Macht. An dem Tag, an dem wir den Mut besitzen, all das in Frage zu stellen, von dem wir glauben, dass es unser Gott ist – an dem Tag sind wir an einer Weggabelung angekommen. Und einer der beiden Wege führt dorthin, wofür wir in Wahrheit geboren sind. Er führt uns ins Paradies.

Die Verhinderung

Wodurch werden wir daran gehindert, diesen Weg zu gehen? Wir haben in unserer Welt Wegkarten und Hinweise, dass es diesen kostbaren Weg gibt. Was also hält uns zurück, ihn zu gehen, obwohl es einzelne Menschen gibt, die sagen, dass der Weg ins Paradies zu finden ist, wenn man bereit ist, dem Ruf seines Herzens zu folgen?

Die Antwort liegt in der Frage: Es sind nur Einzelne. Einzelne Menschen. Keine Gruppe von hunderten und tausenden, kein Volk, nicht die gesamte Menschheit ist es, die davon erzählt. Es sind Einzelne. Nur Einzelne …

Hie und da hat ein einzelner Mensch den Eingang in den Zauberberg gefunden. Mitten im tiefsten Wald. Er ist in seine Höhlen vorgedrungen und hat kostbarste Schätze gefunden. Als er wieder herausgekommen war, hatte sich seine bekannte Landschaft verändert. Die Wälder, die er kannte, existierten nicht mehr und seine Familie und Freunde waren verschwunden. Die Zeit war eine andere geworden …

Derjenige, der den Weg ins Paradies findet und zurückkehrt in die normale Welt der Menschen, hat sich so sehr verändert, hat so sehr begonnen, ein anderes Leben in einer anderen Zeit zu leben, dass er von niemandem mehr erkannt wird. Er erzählt in den schönsten Bildern von dem Schatz, den er gefunden hat. Die Menschen hören voll

Neugier seine verrückte Geschichte, aber keiner glaubt dieses Märchen. Niemand will sich auf den Weg machen und an der Weggabelung eine andere Richtung wählen. So bleiben diejenigen, die gewagt haben, allein …

Das ist der Drache, der den Weg ins Paradies bewacht und diejenigen erschreckt und vertreibt, die nicht den Mut haben, durch ihn hindurch zu gehen. Der Drache heißt Einsamkeit.

Die Welt, in der wir leben, ist es gewohnt, diejenigen, die den Mut hatten, die gewohnten Wege zu verlassen, mit Einsamkeit zu bestrafen.

Einer unserer größten Weisen, die wir jemals kannten, hat sein Leben nackt und allein in einem Fass verbracht. Er hatte Abschied genommen von der Welt und sich von allem befreit, das ihn behindern hätte können auf dem Weg zu seinem Glück …

Als einer der größten und mächtigsten Männer seiner Zeit, als Alexander der Große diesen Einsiedler fragte, ob er ihm den Weg zum Glück zeigen könnte, sagte der nackte Mann in dem Holzfass zu dem großen Anführer von tausenden Soldaten: „Geh mir aus der Sonne!“

Diese Geschichte zeigt uns, wovor wir Angst haben. Wir lassen uns erzählen, dass die Einsamkeit und die Nacktheit der Preis ist für unsere Reise zu uns selbst. Das ist der Drache, vor dem wir uns fürchten. Niemand sagt uns, dass diese Geschichte erzählt wird, um uns zu erschrecken. Niemand will allein sein. Einsam sein, keine Kleider und kein schönes Zuhause haben. Darum wird diese Geschichte erzählt. Sie soll uns zwei Dinge sagen: Erstens: „Ja, es gibt einen Weg der Weisheit." Zweitens: „Wenn du ihn gehst, wirst du einsam enden und dich lächerlich machen. Du hast die Wahl!"

Niemand von uns wird freiwillig diese Möglichkeiten akzeptieren. Keiner von uns will einsam sein und niemand will seine Würde und seinen Stolz einbüßen und sich lächerlich machen. Darum haben wir durch diese Art von Geschichte gelernt, dass es attraktiver ist, ein Feldherr zu werden, ferne Länder zu unterwerfen und Hunderttausende auf diesem Weg der Eroberung abzuschlachten. Der Lohn dafür ist Reichtum, Macht und eine Erwähnung im Buch der ewigen Vorbilder unserer Welt. Der Drache Einsamkeit spuckt sein Feuer und wir zucken zurück und erinnern uns daran, dass wir so sein sollten wie alle Anderen …

Die Wahrheit ist viel feiner. Die Wahrheit ist, dass wir diesen Drachen überwinden können. Ganz einfach. Indem wir durch ihn hindurch gehen. Wir können durch ihn hindurch gehen, in dem wir nicht auf seine dröhnenden Warnungen achten. Die Wahrheit ist, dass wir uns auf den Weg machen können zum Goldschatz unserer Seele, ohne in der Einsamkeit zu landen. Ohne jeden Kontakt zu unseren geliebten Menschen zu verlieren, ohne dabei jeder Freude an der Vielfalt des Lebens zu entgehen.

Wir können schöne Kleider tragen, wir können in warmen Betten liegen, wir können uns auf Festen treffen und die Nacht zum Tage machen, wenn wir uns einer Sache bewusst sind: Das ist die Freude dieser Welt. Sie ist nicht die Freude meiner Seele. Ich kann die Freuden dieser Welt erleben, wenn ich erfahren habe, welchen Wert sie haben. Welchen Wert und welche Kraft zu welcher Zeit. Der Weg des Herzens bedeutet nicht, dass wir Abschied nehmen müssen von dieser Welt. Der Weg des Herzens bedeutet, dass wir lernen, genau hinzusehen und die Dinge nicht zu verwechseln …

Ein schöner Ring ist ein schöner Ring. Nicht mehr und nicht weniger. Es ist nicht der Schlüssel zum Paradies. Das Tor zum Paradies öffnet sich nicht, wenn ich ihn kaufe. Es öffnet sich aber auch nicht, wenn ich auf ihn verzichte. Der Ring ist der Ring. Das Tor ist das Tor. Das eine hat mit dem anderen nichts zu tun.

Die Aufgabe meiner Wachsamkeit ist es, genau zu sein. Genau sein und die Dinge nicht verwechseln, das ist der Weg, wie wir den Drachen unserer Angst besiegen können. Wir haben tausende Jahre gelernt, dass der Weg ins Paradies mit Armut, Einsamkeit und Lächerlichkeit bezahlt werden muss. Das ist nicht wahr.

Diese Geschichte ist ein Märchen, das man uns erzählt, damit wir uns nicht auf den Weg machen. Wir dürfen uns lachend, tanzend und singend mit allen anderen Menschen auf den Weg machen zu unserem wahren Glück. Wir dürfen diesen Weg zu einem Fest machen mit allen Anderen. Wir müssen dabei nicht einen Augenblick lang einsam sein und wir dürfen uns auch dabei schmücken. Mit bunten Tüchern und Ketten aus echten Perlen. Wenn wir die ganze Zeit darauf achten, welches Ding welchen

Wert hat und die Dinge nicht verwechseln. Diese Wahrheit ist die verborgene Wahrheit hinter all unseren Ängsten. Sie ist uns noch niemals erzählt worden. In unseren Tagen aber ist es soweit und die Märchen vom Drachen gehören der Vergangenheit. Eine neue Zeit ist dabei, aus dem Strom unseres Lebens aufzutauchen. Es ist die Zeit, die im Paradies gilt …

Ich saß in meinem Korbstuhl und hörte in mich hinein. Ein Echo aus meiner Zukunft zog durch meine Gedanken und ich begann, allmählich Worte für dieses Echo zu suchen.

In der Zwischenzeit war die Sonne untergegangen und erste Sterne strahlten am Himmel. Die Nacht begann ihr dunkelblaues Tuch über der Wüste aufzuziehen und letzte Vögel flogen zu ihren Schlafplätzen am Ufer. Der Nil floss langsam und wuchtig dahin und ich bemerkte, dass ich Hunger hatte. Ich dachte kurz an die Möglichkeit, in das Hotelrestaurant zu gehen, beschloss dann aber doch, lieber allein sein zu wollen. Die nächsten Tage war ich mit meiner Gruppe unterwegs, also erlaubte ich mir, mich an diesem ersten Abend zurückzuziehen. Ich ging zum Telefon und bestellte beim Room-Service ein kleines Abendessen.

Eine halbe Stunde später kam der Zimmerkellner mit einem Tablett, auf dem ein Teller stand, der mit einer großen, silbernen Schale zugedeckt war. Er stellte den Teller auf meinen Terrassentisch und hob mit eleganter Bewegung die silberne Haube hoch. Ein großer goldbrauner Marmorkuchen lag auf dem Teller. Eine Flasche Coca-Cola machte mein Luxusdiner komplett. Ich bedankte mich, gab ihm einen Geldschein und begann zu essen.

Ich musste lachen, weil ich daran dachte, dass ich Lammspießchen oder Falafel hätte bestellen können oder Kuskus, irgendetwas, das zur Landschaft passte. Ich aber wollte noch einmal den Übergang feiern. Den Übergang von meiner Schulzeit in die erste Stufe meiner neuen Freiheit. An den Tagen, an denen ich die Schule hatte ausfallen lassen, weil ich keinen Sinn darin gesehen hatte, mich täglich quälen zu lassen, an diesen Tagen war ich in einem kleinen Kaffeehaus in der Innenstadt gesessen, hatte Bücher über Ägypten gelesen und dazu Marmorkuchen gegessen. Mit Coca-Cola. Das war der große Geschmack meiner Kinderfreiheit. Diesen Geschmack wollte ich an diesem ersten Abend noch einmal feiern. Ich aß ganz langsam und ließ mir viel Zeit. Als ich fertig war, füllte ich den Rest aus der Colaflasche in mein Glas, in dem die Eiswürfel schon fast zur Gänze geschmolzen waren und sagte leise: „Cent' anni …" Diesen Trinkspruch hatte ich einmal in einem italienischen Film gesehen. Er bedeutete ungefähr: „Auf die nächsten 100 Jahre", und genau auf dieses Gefühl hatte ich an diesem Abend Lust. Auf die nächsten 100 Jahre wollte ich trinken. 100 Jahre, die nur mir gehören sollten. Ich saß da und trank das kühle Coca-Cola und nahm Abschied von meiner Kindheit …

Ägypten

Ich verbrachte die Reise in wunderbarer Stille. Unsere Gruppe bestand aus acht Leuten. Drei Ehepaare, ein Student und ich. Alle Teilnehmer waren ruhig, und obwohl wir den ganzen Tag miteinander unterwegs waren und von einer Sehenswürdigkeit zur nächsten in einem kleinen Bus fuhren, ging mir niemand auf die Nerven. Wie wir wissen, ist das ein seltener Glücksfall. Wie oft hat man es erlebt, dass in einer so engen Situation Menschen an Bord sind, die einem von der ersten Minute an die Freude an dem Unternehmen verderben. Entweder reden sie lautschreiend über die Probleme ihrer Nachbarn zu Hause oder sie terrorisieren einen mit Bildern ihrer Haustiere, die sie in ihrer Brieftasche haben, oder sie drängen zur Weiterfahrt, wenn man eben erst bei dem riesigen Obelisken aus dem Bus ausgestiegen ist. Dem riesigen Obelisken aus Rosengranit, der bei Assuan unvollendet im Boden liegt. Genauso, wie die Steinmetze ihn vor tausenden Jahren zurückgelassen haben. Nein, meine Gruppe war angenehm. Still, freundlich und leise plaudernd, wenn wir über die sandigen Straßen fuhren.

Am zweiten Abend in Assuan gingen wir in ein typisches ägyptisches Lokal am Bazar, das dem Cousin unseres Fahrers gehörte. Wir aßen Kuskus und Falafel und tranken brennend heißen türkischen Kaffee, der mit Zimt und Kardamom und sehr viel Zucker in kleinen Messingkännchen aufgekocht war.

Eine nette ältere Dame aus unserer Gruppe beugte sich zu mir und sagte: „Sie lächeln immer so freundlich … ich sehe Sie den ganzen Tag über immer nur lächeln. Das ist sehr schön … geht es Ihnen gut?“

Ich nickte und sagte ihr, dass ich mich lange auf diese Reise gefreut habe und mein Lächeln wahrscheinlich daher kam. Sie sagte: „Das ist sehr schön … genießen Sie es … so – und jetzt lasse ich Sie auch schon wieder in Ruhe.“

Nach dem Abendessen gingen wir noch durch die engen Straßen des Bazars und konnten silberne Armbänder kaufen oder Tücher für die Frauen. Ich sparte dieses Geld: Ich hatte von Zuhause mein Tuch mitgebracht, das mir meine Eltern bei unserer Reise in meiner Kindheit gekauft hatten. Ich hatte es in Ehren gehalten und trug es nun um den Kopf gebunden, sodass niemand durch den Anblick meiner dunkelblonden Haare in seiner Ruhe gestört wurde. Ich kaufte mir als erstes einen kleinen sandfarbenen Skarabäus als Glücksbringer für mein Portemonnaie und danach ein Glas Zuckerrohrsaft. Das Zuckerrohr wurde mit einer großen, uralten Presse bearbeitet. Sie zog den Zuckerrohrstängel einmal durch ihre großen, dunklen Eisenwalzen und aus einer kleinen Rinne floss der wasserklare Zuckerrohrsaft in einem kleinen Krug. Es schmeckte kühl und mild, und ich spürte, dass ich in Ägypten angekommen war.

Den dritten Tag verbrachten wir mit Segelfahrten auf dem Nil und einem Spaziergang über die Kitchener-Insel. Diese Insel hatte Lord Kitchener in der britischen Kolonialzeit in einen tropischen Botanischen Garten verwandelt, und ich ging mit freundlichem Lächeln zwischen den Palmen und Hibiskusbüschen umher und wurde mit jeder Stunde ruhiger …

Das war der Moment, an dem es Andreas nicht mehr länger aushielt, sich still zu verhalten. Ich stand vor einem dunkelrot blühenden Oleander und beobachtete einen Kolibri, der schwirrend in der Luft vor einer Blüte stand, als Andreas langsam näher kam und sich neben mich stellte. Er schwieg eine Weile und sah mit mir dem Kolibri zu, der seinen langen, dünnen Schnabel der Blüte näherte …

Alle Teilnehmer an unserer Gruppe waren einander schon am Flughafen beim Abflug vorgestellt worden. Andreas war nicht unsympathisch. Er war etwas größer als ich und hatte genauso dunkelblonde Haare wie ich. Auch seine Wangenknochen waren eher breit und auch auf seiner Haut sah man unzählige Sommersprossen. Auf den ersten Blick hätte man uns für Bruder und Schwester halten können. Genauso verhielt er sich auch in den ersten zwei Tagen in Assuan, und genau mit dieser ruhigen, unaufdringlichen Ausstrahlung stand er jetzt neben mir. Er hatte bei den Fahrten im Bus immer zufällig neben mir gesessen. Er war in den Anblick der Landschaft vertieft und hatte zwei weiße Ohrstöpsel angelegt, um Musik zu hören. Das war sehr angenehm. Es war angenehm, von dem einzigen anderen Single auf dieser Reise nicht unterhalten zu werden. Er hatte keine Anstalten unternommen, mein Schweigen zu stören, und ich hatte ihm nach unserem ersten kurzen freundlichen Hallo keine weitere Beachtung geschenkt. Auf einer Raststation während unserer Fahrt zum Assuan-See hatte er vier Wasserflaschen mit in den Bus gebracht. Zwei waren für ihn, zwei steckte er mit einem kurzen Lächeln in meine Richtung in das Gepäcksnetz, das an der Rückseite des Sitzes vor mir angebracht war. „Viel trinken bei der Hitze“, sagte er und stöpselte sich wieder die Ohren zu. Ganz leise hörte ich Musik. Es war die „Zauberflöte“ von Mozart. Ich sah ihn kurz von der Seite an und dann wieder hinaus aus dem Fenster, auf die vorbeifliegenden Palmen und Eselskarren auf zwei Rädern. Ausgerechnet die „Zauberflöte“ – dachte ich und fand es sehr sympathisch, dass dieser stille, junge Mann mit dieser Musik in den Ohren neben mir saß und mich in Ruhe ließ. Er trug helle Sommerhosen und helle Hemden und eine altmodische Sonnenbrille von Ray-Ban. Das Modell, das in den 70er-Jahren modern gewesen war. Offenbar war er nicht sehr an Äußerlichkeiten interessiert.

Dieser Eindruck bestätigte sich, als ich ihn auf die Sonnenbrille ansprach, als wir am ersten Ausflugstag in das Hotel zurückkehrten. „Ja“, sagte er, „die ist total aus der Mode – ich weiß, aber ich hab sie von meinem Vater und sie hält die Sonne ab – was will man mehr?“ Mit diesen Worten ging er in den Garten des Hotels und setzte sich unter einen Akazienbaum, um zu lesen. Ein Buch über römische Geschichte. Andreas war Romanistikstudent. Das hatte er mir auf der ersten gemeinsam Fahrt vom Flughafen in Assuan zum Old Cataract Hotel erzählt. Er war Romanistikstudent und hatte diese Reise in seinen Ferien gebucht, um die Einflüsse römischer Kultur in Ägypten an Ort und Stelle zu sehen.

Nun war der Moment gekommen, an dem er seine Zurückhaltung und seine dezente Höflichkeit etwas veränderte. Er stand neben mir, und nachdem wir eine Weile dem Kolibri beim Schweben zugesehen hatten, sagte er: „Unglaublich.“ „Ja“, sagte ich und spürte, dass Andreas entgegen seiner Gewohnheit diesmal ein längeres Gespräch suchte.

„Weißt du eigentlich, dass man uns für Bruder und Schwester halten könnte?“, sagte er nach einer Weile und sah mich dabei von der Seite an.

„Wirklich?“, antwortete ich und fragte mich, wie er die Konversation fortsetzen würde.

„Ja, du hast die gleichen Haare wie ich und Sommersprossen, aber um die Wahrheit zu sagen –“

„Ja?“

„Ich bin mir nicht sicher, was deine Augenfarbe betrifft … das liegt an deiner Sonnerbrille, die macht ein Geheimnis daraus.“

Ich musste kurz lachen, weil er meiner Sonnenbrille eine derart raffinierte Persönlichkeit zuschrieb und nahm sie ab. Er trat ein wenig näher und nahm seine altmodische Ray-Ban vom Gesicht. Er hatte braune Augen, hellbraune Augen mit einem feinen Rand, der sehr dunkelbraun war.

„Gott sei Dank“, sagte Andreas und setzte seine Brille wieder auf.

„Wieso?“, fragte ich.

„Wir sind doch keine Geschwister."

„Wäre das so schlimm? – Immerhin benehmen wir uns doch so", sagte ich und ging weiter über die schmalen Wege der Kitchener-Insel, um seltene Blüten zu betrachten.

„Ich hab schon bemerkt, dass du deine Ruhe haben willst", sagte Andreas und ging neben mir weiter.

„Aha … und um das zu beenden, plauderst du auf einmal mit mir", sagte ich und blickte zu einem Baum hoch, der meterlange Luftwurzeln aus dem Himmel herabhängen ließ.

„Naja … ich wollte dir eigentlich nur sagen, dass du eine Art hast, die ich als sehr sympathisch empfinde … vielleicht weil ich auch eher sehr ruhig bin."

„Habe ich bemerkt."

„Na siehst du … das Problem bei zwei so ruhigen Typen wie wir es sind ist, dass sie auf ewig allein bleiben, obwohl sie den anderen als sehr sympathisch empfinden, weil er auch so ruhig ist wie sie. Das Problem besteht also darin, dass man vielleicht nur mal kurz das sagen sollte, was man denkt, sodass es der andere hört und nicht nur ahnt – verstehst du, was ich meine?"

„Ich verstehe, was du meinst", sagte ich und griff nach einer der herabhängenden Luftwurzeln. Sie war warm und lebendig.

„So, na gut. Jetzt habe ich es dir gesagt und du weißt jetzt, was ich über dich denke und jetzt kannst du ja damit machen, was du willst."

„Wie meinst du das?"

„Naja … du kannst jetzt entscheiden, ob wir manchmal auch miteinander reden wollen, wenn wir hier noch neun Tage sind und uns dabei nicht ganz allein fühlen – oder … ob wir – nach dieser erfreulichen Konversation – wieder ausschließlich in unserem Schneckenhaus bleiben wollen." Er lachte mich an und bot mir einen Schluck aus seiner Wasserflasche an. Ich überlegte kurz und trank dann einige Schlucke. Andreas war sehr sympathisch und nett, aber eigentlich war das mit dem Schneckenhaus eine kleine Frechheit. Ich sah ihn an und überlegte, wie dieses Gespräch weitergehen sollte. Ich sah Andreas an und sagte: „Wir werden sehen." Dann setzten wir unsere Sonnenbrillen wieder auf und wanderten weiter.

Wenn ich heute auf diesen Tag zurückblicke, frage ich mich, warum es so schwer ist, die Wahrheit zu sagen. Ich weiß heute, dass ich nie wieder in meinem Leben einen einzigen Tag leben kann, an dem ich nicht meine Wahrheit sage. Aber trotzdem – ich blicke in meine Vergangenheit und sehe eine Schauspielerin. Ich sehe eine Frau, die einem Mann ein Theater vorspielt. Es mag kein böses Theater sein, aber es ist Theater. Die Wahrheit ist, dass ich genau wusste, was Andreas wollte. Er wollte meine Nähe, er wollte meine Bekanntschaft, und er wollte mit sehr großer Wahrscheinlichkeit mit mir ins Bett gehen.

Was ist so schwer daran, diese Schritte der Reihe nach zu erkennen und zu jedem einzelnen Schritt ja oder nein zu sagen? Ist das wirklich so, dass wir kokett sein müssen? Frauen genauso wie Männer? Ist das wirklich so, dass man um das Feuer in weiten Kreisen herumtanzen muss anstatt hinzugehen und sich Feuer zu holen? Ich weiß heute, dass diese Rituale nicht nötig sind.

Es gibt Menschen, die der Meinung sind, dass diese Doppelbödigkeit ein Ritual der Werbung ist. Das Männchen muss sich zeigen, seine buntesten Federn präsentieren, sich dem Weibchen nähern und es zum Tanz auffordern. Das Weibchen muss sich entziehen, muss flüchten, muss das Männchen locken und dazu bringen, Ausdauer zu beweisen. In der Welt der Tiere gelten diese Regeln seit Anbeginn der Zeit und für alle Ewigkeit. Geben wir also zu, dass wir Tiere sind. Geben wir zu, dass all unsere Kultur nur eine weitere bunte Feder ist im Kleid, mit dem wir Rituale der Werbung tanzen. Wenn das so ist, dann ist all das, was zwischen den Männern und den Frauen seit Anbeginn der Zeit abläuft, eine Theatervorstellung für Tiere, die zum Mond fliegen können. Nichts weiter.

Ich weiß heute, dass das nicht so sein muss. Ich weiß heute, dass wir die Möglichkeit haben, dieses Theater zu beenden. Von einer Sekunde auf die andere. Wir können die Bühne verlassen und die Show ist zu Ende. Wir können in uns hinein hören und erkennen, ob wir die Nähe eines Menschen angenehm finden oder nicht. Wir können in unserem Herzen sehen, ob wir uns öffnen wollen oder nicht, und wir spüren in unserem Körper, ob wir Hingabe leben sollen oder nicht. Wenn wir den Zeichen in uns selbst nicht vertrauen und uns in ein Spiel einlassen, das dazu dient, uns zu überreden, dann holen wir uns mit offenen Augen Schmerzen in unser Leben. Ein Nein ist ein Nein und ein Ja ist ein Ja. Und dieses Entweder-Oder fühlen wir in den ersten Sekunden, wenn wir einem neuen Menschen in unserem Leben begegnen. In den ersten Augenblicken, in den ersten Atemzügen, in den ersten Bewegungen liegt die Wahrheit offen vor uns. Wir erkennen, ob wir den anderen Menschen in unser Leben einlassen sollen oder nicht. Und schon im nächsten Moment überhören wir all diese klaren Worte unseres Herzens und leben das Gegenteil. Wir verweigern aus Gründen der Berechnung einem Menschen, der uns glücklich machen könnte, den Zutritt, weil seine Herkunft angeblich nicht zu uns passt, und wir lassen uns verführen von Menschen, deren Beharrlichkeit unsere Abwehr zerbricht und deren Hartnäckigkeit wir für Verlässlichkeit halten. Dieses Spiel nennen wir Flirten, Charme und Werbung. Es gibt Menschen, die der Meinung sind, dass es genau diese Rituale der Werbung sind, die uns von den Tieren unterscheiden. Das Gegenteil ist der Fall. Kein Tier würde einen Partner nahe an sich heranlassen, der nicht aus einer Million von Gründen der allerbeste ist. Tiere kennen keine Lügen der Zivilisation. Sie leben in einem klaren Ja oder Nein. Ihre Tänze dienen einem ganz anderen Zweck. Bei Tieren ist der Tanz der Werbung der Anlauf von zwei Tönen, die füreinander geschaffen sind. Er dient nur dazu, den gemeinsamen Ton zu vertiefen. Bei uns Menschen dienen die Rituale der Werbung sehr oft dazu, Widerstand zu brechen, der seine Berechtigung hat. Dann hat sich ein Weibchen überreden lassen, um das Männchen nicht in seinem Stolz zu kränken. Dann haben zwei Tänzer weitergemacht, obwohl sie einander nicht riechen können. Dann lässt man eine Nähe zu, die man in Wirklichkeit nicht gesucht hat und legt damit schon in den Anfang den Samen des Endes.

Manche Menschen sagen, dass es ein Zeichen von Kultur ist und Zivilisation, einander mit viel Zeit zu umwerben. Sie sagen, es sei uncharmant und verletzend, sofort Ja oder Nein zu sagen. Ich weiß heute, dass diese sogenannte Kultur eine Kultur der Lüge ist, die zu Leid und Seelenqual führt. Nur ein klares Ja oder Nein führt dazu, dass wir ein aufrechtes Leben führen können. Mit uns selbst und mit einem anderen Menschen. Die Frage, die wir uns stellen müssen, ist nur die Frage nach der Heiterkeit und Leichtigkeit, mit der wir Nein sagen. Vor diesem Wort haben wir Angst. Noch mehr Angst als vor einem Ja. Darum sagen wir hundertmal öfter Ja als Nein, weil wir Angst haben, als kalt, schroff, arrogant und überheblich zu wirken. In meinem Fall als unweiblich. Wie viele Frauen glauben, Ja sagen zu müssen, um den werbenden Mann in seiner Beharrlichkeit nicht zu verletzen. Hunderttausende Millionen. Und dann sieht es so aus, als würden sie sich hingeben und verbergen, dass höchstens ihr Körper anwesend ist. Nicht ihre Seele, nicht ihr Herz, nicht ihr gesamtes Wesen. Das Ungleichgewicht, das seit Anbeginn unseres Lebens herrscht, durchdringt alle Farben unserer Welt. In einigen Orten der Welt weniger, in anderen Orten mehr. Solange es immer noch möglich ist auf dieser Welt, dass eine Frau einen Mann, den sie nicht liebt, heiraten und ihm ihren Körper geben muss, solange sind diese Gedanken am Leben und beeinflussen das Dasein von uns allen. Jeder Gedanke findet sein Echo in der Welt aller Menschen. Und auch wenn es Orte gibt, in denen es so aussieht, als könnte eine Frau selbstbewusst ein Nein aussprechen, hat eine Frau doch ein größeres Problem mit diesem Wort als ein Mann. Alles soll man über uns denken, nur nicht, dass wir hart sind, kalt und uncharmant. Diese Eigenschaften erlauben wir uns nicht so schnell, wie wir den Männern erlauben, genau diese Eigenschaften zu pflegen. Warum ist das so?

Die Antwort liegt in unserem tierischen Erbe. Während wir im Geschäftsanzug ein Essen einnehmen und über das Steigen und Fallen von Aktien plaudern, sitzt die ganze Zeit ein Tier mit uns am Tisch. Dieses Tier will fressen, kämpfen, sein Revier verteidigen und Nachkommen auf die Welt bringen. Die Weibchen öffnen sich dafür und die Männchen dringen ein. Wenn wir in den Dschungel blicken, sehen wir diesen Ablauf in seiner ungeschminkten Wahrheit. Dieser Vorgang hat etwas Kurzes, Schnelles, ganz und gar nichts Zärtliches. Ein Tier erlebt diesen Moment als einen Blitz verwandelter Aggression. Diese Aggression dient nicht dazu, den Partner zu töten. Sie dient dazu, sehr schnell die Fortpflanzung zu erledigen. Dieser Vorgang wirkt wie ein Akt der Gewalt und nicht wie ein Moment voller Romantik. Diese Gewalt geht vom Männchen aus, wenn das Weibchen seine Bereitschaft gezeigt hat, diese Aggression zuzulassen. Die Wahrheit ist, dass das Weibchen entscheidet, welches Männchen zu ihr aggressiv sein darf. Dann erst ist es dem Männchen erlaubt, sie in den Nacken zu beißen. Dieser Kampf dient dazu, die Befruchtung im Weibchen schnell und sicher stattfinden zu lassen.

All das ist in unserer Erfahrung gespeichert. Die Jahrmillionen an Geschichte, in der wir von Tieren zu sprechenden Tieren wurden, leben in uns fort. In allem, was wir tun. In unseren Blicken, in unseren Stimmen, in unserer Art, wie wir einen Raum betreten. Wir betreten ihn vorsichtig, forsch, demütig oder dominant. Alles, was Menschen einander sagen, bevor sie den Mund öffnen, sagen sie einander durch ihren Körper. Dann erst beginnen sie damit, ihren ersten, wahrhaftigen Impuls zu bestätigen oder in Frage zu stellen. Dann erst beginnen wir, uns von unserer Natur abzukoppeln. Man sagt, dass Frauen an ihren fruchtbaren Tagen auf einen anderen Typ Mann reagieren als an ihren nicht fruchtbaren. In den Tagen, in denen sie bereit sind, schwanger zu werden, zieht es sie zu aggressiven Männern hin und an den anderen Tagen zu fürsorglichen. Diese Auswahl hat den Sinn, starke aggressive, vitale Kinder zu zeugen und sie nach ihrer Geburt in einer Gemeinschaft groß zu ziehen, in der der Mann nicht aggressiv, sondern mitfühlend lebt. Da der Sinn des Lebens darin besteht, sich fortzupflanzen, zeigen Männer in erster Linie, wie stark und angriffslustig sie sind, und Frauen zeigen eine Bereitschaft dazu, Ja zu sagen. Durch diese Gesetze, die in unseren Erfahrungen seit Jahrmillionen festgeschrieben sind, wird unsere Art zu leben bestimmt. In allererster Linie. Danach können wir versuchen, diese tiefen Wahrheiten durch unsere Kultur auf den Kopf zu stellen. Es wird ein rührender Versuch bleiben, wenn wir nicht anerkennen, dass unsere Kultur nur ein dünner Lack ist, der über einen Vulkan gemalt ist. Der Lack ist sehr hübsch und gefällig. Er hält aber nur solange, bis der Vulkan wieder aktiv wird. Dieses aktive Werden ist durch nichts zu kontrollieren und zu verhindern. Das höchste der Gefühle ist es, das Grummeln unter der Kruste rechtzeitig zu erkennen und sich in Sicherheit zu bringen.

Alles das, was wir Kultur nennen und was die Menschheit in den letzten tausenden Jahren an Regeln und Verboten und Strafen erfunden hat, um das Tier in uns zu zähmen, hat keinen Wert und keine Kraft. Es hat keinen Wert und keine Kraft in dem Moment, in dem eine Krise diese dünne Lackschicht belastet. Solange die Sonne scheint und die Geschäfte mit Lebensmitteln gefüllt sind, funktioniert das Zähmen des Tieres. Eine Woche Stromausfall, eine Woche keine Wasserversorgung, eine Woche kein Brot und Salz, und das Tier bricht heraus und zersprengt zehntausend Jahre Zivilisation. Dann wird gemordet, geplündert und vergewaltigt. Dann holt sich das Tier ohne Umwege, worauf es in den stillen Wochen des Friedens ungeduldig warten musste. Dann gilt das Recht des Stärkeren. Dann sind wir wieder dort, von wo wir herkommen. Dann sind wir wieder im Dschungel. Ohne Maske, ohne Berechnung. Ohne Angst vor Strafe.

Heute weiß ich, dass diese Wahrheit der Anfang ist für unsere Freiheit. Frei sein bedeutet nicht, dass wir das Tier in uns verleugnen, weil wir schon so lange Zeit im sicheren Luxus leben. Weil wir von allem, was wir brauchen, so viel haben, dass wir nicht darum kämpfen müssen. Weil es nicht mehr um Leben und Tod geht.

Frei sein bedeutet, genau zu wissen, dass dieses Tier in uns vorhanden ist. Es ist in uns, bei jedem Schritt, den wir tun, bei jedem Atemzug. Nur wenn wir es kennen und seine Kraft respektieren, kann es uns nicht überraschen, wenn es sich bewegt. Die größte Gefahr erleben diejenigen Menschen, die von sich behaupten, keiner Gefahr ausgesetzt zu sein. Der Gefahr ausgesetzt zu sein, die sie in sich selbst tragen. Dieses Tier ist eine Gefahr für unsere Welt, in der wir in scheinbarer Ungestörtheit unseren Luxus erleben. Den Luxus, dass wir nicht für jedes Essen kämpfen müssen, den Luxus, dass unser Wasser aus der Leitung in der Küche kommt, den Luxus, dass wir einen Partner finden können, ohne Kämpfe auf Leben und Tod auszufechten. Dieser Luxus ist das Ergebnis unseres gezähmten Tieres. Es ist nicht tot. Es ist nur gezähmt. Wenn wir uns das immer wieder vor Augen halten, haben wir die Chance, rechtzeitig zu reagieren, wenn das Tier sein Recht auf Ungezähmtheit fordert. Wenn wir wissen, dass dieses Tier fähig ist, jeden Käfig der Welt zu zersprengen, dann sind wir in der Lage, den Käfig nicht allzu eng um das Tier herum zu bauen.

Wenn das Tier seine Freiheit will, ist es klüger, ihm Auslauf zu gewähren. Das ist die einzige Möglichkeit, von seiner Kraft nicht überrannt zu werden. Wir müssen uns Zeit und Geduld nehmen und uns mit unserem Tier anfreunden. Wir müssen ihm zuhören und ihm zeigen, dass wir seine Wünsche nach ungezügelter Freiheit und Wildheit verstehen. Nur diese Aufmerksamkeit und dieser Respekt hat die Kraft, das Tier von unserem Feind zu unserem Freund zu machen. Wenn wir seine Energien leugnen und abtöten wollen, wird es uns bitter bestrafen. Wenn wir es achten und lieben und seinen unvorhersehbaren Bewegungen Respekt erweisen, kann es sich mit uns verbünden und zu einem Reichtum in unserem Leben werden.

An jenem Tag in Assuan hätte ich eine Chance gehabt. Ich hätte zu Andreas sagen können: „Ich habe gemerkt, dass ich dir nicht gleichgültig bin. Um die Wahrheit zu sagen, finde ich dich auch sehr sympathisch. Wie du bemerkt hast, bin ich in einer Zeit in meinem Leben, in der ich mein Alleinsein sehr schätze. Ich bin nicht einsam, ich bin zurzeit nur sehr gerne mit mir allein. Diese Reise scheint für dich wie ein Wink des Schicksals zu sein. Du bist allein, ich bin allein, wir treffen uns auf einer Blumen übersäten Insel mitten im Nil … ist das nicht genau das, was man Schicksal nennt? Ja, es ist ein Zeichen des Schicksals. Wir können hier in diesem Augenblick erfahren, was wir wirklich wollen. Wir können sehen, wer wir wirklich sind in diesem außergewöhnlichen Moment, der so aussieht, als wollte uns das Schicksal zusammenbringen. Bitte lass mir meine Ruhe, die ich zurzeit in meinem Leben so sehr brauche. Ich will dich nicht zurückstoßen müssen und dich verletzen. Auch wenn du glaubst, jetzt mit mir flirten zu müssen, frage dich bitte, ob du das wirklich wegen mir tust oder weil keine andere Frau auf dieser Insel auftauchen kann. Ich mag deine Anwesenheit, aber für jede weitere Art von Nähe bin ich zurzeit in meinem Leben nicht offen. Wenn du das respektieren kannst, wäre ich sehr glücklich, weil du ein sehr angenehmer Mann bist. Und noch etwas möchte ich dir sagen. Ich weiß, dass du als Mann gewohnt bist, dass eine Frau sich am Anfang eines Flirts entziehen muss. Das soll dich anstacheln, damit du deine Bemühungen und deine Leidenschaft noch mehr zeigst. Damit du mich beeindruckst durch deine ausschließliche Konzentration auf mich. Damit du mit diesem Werben um mich meinen Panzer am Ende durchbrichst. Bei mir ist das nicht so. Ich meine tatsächlich, was ich sage und spiele nicht das Spiel von Flucht und Verfolgung, das Mann und Frau seit ewigen Zeiten spielen. Und noch etwas: Dass ich dir all das so voll Vertrauen sage, ist auch kein Trick. Ich will nicht testen, ob du hörst, was ich sage, nur um es dann doch zu ignorieren und die Mauer meiner Worte zu durchbrechen. Ein Ja ist in meinem Leben ein Ja. Und ein Nein ist ein Nein. Ich weiß, dass du dieses Nein als Kränkung empfinden könntest. So ist es nicht gemeint. Es hat nichts mit dir zu tun. Du bist ein toller Mann. Ich bin es, die zurzeit mit einem Mann, mit jedem Mann, keine Nähe will. Ich sage dir das so deutlich, damit du meine Verschlossenheit nicht als Beleidigung empfindest. Es gibt Menschen, die aus diesem Grund eine Beziehung beginnen, die sie im tiefsten Grund ihres Herzens nicht wollen. Sie haben Angst, den anderen Menschen, der ihnen nichts Böses getan hat, zu verletzen und geben seinem Werben nach. Sie sagen Ja, um nicht verletzend zu sein. Sie sagen Ja, obwohl sie sich zurückziehen wollen. Auf diese Weise wird das Ja sich eines Tages in der Beziehung zu einem dauernden Nein verwandeln müssen. Dieses Nein, das in jedem Augenblick da ist, schmerzt tausendfach mehr als ein liebevolles Nein gleich zu Beginn. Auf diese Weise haben zwei Menschen die Freiheit, sich wieder auf den Weg zu machen, auf dem sie den Menschen finden werden, der auf sie wartet. Lass uns diese wunderbare Reise bitte so fortführen, wie sie in den ersten Tagen begonnen hat. Und jetzt sollten wir zum Schiff zurückgehen, das schon darauf wartet, uns wieder zum Hotel zu bringen."

Nein, diese Worte habe ich nicht zu Andreas gesagt. Ich war ein wenig überrumpelt von seiner Annäherung. Ich fragte mich, wie diese Reise entspannt weitergehen sollte, wenn ich ihn zurückweisen würde. Ich konnte mir nur schwer vorstellen, dass wir nach einem klaren Nein von mir entspannt nebeneinander im Bus sitzen würden. Ich war aber auch unsicher, ob ich tatsächlich nie wieder mit einem Mann flirten würde. Also begann ich, Andreas in meine Nähe zu lassen.

Heute weiß ich, dass meine Unsicherheit von meinem tiefen Schock kam. Die Begegnung mit Stefan auf der Sommerparty hatte mich zutiefst erschreckt und schockiert. Dass ich meinen Sohn verloren hatte, war bis in meine schweren Träume ein Schock, der nur unendlich langsam aufhörte, mich zu umklammern. Das alles erkenne ich heute, in der Zeit und der Kultur, in der ich jetzt lebe. Damals, als Mädchen mit 18 Jahren, war ich einfach nur verwirrt.

Andreas schien das nichts auszumachen. Wir verbrachten den Rest der Reise nebeneinander. Wir fuhren nach Luxor und gingen durch den Tempel von Karnak. Wir stiegen in die tiefsten Gräber im Tal der Könige und sahen den altmodischen Pferdekutschen zu, die in der Nacht von unserem Hotel zu den kitschig beleuchteten Riesenstatuen fuhren, die am ehemaligen Palast zu Wache hielten. Am dritten Tag unseres Aufenthaltes in Luxor trennten wir uns von unserer Gruppe und fuhren mit einem Taxi und einem privaten Führer zu den Ruinen von Tel-el-Amarna. Ich hatte Andreas von meiner Faszination von Nofretete und Echnaton erzählt, und er war neugierig, mich auf dieser Expedition zu begleiten.

Es war wie so oft im Leben. Die Realität erfüllt nicht die

Fantasie. Die Ebene in der Wüste, auf der vor tausenden Jahren eine der großartigsten Städte der Welt gestanden hatte, war leer. Einfach nur leer …

Es gab einige Umrisse und Grundmauern zu sehen, sonst nichts. Es war, als hätte der Strom der Zeit mit endgültiger Gründlichkeit den Beweis für eine unvergleichliche Liebe ausradiert. Die beiden hatten ihren Glauben in Stein mauern lassen. Die beiden hatten der Sonne, die für ihre Liebe leuchtete, Tempel, Paläste und eine ganze Stadt gebaut, und nun war nichts mehr übrig als Sand. Ich hatte in meinen Büchern die Bilder der menschenleeren Wüste gesehen. Ich hatte die wenigen Reste erkannt, die einmal die Stadt des Sonnengottes gewesen war, aber die Realität war härter als jedes Bild. Nichts war übrig. Nichts. Als ich dort vor den zerbrochenen Ziegeln dieses unvergleichlichen Traumes stand, sah ich nicht nur ein kleines Bild, ich sah von Horizont zu Horizont, und diese Leere machte mich traurig.

Andreas spürte meine Enttäuschung und sagte: „Wenn wir in Cairo sind, gehen wir in das Nationalmuseum. Ich weiß, dass dort Statuen und Bilder von Echnaton und Nofretete zu sehen sind. Das wird dich trösten."

Das war sehr nett. In diesem Augenblick war es gut, dass Andreas an meiner Seite war. Ich fragte mich, was ich mir von dieser Fahrt zu den Ruinen versprochen hatte. Ich wusste doch, dass nichts mehr zu sehen war. Ich wusste, dass die Zeit ihr Werk vollbracht hatte. Ich wusste, dass alles untergegangen war, das vor langer Zeit als eine Vision eines anderen Lebens begonnen hatte. Ich wollte trotzdem an dem Ort gewesen sein, an dem die beiden ihren Traum gelebt hatten. Ich wollte ihnen nahe sein. Ich wollte in dieselbe Sonne blicken wie sie.

Als wir nach Luxor zurück fuhren, sah ich zum Fenster hinaus und sagte nichts. Diese endgültige Auslöschung hatte mich stumm gemacht. Gleichzeitig aber fühlte ich eine eigenartige Sehnsucht. Ein Teil in mir war unendlich traurig darüber, dass nichts von dieser fernen Zeit übrig geblieben war. Nichts Greifbares übrig geblieben war. Ein anderer Teil wurde genau dadurch in mir zum Leben gerufen. Ich konnte mich an keiner Mauer festhalten, hinter der vor langer Zeit die Liebe gefeiert wurde, und genau dadurch wurde meine Sehnsucht von der äußeren Welt in meine innere Welt gelenkt.

Ich fuhr durch die Wüste zurück zu unserem Hotel, und mit jeder Stunde wurde meine Sehnsucht größer. Ich hatte Sehnsucht danach, dass es etwas geben sollte, das größer war und stärker als die Zeit. Etwas, das länger lebte als einen Augenblick. Etwas, das nicht vergehen konnte. Ich hatte tief in meinem Herzen die Sehnsucht nach einer Liebe, die stärker war als der Tod.

Ich musste leise lachen, als ich diesen dramatischen Gedanken in mir auftauchen sah, und Andreas fragte: „Na … geht's wieder?!"

„Es geht wieder", antwortete ich, und ein paar Tage später waren wir in Cairo.

Andreas hatte so viel Feingefühl, mich nicht übermäßig

zu bedrängen. Zweimal hatte er versucht, mich auf einem Ausflug zu küssen, als wir uns von unserer Gruppe entfernt hatten. Zweimal hatte ich ihn angelächelt und mein Gesicht sanft weggedreht. Beim zweiten Versuch atmete er tief durch und sagte: „Jetzt hab ich's verstanden ... ich werde es nicht mehr versuchen ... Okay? ... Nicht innerhalb der nächsten 24 Stunden!“

Wir mussten beide lachen, und seine Art, mit dieser Zurückweisung umzugehen, machte ihn mir noch sympathischer. Er hatte mich jeden Abend zu meinem Zimmer begleitet, aber niemals gefragt, ob er zu mir kommen dürfte. Er tat mir ein wenig leid, weil ich die Sehnsucht in seinem Blick sehen konnte, aber noch war ich nicht dazu bereit, einen Mann in meine Nacht zu lassen.

In Cairo gingen wir am ersten Tag in das Museum. Ungeduldig zog ich an all den Mumien und Sarkophagen vorbei zu den Statuen von Echnaton. Als ich vor ihm stand, wurde ich zum ersten Mal ruhiger. Ich sah sein stilles, ein wenig trauriges Gesicht, das er noch vor tausenden Jahren hatte in Stein meißeln lassen. Genauso wie er aussah. Genau so traurig. Genauso verletzlich, genauso menschlich. Ich stand vor der Statue und sah mich um, ob mich kein Wächter beobachtete, dann berührte ich für einen Moment den Stein. Ich sagte ihm über all die Zeit hinweg, dass es eine Frau gab, die seine Botschaft empfangen hatte. Ich sagte ihm, dass es nicht umsonst gewesen war, den Menschen über Jahrtausende hinweg zu berichten, dass das einzige, wofür es sich zu leben lohnt, die Liebe ist. Ich stand ein paar Minuten still bei ihm und fühlte einen Gedanken, der voll Ruhe war und Zuversicht. Es war nicht umsonst, hierher gekommen zu sein. Es war nicht umsonst, diesem Vorbild gegenüber zu stehen. Es war nicht umsonst, an der Stufe von meiner Kindheit zu meiner Jugend von dieser Vision ein Echo zu erhalten. Ich atmete tief und langsam ein und aus und verabschiedete mich von dieser Figur. Ich drehte mich noch einmal nach ihr um, als wir weggingen, und schloss ihr Bild ganz tief in mein Herz.

Ein Vorschlag

Als der letzte Abend in Cairo anbrach, saß ich in meinem Zimmer und blickte aus dem Fenster. Von meinem Bett im Mena-House Hotel konnte ich die Pyramiden sehen. Als wir uns am Tag unserer Ankunft in Gizeh dem Plateau genähert hatten, waren drei Berge am Horizont aufgetaucht. Ich dachte mir, dass wir in kurzer Zeit bei ihnen sein würden, dann aber dauerte unsere Anreise noch fast eine Stunde. Während dieser Zeit erkannte ich, wie unfassbar groß die Pyramiden in Wirklichkeit waren. Ich hatte Dutzende von Dokumentationen im Fernsehen gesehen und Bildbände studiert, aber die Wirklichkeit übertraf alle Vorstellungen. Die Fahrt dauerte deshalb so lange, weil die Proportionen dieser von Menschen gebauten Berge so harmonisch sind und nichts neben ihnen steht, an dem man die Relation zu ihrer Größe erkennt. Wir fuhren fast eine Stunde auf die riesigen Dreiecke zu, die nur sehr langsam größer wurden. Als wir aus unserem Bus ausstiegen, stand die Cheops-Pyramide riesig und dröhnend vor mir. Es war mir, als würde ich einen ununterbrochenen Akkord hören. Als würden Tausende von Instrumenten einen tiefen breiten Akkord in das Schweigen stellen. Ich sah zu Andreas und bemerkte, dass er genauso ergriffen war wie ich.

In den Tagen unserer gemeinsamen Morgenlandfahrt hatte ich begonnen, ihm von meinen Gedanken und Gefühlen zu erzählen. Was ich mit mir und meinen Büchern unter meinem Apfelbaum erlebt hatte und warum ich nach Ägypten gereist war. Er hatte mir zugehört, und ich hatte das Gefühl, dass er mich zu verstehen begann.

Wir waren in den drei Tagen in Gizeh jeden Morgen zu den Pyramiden gegangen. Wir hatten sie umrundet, wir waren in die Gräber zu ihren Füßen gestiegen, wir hatten die Kammern in der großen Pyramide besucht. Das Echo aus uralten Zeiten gab uns tausend Fragen mit und kaum eine Antwort. Ich fühlte, dass in diesen Stunden etwas in mir damit begann, in eine neue Richtung zu gehen. Es war ein stilles, aber drängendes Gefühl, für das ich keinen Namen hatte. Ich horchte oft in mich hinein, wenn wir im Schatten einer Palme rasteten und dabei hinüber sahen zu den Pyramiden. Was ich in mir hörte, war ein Vorschlag. Anders konnte ich es nicht nennen. Ein Vorschlag von meiner Seele an mein Denken. Meine Seele ließ mich fühlen, dass etwas in meinem Leben auf mich wartete, das nichts mit Bekanntem zu tun hatte. Mir war bekannt, wie die Kindheit in der Schule funktionierte. Mir war bekannt, wie man sich in der Öffentlichkeit zu benehmen hat. Mir war bekannt, dass die Zeit in meinem Leben vor mir stand, in der ich die Welt der Erwachsenen eintreten sollte.

Meine Seele erzählte mir etwas Unbekanntes. Sie schickte mir in stillen Gefühlen den Gedanken, dass ich einen neuen Weg suchen sollte. Einen Weg, der mir unbekannt war. Einen Weg, auf dem nichts vorhersehbar war. Einen Weg, der genauso einen Akkord spielte, wie ich ihn beim Anblick der Pyramiden gehört hatte.

Ich saß im Schatten der Palmen und als mich Andreas fragte, woran ich dachte, sah ich ihn an und sagte: „Ich weiß es nicht genau … ich weiß nicht einmal, ob ich es denke oder ob es mich denkt, verstehst du mich?“ Er war so freundlich, auf diese seltsamen Sätze nicht mit einem Witz zu reagieren, sondern sah mich nur lange an und nickte. Was sollte er auch sagen? Was kann man sagen, wenn ein Mensch versucht, das Unsagbare zu greifen. Schweigen kann man und mitfühlen. „Mitfühlen, das ist das Zauberwort“, dachte ich, als ich ihn ansah und sah, wie er verstehen wollte und nickte. Mitgefühl ist tausendmal wichtiger als Verständnis. Verständnis ist endgültig und ein Ergebnis unseres Kopfes. Mitgefühl begleitet den anderen, auch wenn man ihn nicht versteht. Es wärmt und besiegt die Einsamkeit …

Wir standen auf und gingen in unsere Zimmer. Jeder in seines. An diesem späten Nachmittag an unserem letzten Tag der Morgenlandfahrt.

Jetzt saß ich auf meinem Bett und sah noch einmal lange auf die Pyramide und hörte ihren Ton.

Ich hatte schon für die Abreise am nächsten Morgen gepackt und keine Eile. Die Tage im fernen Süden hatten mich auf einen neuen Weg gebracht. Ohne Aufsehen, ohne Sensation. Der andere, langsame Rhythmus des Landes, die auflösende Wärme, das Fernsein von daheim, hatten mich beruhigt und neugierig gemacht. Neugierig auf den weiteren Weg, den ich gehen wollte, wenn wir wieder zu Hause waren. Ich saß da und schwebte im Anblick der Pyramide und schwebte im Nichtdenken und ließ meine

Gefühle von Fragen und Ahnungen durch mich hindurchwehen wie warmen Wüstenwind.

Als der Himmel sich von Meerblau in Violett änderte, klopfte es an meiner Tür. Ich stand auf und öffnete. Andreas stand mit einem großen Tablett vor mir: „Ich hätte schwören können, dass du heute am letzten Abend nicht mit den anderen im Restaurant essen wirst. Ich hätte schwören können, dass du aus dem Fenster blickst, schweigend und dir überlegst, ob du den Room-Service anrufen sollst."

„So ist es", sagte ich und ließ Andreas an mir vorbei in mein Zimmer.

„Und weil ich das wusste, habe ich deine Bestellung vorhergesehen und dem Room-Service den Weg abgenommen."

Er lächelte mich an und stellte das Tablett auf meinen Tisch. Zwei Teller und je drei Stück Marmorkuchen und Coca-Cola und Eiswürfel hatte er gebracht. Ich musste lachen und gab ihm einen kleinen Kuss auf die Wange. „Ich sehe, meine Traditionen sind bei dir angekommen", lachte ich und setzte mich mit meinem Teller und dem Marmorkuchen an das Kopfende meines Bettes. „Naja … man kann nicht sagen, dass du es einem schwer machst, wenn man dich beobachtet. Marmorkuchen am Abend oder am Abend Marmorkuchen. Das lernt man nach einer Weile." Er setzte sich zu mir und dann teilten wir unser letztes Abendessen in Ägypten …

Andreas hatte in unseren gemeinsamen Tagen begonnen, mir vertraut zu werden. In den Stunden, in denen wir nebeneinander im Bus saßen, begann er, mir aus seinem Leben zu erzählen. Er erzählte von seiner Liebe zu Italien und dass er davon träumte, eines Tages in dieses Land zu ziehen und dort zu leben. Seine Phantasie erzählte ihm, dass er eines Tages in einem Haus auf dem Land wohnen würde, von dem aus er die Reste der Via Appia sehen konnte und in dem er Bücher schrieb über das Römische Reich. Ich mochte seine Art, die so gar nicht in unsere Zeit passte und begann, Vertrauen zu fassen.

In dieser letzten Nacht saßen wir nach unserem Abendessen sehr lange auf meinem Bett und ließen die Stationen unserer Reise noch einmal an uns vorüberziehen. Als es dunkel wurde, zündete ich ein paar Kerzen an und ließ das Fenster weit offen. Wir sahen auf die von unzähligen Scheinwerfern angestrahlte Pyramide, und als es Mitternacht war, sagte ich zu Andreas: „Möchtest du heute Nacht hier bei mir schlafen?“

Als ich mich diesen Satz sagen hörte, war ich über mich selbst erstaunt, aber ich sah keinen Grund, diesen Vorschlag zurückzunehmen. Andreas sah mich sprachlos an und fragte: „Bist du sicher?!“

Ich sagte ihm, dass ich sehr sicher sei und sagte ihm gleichzeitig, dass ich damit nur meinte, dass es schön wäre, wenn er bei mir schlafen, aber nicht mit mir schlafen würde. Er lachte und ging ins Badezimmer.

Auf eine angenehme Art und Weise hatte er begonnen,

mich zu akzeptieren, wie ich war. Diese Ruhe und Gelassenheit entspannten mich, und so lagen wir nach einer Weile in meinem Bett nebeneinander und redeten und redeten …

Als es ungefähr zwei Uhr morgens war, fasste ich all meinen Mut zusammen und erzählte ihm von meinem Sohn, den ich verloren hatte, und wie es dazu gekommen war. Andreas lag still neben mir, und als ich nach meiner Erzählung wieder schwieg, sagte er: „Jetzt verstehe ich, warum du so bist wie du bist."

„Wie bin ich denn?"

„Du bist sehr kostbar … und ich bin sehr froh, dass wir einander begegnet sind …"

Ich atmete lange aus, und als wir einschliefen, nahm ich seine Hand und war ganz ruhig …

Ein Versuch

Als ich wieder bei meinen Eltern in unserer Wohnung war, sagte ich ihnen, dass ich ausziehen würde. Sie fragten mich, wohin ich denn wollte, und ich erzählte ihnen von Andreas. Auf unserem Rückflug hatte er mir vorgeschlagen, ob ich nicht versuchen wollte, mit ihm zu wohnen. Er hatte das Alleinleben satt und sagte mir, dass er sich so schön an meine Nähe gewöhnt hätte und dass wir doch dieses Abenteuer riskieren sollten. Er sagte mir, dass er in einer Wohnung mit drei Zimmern wohnte, die in der Nähe der Innenstadt gelegen war und dass ich mein eigenes Bett haben würde. Falls ich das wollte. Ich antwortete, dass ich mir das vorstellen konnte und sagte zur Sicherheit auch, dass ich nicht versprechen wollte, dass wir jemals wie Mann und Frau leben würden. Andreas lachte sein zauberhaftes Lachen und meinte, dass ich viel zu langweilig sei, um in seinen Bettphantasien einen Platz zu finden. Ich mochte seinen Humor, der es ermöglichte, in jeder heiklen Situation einen Ausweg im Lachen zu finden.

Ich wusste, dass ich keinen Tag länger in meinem Kinderzimmer leben wollte und dass ich keinen Tag länger die bösen Streitereien meiner Eltern mitanhören wollte. Ich fragte sie also nicht, ob ich ausziehen dürfte – ich tat es einfach.

Ich hatte keine Ahnung, wovon ich eines Tages leben sollte. Ich hatte keine Ahnung, ob ich studieren wollte und keine Ahnung, wohin mein Weg mich führen sollte. Ich war unendlich erleichtert und froh, aus meinem Kinderzimmer auszuziehen, und das war fürs Erste einmal das einzige, was zählte. Nach einer Woche, in der ich einfach nur lange schlief und durch die Stadt spazierte wie eine Gefangene, die ihre Zelle verlassen durfte, erzählte mir Andreas, dass er einen Job als Kellnerin für mich besorgen könnte. Es gab in einer Seitengasse neben der Universität ein italienisches Lokal, in dem Andreas Spaghetti essen ging. Das Restaurant hieß „Trastevere" und war hervorragend dafür geeignet, dass Andreas in seinen Pausen bei einem Glas Amarone von Kalabrien träumen konnte.

Ich fand den Vorschlag sehr gut. Ich konnte Geld verdienen, hatte die Möglichkeit, sehr günstig zu essen und konnte mir in aller Ruhe überlegen, wie es mit mir weitergehen sollte. Ich sagte zu und einen Tag später servierte ich Tortellini al Gorgonzola und Tira mi Su. Abends und in der Nacht saß ich lange mit Andreas in seinem oder meinem Zimmer und wir erzählten einander von unseren Träumen.

Ich bemerkte in den Wochen, die seit meinem Einzug vergangen waren, in steigendem Maß, dass Andreas an meiner Nähe Gefallen gefunden hatte. Auch an meiner körperlichen Nähe. Wie zufällig berührte er mich, wenn wir in der Küche standen, und wenn wir uns kurz umarmten vor dem Schlafengehen, bemerkte ich, dass diese Umarmungen immer länger und enger wurden. Ich versuchte, die Verabredung, die wir hatten, nicht anzusprechen, sondern zu zeigen. Ich entzog mich seinen Annäherungen und küsste ihn nie auf den Mund. Mir war klar, dass diese Situation nicht wirklich klug war und begann zu überlegen, ob ich nicht wieder ausziehen sollte. Ich hatte ein sehr hübsches Mädchen kennengelernt, das in der Pizzeria Nachtdienst hatte, wenn ich nach Hause ging. Sie hieß Claudia und kam aus Venetien. Sie erzählte mir, dass sie allein lebte und ein Mädchen suchte, das mit ihr leben wollte und einen Teil ihrer Miete übernehmen konnte. Ich begann, mich mit dieser Vorstellung anzufreunden, da das Zusammenleben mit Andreas mit jedem Tag komplizierter wurde. Ich mochte ihn zu gerne, als dass ich seine Anspannung übersehen wollte. Ich verstand, dass er mich körperlich näher bei sich haben wollte, und es tat mir leid, dass ich dazu in keiner Weise Lust und Bereitschaft spürte. An einem Donnerstag im Mai sagte ich ihm in der Nacht, dass ich überlegte, wieder auszuziehen. Ich war von der Arbeit zurückgekommen und hatte mir in der Küche ein Glas Rotwein eingeschenkt. Andreas wirkte an diesem Tag sehr angespannt und gereizt, und das nahm ich als Anlass, ihm meinen Entschluss mitzuteilen.

Eine Explosion

Andreas stand in der Küche und sah mich lange an. Ich saß am Küchentisch und drehte mein Glas mit dem italienischen Rotwein in meinen Händen. Es war ein Amarone, der Lieblingswein von Andreas aus dem „Trastevere“. Amarone ist ein Strohwein, bei dem die Trauben sehr lange auf Strohmatten nachreifen, bis sie einen sehr hohen Zuckergehalt bekommen. Dadurch schmeckt der Wein sehr dicht und sehr schwer. Ich mochte diesen Rotwein auch sehr gerne und Andreas hatte mir zu meinem Geburtstag eine Kiste davon geschenkt. Nun saß ich da und der Moment war mir peinlich. Andreas hatte mir nichts getan, er hatte mich immer respektiert und bei sich aufgenommen. Er war ein Mann, der mich mochte und der sehr damit kämpfte, mir seine Zuneigung nicht allzu aufdringlich zu zeigen, und nur weil er mich körperlich offenbar anziehend fand, saß ich jetzt vor ihm und erklärte ihm, dass ich zu einer Freundin ziehen wollte. Er stand da, und in seinem Blick waren so viele Gefühle gleichzeitig zu sehen. Überraschung war da und Ärger, Ungläubigkeit und Wut, Enttäuschung, Zynismus, Ungeduld und auch eine Art von plötzlicher Unverschämtheit. „Du willst mir also jetzt sagen, dass du von hier ausziehen willst, weil ich dich attraktiv finde?!“, sagte er und füllte sich mit einer schnellen Bewegung ein Glas mit Rotwein. Ich fühlte, dass er durch meine Worte sehr verärgert war und bemühte mich um einen besonnenen, ruhigen Ton.

„So wollte ich das nicht sagen, ich glaube nur, dass es besser ist, auch für dich, wenn deine Wohnung wieder frei wird für eine andere Frau, mit der du alles erleben kannst, was du brauchst."

„Du weißt also, was ich brauche?!", sagte Andreas und trank einige große Schlucke von dem Amarone.

Ich fühlte, dass er sehr ungeduldig war und antwortete: „Ich glaube, dass wir jetzt aufhören sollten zu reden, weil ich mich sicher nur falsch ausdrücke und dich verärgere. Vergiss das einfach alles, was ich bis jetzt gesagt habe. Es tut mir leid, und morgen packe ich meine Sachen und du bist mich los."

Andreas trank den Rotwein aus, zündete sich eine Zigarette an und füllte sein Glas wieder randvoll. Er trank es halb leer und sagte dann: „So einfach ist das also. Du machst mich über Wochen hinweg an. Du akzeptierst es, hier bei mir einzuziehen. Du lebst hier wie in einem Hotel mit Room-Service, und du bestimmst die Regeln, wann das Zimmer geräumt wird. Ja?! Ist das so?!"

„Entschuldige ..." Ich sah zur Seite und sagte nichts. Ich hatte plötzlich das Gefühl, meinen Vater zu hören, der mit meiner Mutter zu schreien begann.

Andreas bemühte sich, ruhig zu bleiben, aber ich konnte sehen, wie seine Hand vor Wut zitterte, als er die Zigarette zu seinem Mund führte und hastig an ihr zog. „Was soll ich entschuldigen? Was soll ich entschuldigen?! ... Dass du dich hier zu Hause gefühlt hast und ich dich

– entschuldige – durch meine Gegenwart gestört habe?! Entschuldige!! Entschuldige, dass es mich nicht völlig gleichgültig gelassen hat, wenn du nackt aus der Dusche gekommen bist. Entschuldige, dass ich dir auf deine Beine gestarrt habe, wenn du im Vorzimmer deine Jeans doch noch gegen einen Minirock getauscht hast. Entschuldige, dass ich dir auf den Busen geschaut habe, wenn du bei mir am Tisch gesessen bist mit einer Bluse, die bis zum Nabel offen war. Entschuldige, dass ich ein Mann bin, der noch nicht völlig kastriert ist!" Er trank sein Glas in einem Zug leer und füllte es wieder nach.

„Ich wollte dich nicht provozieren und ich erinnere dich daran, was ich dir gesagt habe, bevor ich eingezogen bin", sagte ich langsam und ließ ihn nicht aus den Augen.

„Oh – du erinnerst mich daran! Vielen Dank. Und vielen Dank für deinen langsamen ruhigen Ton, den du anschlägst, um mich in die Schranken zu weisen!"

Ich merkte, dass er nicht mehr in der Laune war, ein Gespräch mit mir zu führen, das uns zu einem Ziel führen konnte und stand auf. „Weißt du was", sagte ich, „lassen wir's. Danke für die Zeit hier und mach's gut!"

Ich wollte an Andreas vorbei in mein Zimmer gehen, als er mich am Oberarm packte und festhielt. „Hey, ich hab's nicht so gemeint", sagte er und seine Stimme klang sehr verzweifelt.

„Ist schon gut", sagte ich und wolle mich losmachen. Seine Hand hielt mich immer fester. Ich konnte sie nicht von meinem Arm lösen. „Ein Kuss … hm? Nur einen – zur Versöhnung – dann kannst du gehen …“ Er sah mich hilflos und ungeduldig an, und ich versuchte zu überlegen, was in diesem Augenblick das Beste war. Ich hatte Andreas so noch nie erlebt. So gereizt, so aggressiv, so betrunken. Ich erkannte, was er in all der Zeit zurückgehalten hatte, und auf eine seltsame Weise tat er mir leid. Das machte ihn nicht anziehender, aber ich wollte ihm nicht noch mehr wehtun und sagte: „Okay – wenn's dir hilft.“

Ich beugte mich vor und gab ihm einen kurzen Kuss auf den Mund. Er sah mich fassungslos an und sagte: „Das war ein Kuss? Aha … Okay.“

Dann packte er mich mit beiden Händen und drückte mir seine Lippen auf meinen Mund. Ich wollte ihn wegschieben, aber er hielt mich so fest umarmt und presste mich gegen den Türrahmen, während er mich küsste, dass ich mich keinen Zentimeter von ihm weg bewegen konnte. Wir standen da und rangen und drängten gegeneinander, und dann spürte ich, dass er mit einer Hand seine Hose öffnete und meinen Rock hochschieben wollte. Das gab mir für einen Augenblick eine Kraft, mit der ich mich aus seiner Umklammerung befreien konnte. Ich drehte mich an seinem Arm und riss mein Gesicht von seinem weg und rief: „Andreas, hör auf, lass den Blödsinn!“ „Du willst mir also sagen, was ein Blödsinn ist, ausgerechnet du?!“, rief er und stieß mich vorwärts auf den Küchentisch. Die Flasche mit Amarone und eines der beiden Gläser fielen um. Der Wein rann aus der Flasche, die über den Tisch rollte und zu Boden fiel und dort zerbrach. Ich hatte keine Möglichkeit, mich umzudrehen, weil Andreas mich mit einer Hand am Rücken so fest gegen den Tisch drückte. Mit der anderen Hand zog er meinen Slip herunter, zerrte meinen Rock hoch und drang in mich ein. Er war so ungeduldig und gereizt, dass er nach wenigen Sekunden in mir kam. Es hatte nicht einmal besonders wehgetan. Es war nur hart und kurz und schnell. Ich lag auf der Tischplatte und hörte ihn atmen. Sonst war alles still. Es dauerte ungefähr eine Minute, dann zog er sich zurück. Ich blieb liegen und bewegte mich nicht. Ich drehte mich nicht um. Ich wollte ihm nicht ins Gesicht sehen, um ihn nicht zu reizen. Ich fühlte, wie er hinter mir stand und mich ansah. Dann zog er langsam meinen Slip wieder hoch, und ich hörte, wie er den Reißverschluss seiner Hose schloss. Ich stand langsam auf und ging aus der Küche. Andreas blieb regungslos stehen.

Es gab nichts zu sagen. Was sollte ich sagen? Was sollte er sagen? Wir waren jung und dumm die Opfer einer Situation geworden, die wir beide inszeniert hatten. Heute weiß ich, dass wir in unserem damaligen Leben von unseren Phantasien in die Irre geleitet wurden. Ich hatte die Phantasie, dass ich mit Andreas ein Leben wie Bruder und Schwester führen konnte, und er hatte die Phantasie, dass unser Zusammenleben meine Hingabe ermöglichen würde. Wir waren nicht in der Realität. Wir waren in unseren Hoffnungen, wie die Realität sein könnte.

Wir wollten beide nicht sehen, dass wir nur in der Hoffnung lebten, dass der andere unsere Wünsche erfüllen sollte. Wir lebten nicht mit dem anderen. Wir lebten mit unserem Wunschbild von ihm. Natürlich ist Andreas ein Vorwurf zu machen für sein unentschuldbares Verhalten.

Natürlich hat er die intimste Grenze mit Gewalt überschritten. Natürlich hätte er zu mir sagen müssen: „Maria, es gibt nur zwei Wege für uns. Der eine ist, dass ich dich bitte, zu erkennen, dass ich dich mag und begehre. Auf diesem Weg bitte ich dich, mir zu sagen, ob du körperliche Hingabe möchtest oder nicht. Wenn du mich nicht als Mann willst, sondern nur als guten Freund, muss ich dich bitten, wieder aus meiner Wohnung auszuziehen. Diese Spannung, die ich empfinde, wenn ich dich so nahe erlebe, kann und will ich nicht pausenlos unterdrücken. Dieser Zustand ist unlebendig und unser nicht würdig. Bitte horche tief in dich hinein, ob sich deine Gefühle verändert haben und lass uns offen darüber reden und danach handeln.“ Ich wiederum hätte nicht so naiv sein dürfen und darauf bauen, dass Andreas seine Lust zähmen konnte. In einer noch viel tieferen Schicht unseres Theaters, das wir miteinander spielten war mit Sicherheit auch ein Machtkampf versteckt. Ganz tief unten. In den Ebenen, in die wir so ungern blicken. Das, was wir dort sehen, lässt uns nicht sehr gut aussehen und darum tun wir so, als hätten wir diese Instrumente nicht im Orchester unseres Lebens. Dort tief unten sitzt die Farbe des feinen Sadismus. Tief unten genießt es ein Teil in uns, den anderen zappeln zu sehen, wenn wir uns an der Oberfläche verweigern. Es ist nicht nett und mitfühlend, so zu handeln, und wir würden es empört von uns weisen, wenn jemand sagt: „Hat es auch ein wenig Spaß gemacht, zu testen, ob sie nicht doch eines Tages nachgibt, nach einem letzten Glas Rotwein um drei Uhr früh? Und hat es nicht doch wie ein erwachsenes Spiel gewirkt, zu prüfen, wie lange er noch seine Erregung verbergen kann, beim Anblick ihres nackten Körpers …?“

Niemals sind wir nur das, was wir der Welt von uns auf einer hell ausgeleuchteten Bühne zeigen. Dort wollen wir gut sein und edel oder der schnell erkennbare Bösewicht. Was auch immer, wir wollen gelobt werden für die Rolle, die wir spielen. Diese Rolle ist aber nur ein winziger Teil von unserer unendlich vielfältigen Wahrheit. Von all den Wahrheiten, die wir in uns tragen und die einander auch widersprechen. Einige von diesen tiefen Wahrheiten sind nicht liebenswert. Sie sind machtgierig und das, was man böse nennt. Niemand möchte vor dem Spiegel stehen und zugeben, dass er tief versteckte böse Töne in sich trägt. Das ist das Rätsel. Das Rätsel, das wir vom Leben erhalten, besteht darin, ob wir zugeben wollen, dass wir mehr sind als wir zeigen, mehr sind als wir glauben zu sein und auch mehr sind in den schwarzen Tiefen unserer Seele, in die wir niemals blicken. Diese Tiefen sind es, die uns zu einem gefährlichen Reptil machen, das ohne jedes Mitgefühl zuschnappt, wenn ein Lebewesen in seine Nähe kommt. Der einzige Weg, dieses Rätsel zu meistern, besteht darin, es anzuerkennen. Wir müssen uns anerkennen in all unseren Schönheiten und Hässlichkeiten, wenn wir ein ganzer Mensch sein wollen. Die Verweigerung dieser Anerkennung führt nur dazu, dass sich all die Kräfte, die in uns am Leben sind, ihr Recht selbst holen. Gegen unseren Willen. Sie sind stärker als jede Kultur und Disziplin und stürzen uns in blindes Chaos. Um diese Katastrophen zu überleben und sie wenn möglich nicht stattfinden zu lassen, gibt es nur einen einzigen Weg, mit unseren Kräften umzugehen. Wir müssen wissen, dass es sie gibt. Die hellen, wie die dunklen. Die, die wir kennen und vor allem die, von denen wir nicht einmal ahnen, dass wir sie in uns tragen.

Damals, in jener Nacht, in der das Theater, das wir einander vorspielten, mit einem Knalleffekt endete, war ich von diesen Gedanken unendlich weit entfernt. Ich fühlte mich gedemütigt, gekränkt, verwundet und unsagbar enttäuscht. Ich wollte mich nicht einen Moment lang umdrehen und Andreas ansehen. Nicht einmal, um ihm Vorwürfe zu machen. Nicht einmal, um ihn anzuschreien. Nicht einmal, um ihm ins Gesicht zu schlagen. Ich ging in mein Zimmer und fing an zu packen. Ich hatte nicht viel, das ich in meinen Koffer stopfen musste. Ich tat all die Handgriffe mit einer seltsamen kalten Ruhe. Ich war von einer kalten Wut erfüllt, die mich vorwärts trieb. Als ich fertig war, rief ich Claudia an und erzählte ihr, was geschehen war. Sie reagierte so, wie ich es gehofft hatte und sagte, dass ich sofort zu ihr kommen sollte. Ich trug meinen Koffer aus meinem Zimmer, warf die Wohnungsschlüssel mit dem silbernen Anker als Anhänger auf die Kommode im Vorzimmer und zog die Tür hinter mir zu.

Fünf Jahre später

Fünf Jahre später lebte ich immer noch bei Claudia. Diese Jahre gehören zu den heitersten, traurigsten, lehrreichsten, stillsten, verrücktesten meines damaligen Lebens. Ich hatte in diesen fünf Jahren begriffen, dass ich meinem Leben einen Sinn geben wollte. Dieser Gedanke war in einer der Nächte im ersten Jahr bei Claudia aufgetaucht. Bis zu jener Nacht hatte ich mir frei gegeben. Ich war sieben Monate lang nur damit beschäftigt, mich gehen zu lassen. Das war eine Übung, die mir niemand beigebracht hatte. Also widmete ich dem Gehen lassen viel Zeit und Aufmerksamkeit. Drei Wochen nach unserem Eklat in Andreas' Wohnung war das Studienjahr zu Ende und er trat ein Studium in Palermo an. In diesen drei Wochen mussten wir einander noch hie und da begegnen, da ich weiter in der Pizzeria arbeitete und er dort nach wie vor seinen Rotwein zu Calamari fritti bestellte. Es gelang uns perfekt, im selben Raum zu sein, ohne einander in die Augen zu blicken. Meine Kollegin blieb mir zuliebe abends eine Stunde länger, als ich ihr erzählt hatte, dass er ein Stalker war, dem ich nicht servieren wollte. Sie fand ihn sehr sympathisch und ruhig und stellte ihm sein Essen hin, und einmal fragte sie mich, warum ich ihm nicht erlauben wollte, mit mir zu reden. „Ich mag keine Männer mit rehbraunen Augen", sagte ich und lächelte frech, und sie lächelte frech zurück und damit war das Thema vom Tisch.

Andreas hatte bei der ersten Begegnung nach jener Nacht versucht, etwas zu sagen, aber ich hatte mich weggedreht und Gläser in die Spüle gestapelt. Er war noch einen Moment stehengeblieben, dann hatte er eingesehen, dass es nichts mehr zu sagen gab.

Von diesem Tag an waren wir einander fremd. So fremd, wie es nicht einmal Menschen sind, die einander noch nie gesehen haben. Als er am Ende des Studienjahres zum allerletzten Mal gegangen war, kam meine Kollegin zu mir und gab mir ein Kuvert. „Es ist von diesem Verehrer", sagte sie, und als ich es öffnete, fand ich darin den silbernen Anker, der an unserem Schlüsselbund gehangen war. Ansonsten kein Brief, kein Zettel, kein Wort. Ich sah den Anker eine Weile an, dann schenkte ich ihn meiner Kollegin, die von diesem Tag an wieder eine Stunde früher nach Hause gehen konnte. „Für deine Mühe", sagte ich, und sie freute sich sehr. „Oh, der ist ja aus echtem Silber", sagte sie und umarmte mich. „Danke, wenn du ihn wirklich nicht willst ...?" „Nein, wirklich nicht", antwortete ich, und damit war Andreas endgültig Vergangenheit.

Bei Claudia hatte ich ein eigenes Zimmer und sogar ein eigenes Bad. Sie wohnte in einer sehr großen Wohnung am Stadtrand in einem sehr großen, sehr alten Haus aus dem vorigen Jahrhundert. Das Haus war aus Backsteinen gebaut und sah aus der Ferne sehr englisch aus. Wenn man näher kam, erkannte man, dass es schon seit sehr langer Zeit auf eine Renovierung wartete. Es gab auch keinen Lift und wir wohnten im dritten Stock. Die Treppen waren glatt und abgetreten, und die Wandfarbe in den Gängen war früher wohl ein strahlendes Gelb gewesen. Jetzt war sie ausgebleicht und der Verputz fiel an vielen Stellen von der Decke.

Es passte alles zu mir. Die breiten Holzböden. Die zwei großen, weiß gekachelten Badezimmer, die riesige Küche, die hohen weißen Fenster in den großen Zimmern mit dem Stuck in der Mitte des Plafonds. Als wir begannen, uns die günstige Miete zu teilen, hatten wir beide am Anfang des Monates gutes Geld in der Tasche. Das hatte ich noch nie erlebt. Ich konnte am Samstag einkaufen gehen, ohne allzu viel nachzudenken. Ich konnte mir schöne Schuhe kaufen, und hie und da lud ich Claudia auf eine Flasche Amarone ein.

Wir saßen in der Küche und kochten gemeinsam und erzählten uns Geschichten aus unserem Leben und tranken Amarone. Es war, als hätten wir Ferien bekommen. Von der Ernsthaftigkeit des Lebens. Von der Verpflichtung, jederzeit zu wissen, wie alles weitergehen sollte. Zu jenem Zeitpunkt der Zeit, die noch weit voraus lag. Vor uns. In der Zukunftszeit. All das kümmerte uns nicht. Nicht in diesen Wochen und Monaten …

Es war Sommer und die Nächte waren angenehm warm. Ich konnte in der Nacht das Fenster offen lassen und dem Rauschen der Blätter zuhören. Unser Haus hatte einen großen Innenhof und in dem Hof standen zwei Kastanien. Riesige, uralte Kastanien. Eine blühte im Frühling weiß, die andere blühte zartrot. In der Nacht, wenn der Sommerregen fiel, lag ich in meinem Bett und sah hinaus und hörte zu, wie der Regen seine Millionen von Tropfen auf die Blätter der Kastanien fallen ließ.

Nachdem ich in der Nacht, in der ich vor Andreas weggelaufen war, meinen Koffer bei Claudia abgestellt hatte, war eine Zeit des Redens da. Ich setzte mich mit Claudia in die Küche und erzählte. Von meiner Kindheit, meinen Eltern, von Sebastian und von Andreas. Claudia hörte mir zu und ermunterte mich immer wieder zu erzählen. Immer wieder, immer wieder.

„Weißt du, es ist so wichtig, dass wir uns sehr gut kennenlernen. Ich meine damit nicht, dass du mich kennenlernen sollst durch das viele Reden, ich meine, dass du dich selbst besser verstehen wirst, wenn du dir selber dabei zuhörst, was du mir von deinem Leben erzählst. Immer wieder. Immer wieder. Das ist so wichtig. Ich bin deine Freundin und wir leben miteinander und wir haben alle Zeit der Welt. Also sollten wir sie so gut es geht nützen. Und wir nützen sie am besten, in dem wir sie verschwenden. In dem wir uns Zeit lassen in unserer Zeit. In dem du mir zum 1000sten Mal erzählst, wie der Kolibri vor der Hibiskusblüte geschwirrt hat. Ja?!“

So war Claudia. Sie gab mir das Gefühl, dass ich und mein Leben wichtig waren. Etwas wert waren. Sie gab mir das Gefühl, dass ich etwas wert war. Mir fiel auf, dass es diesen Zustand noch nie zuvor in meinem Leben gegeben hatte. Ich durfte mir Zeit nehmen. Zeit nehmen, um nicht nur in mich zu gehen, sondern vor allem Zeit nehmen, um zu erzählen, was ich da drinnen gefunden hatte. In mir. Das war das Neue in meinem Leben.

Unter meinem Apfelbaum durfte ich zwar auch in meine Stille gehen, aber diese innere Stimme war immer das

Echo meines Schweigens. Es hatte in der frühen Zeit in meinem Leben niemanden gegeben, der mir zugehört hatte. Wirklich zugehört. Stundenlang zugehört …

Nun war es soweit. Wir saßen Nächte lang beisammen und erzählten uns von unserem Leben. Nachdem ich immer wieder die Geschichten aus der äußeren Welt wiederholt hatte, fing ich langsam an, von meinem Herzen zu erzählen. Irgendetwas in mir wollte gehört werden und erzählte von meinen Träumen, in denen ich nicht allein war, erzählte von meiner Angst, wenn ich Menschen erlebte, deren Wut mich an meine Eltern erinnerte, erzählte von meiner Hoffnung, dass es irgendwo da draußen jemanden gibt, der mich versteht und der mich liebt, so wie ich bin.

Als ich zum ersten Mal noch sehr langsam und stockend von meiner Wahrheit erzählte und dabei immer wieder aufhören wollte, brachte mich Claudia dazu, weiter zu reden. Immer weiter zu reden. „Ich weiß, dass wir das alle nicht gewohnt sind“, sagte sie, „wir sind es nicht gewohnt, über unsere Geheimnisse zu reden, weil wir gelernt haben, dass sie uns verletzlich machen. Natürlich kann es sein, dass du deine Sehnsucht einem Menschen erzählst, der damit nichts anfangen kann. Der sie nicht versteht, weil sie nichts mit seiner eigenen Sehnsucht zu tun hat. Es kann sein, dass er sich abwendet, es kann sein, dass du für deine Wahrheit ausgelacht wirst. Ich sage dir zwei Dinge. Erstens: Das macht nichts und zweitens: Hör nicht auf! Hör nicht auf, deine Wahrheit zu erzählen. Es macht nichts, wenn du auf diesem Weg Menschen triffst, die dich nicht erkennen. Dann erlebst du eine befreiende Wahrheit: Sie sind nicht die Menschen, mit denen du deinen Weg gehen sollst. Das ist alles. Das erkennst du aber wirklich erst dann, wenn du dich gezeigt hast. So wie du wirklich bist. Dieses Risiko musst du eingehen. Das Risiko besteht darin, dass einige dich auslachen werden, wenn du ihnen verrätst, wie sehr du Marmorkuchen liebst. Ohne dieses Risiko triffst du aber niemals auf den Menschen, für den Marmorkuchen das Höchste aller Gefühle ist. Vielleicht sogar ein Marmorkuchen, der eine Schokoladeglasur hat. So eine von der Art, die zart knackt, wenn man hineinbeißt. So etwas gibt es. Es gibt den Menschen, der dich versteht und deine geheimsten Kinderträume mit dir träumen will. Weil sie ihn so sehr an seine eigenen Träume erinnern. Dazu musst du ihm aber die Möglichkeit geben, zu antworten. Auf das, was du von dir preisgibst. Dazu musst du aber über den Schatten der Angst springen und von dir erzählen. Diese Angst ist ein lästiger kleiner Freund. Sie redet dir ein, dass du verletzt wirst. Durch ein ironisches Lachen, wenn du ehrlich bist. Wenn du zugibst, dass du manchmal weinen musst, wenn im Fernsehen Titanic läuft. Zu Weihnachten. Zum fünften Mal. Lass sie lachen. All diejenigen, die genauso gerne weinen würden und es nicht tun. Sie tun es nicht, weil sie Angst haben, sich lächerlich zu machen. Weil sie Angst haben, ihre Würde als erwachsene Menschen zu verlieren. Das ist eine listige kleine Falle. Für wen möchtest du denn deine Würde bewahren? Für dich selbst? Das ist lächerlich. Für jemanden, mit dem du dein Sofa teilst? Das ist noch viel lächerlicher. Wenn er deine Wahrheit nicht erträgt, hat er auf deinem Sofa nichts verloren. Für deine Nachbarn? Das ist wohl das allerlächerlichste. Also – du siehst: Es gibt keinen wirklichen Grund, nicht zu weinen und zu lachen, so wie es dein Herz in jedem Augenblick möchte. Ja, ich weiß. Es tut ein wenig weh, wenn man nicht von allen Menschen zu jeder Zeit verstanden wird. Aber das vergeht. Die Zeit, die du brauchst, um zu erkennen, wer dich sieht und wer nicht, wird mit deiner Übung immer kürzer werden. Je mehr du es übst, keine Angst zu haben und dein Herz zu öffnen, umso schneller und müheloser wirst du erfahren, wer es wert ist, dass du ihm deine Schätze zeigst und wer nicht. Und stell dir bitte vor, so sehr es wehtut, nicht erkannt zu werden, so wunderschön ist es, wenn ein Einhorn im Walde ein anderes Einhorn trifft. Ab diesem Moment wirst du für all deine Einsamkeit entschädigt sein. Du musst nicht mehr allein sein und ihr werdet gemeinsam euren Weg gehen. Und wer euch nicht versteht, der soll bei seiner Herde bleiben. Stell dir nur einmal kurz vor: Ein Einhorn versteckt sein Einhorn, um nicht aufzufallen. Was geschieht dann? Es sieht aus wie all die anderen Esel, und das Einhorn, das geboren wurde, um dein Freund zu sein, hat keine Chance, dich in der Herde zu erkennen. Also keine Angst vor der Angst! Vergiss niemals, dass du nur ein einziges Mal lebst – in diesem Körper wohlgemerkt. Vergiss nicht, dass jeder Tag ein Geschenk der Zeit ist und dich fragt, ob du ihm eine Chance geben willst. Eine Chance, immer mehr zu der Frau zu werden, die du in Wirklichkeit bist und die da drinnen in dir schläft. Zu einem großen Teil immer noch schläft. Ich weiß, dass wir zwei zusammengefunden haben, um uns Mut zu machen. Gegenseitig Mut zu machen, ein stolzes Einhorn zu sein. So, und jetzt möchte ich gerne von dir noch einmal hören, wie das für dich war, als du deinem Freund Echnaton zum ersten Mal begegnet bist. Ja?!“

So war Claudia. Sie ließ niemals locker. Das aber tat sie immerzu voll Heiterkeit und Liebe. Sie war fünf Jahre älter als ich und fünfhundert Jahre jünger und verspielter. Sie machte mich darauf aufmerksam, dass ich begonnen hatte, mich in meinem Leben in Ernsthaftigkeit zu verstricken. Für sie war eine Stunde in ihrem Leben, in der sie nicht gelächelt hatte, ein verlorener Moment in der Ewigkeit.

Je weiter ich in meinem Älterwerden in die Welt blickte umso mehr geriet ich in einen Zustand der Mutlosigkeit und der Hilflosigkeit. Hunger, Tod und Armut schienen den größten Teil des Planeten Erde zu bedecken, und diese Einsicht ließ mich nicht heiter und unbeschwert durch meine Tage gehen.

„Ich verstehe diesen Gedanken", sagte Claudia in einem unserer ersten Nachtgespräche, „und ich verstehe, dass du dir selbst verbieten möchtest, zu lachen, wo du doch so viele Tränen rund um dich siehst. Ich sage dir, vergiss diesen Zustand. Er hilft niemandem. Wenn du selbst keinen wirklichen Grund hast, traurig zu sein, dann nimm nicht an der Trauer der anderen Teil. Du hilfst ihnen damit nicht einen Schritt weiter. Im Gegenteil, du raubst dir durch deine Tränen die Energie, ihnen zu helfen, wenn sie dich um Hilfe bitten sollten. Wir dürfen nur Menschen helfen, die uns danach fragen. Sonst rauben wir ihnen die Verantwortung für ihr Schicksal, in dem sie lernen sollen, sich selbst zu helfen. Wenn sie ihren Weg mit ihrer Prüfung alleine gehen wollen, dann lass sie gehen und dränge dich nicht auf. Im tiefsten Inneren deiner Person kann ein Wesen leben, das sich dabei gut fühlen möchte, wenn es den angeblich Schwachen hilft. Dieses Wesen möchte sich als guter Mensch fühlen und springt ein und trägt die Last eines anderen, ohne von ihm darum gebeten worden zu sein. Das ist falsch. Es soll nur dein Gewissen beruhigen …

Manchmal geht es dir besser als dem Menschen neben dir. Das ist ein Teil des Lebens. Wenn der andere Mensch dich wirklich braucht, wird er es dir sagen. Wenn nicht, lebe dein Leben in Dankbarkeit und Heiterkeit. Für dich. Für deine Menschen, die mit dir gehen. Auf diese Weise wirst du Kraft und Heiterkeit ausstrahlen und die Menschen, die dir begegnen, werden von deiner Ausstrahlung beflügelt sein. Das ist unendlich viel mehr Hilfe, als wenn du dein Lachen versteckst und gegen Tränen des falschen Mitgefühls tauschst. Du selbst verlierst dabei deine Kraft und deine Leichtigkeit und alle anderen werden nur dort stecken bleiben, wo sie gerade sind. Ich weiß, dass das, was ich dir sage so klingt, als wäre es aus dem Lehrbuch eines Egoisten. Hab keine Angst davor, wie ein Egoist zu wirken. Du darfst heiter, stark und glücklich sein. Alle diejenigen, die dich daran hindern wollen, tun dies nur, um von deinem Beispiel nicht in ihrer Trägheit und in ihrem Selbstmitleid gestört zu werden. Nichts ertragen die meisten Menschen schwerer als einen anderen, dem es offensichtlich gut geht. Der gesund ist, heiter, liebevoll, stark und mutig. Er erinnert sie daran, dass sie nur ihr Leben ändern müssten. Sie müssten sich von ihren ermüdenden Gewohnheiten trennen, von ihrer unbefriedigenden Arbeit trennen, von ihren Bekannten trennen, mit denen sie keine Liebe verbindet. Die Faulheit und Trägheit und die Ungewissheit, was nach so einem Schritt ins Freie kommen wird, hält sie zurück. Es ist ihnen lieber, in einem stickigen Zimmer zu sitzen und über die matte Luft zu jammern, als die Tür zu öffnen und ins Freie zu gehen. Das tun die Menschen nicht, weil ihnen die Beständigkeit lieber ist als das Unberechenbare. Die Freiheit und die Lebendigkeit und die Liebe sind unberechenbar. Also richten sie sich in der gewohnten Mühsal ein und gefallen sich darin, ihre Tage mit Jammern zu verbringen. Weißt du, wie viele den Mut und die Energie aufbringen, ihren Koffer zu packen und die Türe zuzuwerfen? Ohne sich noch einmal umzudrehen? Es sind sehr wenige. Du hast es geschafft. Du bist unterwegs zu einem Leben, das mit jedem Tag mehr zu deinem Leben wird. Lass die erhobenen Zeigefinger der Traurigen hinter dir. Lache und tanze, wenn es dich dazu verführt und wer mittanzen will, ist willkommen. Wer nicht – der eben nicht."

Ich bewunderte Claudia für ihre unbestechliche Haltung, die sie mir vorlebte. Sie war ein Vorbild und eine Erlaubnis in einem. Ihre Art zu denken war mir völlig neu. Niemals hatte ich meine Eltern so reden und denken gehört. Niemals einen Lehrer oder eine meine früheren Freundinnen. Ich dachte in meinen Nächten lange darüber nach, was sie mir in mein Leben mitgeben wollte. Ich fühlte, dass sie Recht hatte. Ich hatte in meinem Herzen eine Stimme, die mich zurückhalten wollte. Sie wollte mich klein halten und still. So wie es in meiner Kindheit an der Tagesordnung gewesen war. Ich hörte dieser Stimme eine Zeit lang zu, um zu verstehen, warum ich bescheiden, schüchtern und brav sein sollte. Das einzige Argument, das am Ende aller Betrachtungen übrig blieb, war, dass ich auffallen würde. Ich würde auffallen in der Welt der Stillen und

Mutlosen und darum wäre es besser, ruhig und unauffällig zu sein. Still und brav, um den Unterricht nicht durch träumen und lachen zu stören …

In einer Nacht, in der ich diese innere Stimme zum zehnten Mal sagen hörte: „Nicht auffallen, grau sein, klein sein, unerotisch sein!“, musste ich laut lachen. Ich hatte die Stimme mit meinen Fragen und meiner Beharrlichkeit in die Enge getrieben. Von einem großen dunklen, bedrohlichen Wesen war sie zu einem unscheinbaren dünnen Schatten geworden. Kraftlos und matt versuchte sich diese Stimme zu behaupten und hatte meinen Argumenten nichts mehr entgegenzusetzen. Ich hatte ihr jeden Tag etwas mehr ins Gesicht gelacht. Ich hatte ihr gesagt, dass sie ihre beängstigenden Prophezeiungen nicht mehr an mir ausüben konnte. Ich stellte der Angst vor der Einsamkeit meine Freude an meiner Freiheit gegenüber, und in diesem Wettstreit begann die Stimme der Angst mit jedem Tag kleiner und kleiner zu werden. In jener Nacht lachte ich sie so herzlich aus, dass sie resignierte und mich in den kommenden Monaten und den nächsten Jahren nicht mehr belästigte …

Ein Ruf

Nach den ersten sieben Monaten meines Lebens mit Claudia, die ich mit reden, lachen, schweigen, träumen und zuhören verbracht hatte, begann ich, in mich hineinzuhorchen. Ich war hie und da bei meinen Eltern zu Gast gewesen, um einen Kaffee bei ihnen zu trinken und ein Stück Kuchen zu essen. Mit der Zeit wurde die Zeit zwischen meinen Besuchen immer länger. Ich hatte keine Lust, mir die Rituale ihrer Lieblosigkeit anzuhören, und noch weniger Lust hatte ich, auf ihre sich ewig wiederholende Frage zu antworten, was ich denn nun machen wollte. Was ich werden wollte. Womit ich mein Geld verdienen wollte. In diesen Gesprächen war herauszuhören, dass sie sich in einem Punkt einig waren. Ich sollte studieren und Ärztin werden. Oder Juristin oder einen anderen großartigen Beruf ergreifen, der Geld und Prestige versprach. Ich dachte sogar ein paar Mal ernsthaft darüber nach, weil es ihnen gelungen war, mir Furcht vor der Zukunft einzujagen. Sie hatten düstere Bilder gemalt vom Absturz in die soziale Bedeutungslosigkeit, Ehelosigkeit, Kinderlosigkeit, Mittellosigkeit. Wie alle diese Gespenster als Ärztin besiegt werden konnten, war mir nicht klar, aber ich versuchte, meine Phantasie in die Richtung zu lenken, in der ich mir zusah, wie ich einen Klienten als Anwältin verteidigte oder einem Unfallopfer den linken Unterarm wieder annähte. Beide Vorstellungen erfüllten mich nicht mit Heiterkeit, also verabschiedete ich sie aus meinen Gedanken.

Eines Abends ging ich langsam zu meiner Arbeit in der Pizzeria, und als ich an einem Kinderspielplatz vorbei ging, wusste ich mit einem Mal, was ich tun wollte. Ich sah einigen Kindern dabei zu, wie sie um einen Baum herumstanden und zusahen, wie er seine weißen Blüten in den Abendwind fallen ließ. Die Blüten sanken langsam zu Boden und die Kinder versuchten, sie aufzufangen. Sie verloren sich in völliger Hingabe in diesem Spiel, und ich blieb lange stehen und sah ihnen zu. Sie vergaßen alles rund um sich. Ihre Augen leuchteten und ihre Wangen glühten vor Freude und Aufregung, wenn sie wieder einige Blütenblätter in ihren Händen aufgefangen hatten. Sie hoben ihre Hände zu ihrem Gesicht und tauchten tief in die Blüten. Sie atmeten tief den süßen Duft ein und begannen dann, auf dem Boden Phantasiemuster auszulegen. Mit jedem einzelnen Blütenblatt wuchs ein noch nie dagewesenes Bild heran. Für diese Kinder gab es in diesem Augenblick kein Gestern und kein Morgen. Es gab nur das absolute Jetzt und ihre Hingabe an ihre Schöpfung. Ich stand da und wusste, dass ich meine Zeit mit Kindern verbringen wollte. Mit kleinen Kindern. Mit Kindern, die noch staunen konnten und die noch den Namen nennen konnten, den sie in ihrem früheren Leben getragen hatten.

Am nächsten Morgen erzählte ich Claudia von meinem Entschluss und begann meine Ausbildung zur Kindergärtnerin. Nach dem Ende meiner Lehrzeit begann ich, mit Kindern zu arbeiten.

Ich saß mit ihnen auf dem Boden und malte mit ihnen bunte Vögel und wilde Tiere. Ich half ihnen dabei, wenn sie auf einem kleinen Klavier ihre ersten Melodien spielten und ich tröstete sie, wenn ein Turm aus bunten Würfeln wieder zusammengestürzt war. Zum siebenten Mal. Die Stunden, die ich mit meinen Kindern verbrachte, begannen mein Leben in einer ungekannten Weise zu verwandeln. Ich durfte mir erlauben, nicht erwachsen zu sein. Ich durfte lachen und singen, und ich durfte weinen, wenn eine Geschichte traurig war, die ich vorgelesen hatte. Wenn ich durch die Straßen ging, bemerkte ich, dass meine Art zu gehen sich verwandelt hatte. Ich war es von mir gewohnt, dass ich mit leicht nach vorne gebeugtem Oberkörper durch die Straßen lief. Meinen Blick hielt ich dabei auf den Boden gerichtet und meine Schritte waren ungeduldig und eilig. Ich wirkte wie eine aufgezogene Puppe, die zu einem Ziel unterwegs war, das sie selbst nicht kannte.

Nach einem Jahr mit meinen Kindern hatte sich meine Art zu gehen völlig verändert. Ich war langsamer geworden. Weicher geworden. Mein Körper hatte begonnen, sich aufzurichten und meine Schultern hingen nicht mehr zusammengezogen hoch über meinem Nacken. Ich ertappte mich dabei, wie ich an manchen Tagen mit dem Kopf weit nach hinten gelegt über die Straßen schlenderte. Ich blieb oftmals stehen und sah einer Katze zu, die über einen Lattenzaun balancierte, ich blieb minutenlang stehen, um einen Schmetterling nicht zu erschrecken, der sich auf meine Schulter gesetzt hatte, und als ich eine Ameisenstraße vor meinem Kindergarten entdeckte, holte ich meine Mädchen und Jungen vor das Tor und wir verbrachten den Vormittag damit, den Ameisen zuzusehen. Sie trugen kleine Rindenstückchen und tote Käfer, und in der Mittagszeit warfen wir ihnen winzige Brotstückchen zu. Die Zeit und die Jahre vergingen, ohne dass ich auf die Uhr sehen wollte, und drei Wochen nach meinem 23. Geburtstag heiratete Claudia.

Es war vorauszusehen gewesen, und trotzdem traf es mich. Sie hatte ihren zukünftigen Mann in einem Wochenendseminar kennengelernt. Das Seminar beschäftigte sich mit dem Maya-Kalender und seinen Prognosen für das Jahr 2012. Claudia hatte mir begeistert eine ganze Nacht lang davon erzählt, als sie wiedergekommen war. Angeblich hatten die Maya errechnet, dass zu Weihnachten 2012 die Zeit zu Ende gehen würde. Einige Menschen deuteten diese Aussage so, dass die Welt an diesem Tag untergehen würde, aber diese spannende These war für Claudia nicht so aufregend gewesen wie der Umstand, dass sie an diesem Wochenende einen Mann kennengelernt hatte. Johann war Tauchlehrer in Südfrankreich und offenbar ein Schicksalsmensch für meine beste Freundin. Eine Woche nach ihrem Seminar besuchte sie ihn in Marseille, und als sie zurückkam, war sie verlobt. Johann war vor fünf Jahren ausgewandert und hatte eine Tauchschule am Mittelmeer eröffnet.

Claudia und ich hatten es uns an den langen Winterabenden immer sehr gemütlich gemacht. Wir hatten den Kamin eingeheizt und Zimttee getrunken und Kekse gegessen. All diese Versuche, uns durch die dunkle Zeit hindurch zu trösten, konnten aber eine Tatsache nicht verleugnen. Es war kalt, und vor allem Claudia wollte nichts wie weg und in den Süden. Nun hatte sie Johann getroffen, sich verliebt, geheiratet, und drei Wochen später war sie in der Wärme. Ich war plötzlich allein und 23 Jahre alt.

Allein

Ich wanderte an manchen Abenden durch die große Wohnung, für die ich nun alleine Miete zahlen musste, und es war so unendlich still.

Ich war Ruhe gewohnt in der Art, wie wir zusammen gelebt hatten. Nun aber war diese Ruhe einer leblosen Stille gewichen. Ich stand in der Küche und sah die Kaffeetassen, aus denen wir noch am letzten Sonntag getrunken hatten. Sie standen in dem alten Holzkasten mit den Glastüren und fragten mich. Sie fragten mich, mit wem ich jetzt reden sollte. Der Küchentisch hatte in seinem Holz noch den handgroßen Fleck von der Nacht, in der mein Glas mit Amarone umgefallen war und ich vergessen hatte, den Wein wegzuwischen. Am nächsten Morgen war er in das Holz eingezogen, und Claudia lachte und schrieb neben den Fleck mit kleinen Buchstaben das Datum des Unfalls. „Zur Erinnerung", hatte sie neben die Zahlen geschrieben und jetzt stand ich davor und erinnerte mich. Es machte die Stille nicht lebendiger …

Ich lag in meinem Bett und las in den Büchern über die Maya, die Claudia mir dagelassen hatte, und hie und da wehte der Wind durch die Kastanien.

Von Zeit zu Zeit saß ich vor meinem Computer und las die E-Mails, die Claudia mir geschrieben hatte. Es ging ihr gut und der Wind im Oktober war warm, dort wo sie lebte. Ich freute mich für sie und erzählte ihr, dass die kleine Susanne gestern vier Jahre alt geworden war und es geschafft hatte, alle Kerzen auf ihrem Kuchen auszupusten. Wir erzählten uns recht häufig, was wir erlebten und manchmal telefonierten wir auch. All diese Geräusche konnten die Stille nicht besiegen. Die Stille, die sich ausgebreitet hatte, seit ich wieder alleine war. Mir wurde bewusst, dass ich in den letzten Jahren so gelebt hatte, als würde dieses Leben niemals enden. Als würde ich niemals wieder mit den falschen Menschen die falschen Dinge tun. Als würde ich niemals mehr allein sein …

Ich hatte mir keine Gedanken gemacht, wie alt ich war und vor allem wie alt Claudia war. Sie war bis zu dem Tag, an dem sie sich verlobt hatte, sieben Jahre lang ohne einen Mann an ihrer Seite gewesen. Sie hatte Bekanntschaften gehabt, und manchmal durfte auch einer dieser Männer in ihrem Zimmer übernachten. Wenn er am nächsten Abend nicht mehr bei uns war, erzählte sie mir dann mit ihrem unvergleichlichen Humor, warum er nicht mehr bei uns frühstücken würde. „Das sind meine kleinen Kekse", sagte Claudia und meinte damit ihre kurzen Bekanntschaften oder „ein Kuchen ist nicht in Sicht". Mir war klar, dass wir zwei Frauen auf ewig so leben würden.

Ich hatte es auch ein paar Mal versucht und mir ein Schokoladenkeks und einige Spekulatiuskekse mitgenommen, aber die körperliche Nähe war mehr ein Pflichtprogramm als Lust und Befriedigung, und so genügte es mir, Claudias Erzählungen von ihren Nächten zuzuhören und meine Ruhe zu haben. Es war nicht so, dass ich mir nicht vorstellen konnte, mit einem Mann längere Zeit zusammen zu sein. Auch Intimität war ein Bild, das ich in meinen Träumen sah, aber die Realität war ernüchternd. Ich wollte so gerne reden. Ich wollte mit den Männern, denen ich offenbar recht gut gefallen hatte und die mich angesprochen hatten, über ihr Leben reden. Ihre Träume reden. Über das Spielzeugauto, das sie als kleiner Junge am liebsten gehabt hatten. Ich wollte sie tatsächlich kennenlernen. Es war so mühsam. Unendlich mühsam. Ich fühlte, dass sie sich zusammenrissen, als sie bemerkten, dass ich längere Gespräche gern hatte, und dann erzählten sie auch nicht ungern von ihrer Arbeit und dem letzten großen Erfolg. Es war ihnen aber anzusehen, dass all das für sie nur eine Pflichtübung war. Eine Pflichtübung, um mich bereit zu stimmen, sie in mein Zimmer zu lassen und in mein Bett. Wenn ich hie und da mit einem von ihnen tatsächlich dort landete, hatte ich das Gefühl, dass wir beide einen Taucheranzug anhatten. Aus elastischem, undurchlässigem Material. Wir lagen im Bett. Wir griffen einander auf den Körper, aber ich fühlte keine Berührung. Irgendwann an einem Tag im April sah ich keinen Sinn mehr darin, mit Fremden in meinem Bett zu liegen und nur darauf zu warten, dass sie wieder gehen würden. An diesem Tag war ich 21 Jahre alt, und als Claudia uns verlassen hatte, war ich zwei Jahre lang alleine bei offenem Fenster eingeschlafen.

Jetzt war sie fort. Und ich war allein. Ich ging durch die Wohnung und fragte mich, ob ich diesen Zustand fortführen sollte. Ich wusste zu diesem Zeitpunkt, dass es in einem gewissen Maß an mir lag. Ich konnte als Einzelgängerin weitermachen oder mir einen Mann holen. Mir war völlig klar, dass es ausschließlich eine Sache von uns Frauen ist, ob wir allein bleiben oder nicht. Weil wir es sind, die entscheiden, ob wir uns einen Mann ins Leben holen oder nicht. Keine Frau, die nicht mehr einsam durch ihre Wohnung gehen will, muss das länger tun als sie entscheidet, dass sie es tun will. Männer bleiben wirklich allein, weil es die Frauen sind, die entscheiden. Es sieht nur so aus, als würde sich ein Mann eine Frau nehmen. Das ist eine hübsche Inszenierung, die in Filmen sehr gut aussieht. Ein Teil davon ist auch wahr. Ein Mann kann sich eine Frau nehmen. Dann, wenn sie entschieden hat, dass er es darf. So sind die Regeln. Wer das nicht erkennen will, muss bitteres Lehrgeld bezahlen. Vor allem die Männer.

In diesen Zeiten nun beschloss ich, nicht mehr länger alleine sein zu wollen.

Ein Versuch

In meinem Kindergarten gab es einen sehr lieben Jungen. Er hieß Stefan und war drei Jahre alt. Er hatte lange, glatte blonde Haare und eine sehr helle Haut. Er war sehr still, und es hatte ein halbes Jahr gedauert, bis ich ihn dazu verführen konnte, mit mir und den anderen Kindern Burgen zu bauen. Aus bunten Plastikwürfeln. Bis zu diesem Tag, an dem er zum ersten Mal mit dem Aufbau eines Turmes begann, war er immer nur abseits gesessen und hatte zugesehen. Er war sehr schweigsam und still, und das machte ihn mir sehr sympathisch. Ich konnte sehen, dass er alles, was rund um ihn geschah, mit wachen Augen betrachtete und sich seine Gedanken machte. Ich hütete mich davor, ihn zu drängen, an unseren Spielen teilzunehmen. Druck erzeugt Gegendruck und ich wünschte mir, dass er seine Zurückgezogenheit eines Tages von selbst beendete.

Als sein Vater Stefan zum ersten Mal zu mir brachte, hatte er mich sehr lange mit seinen großen, traurigen, blauen Augen angesehen und als ich ihn fragte, was er spielen wollte, seinen Vater angeblickt und mit den Schultern gezuckt. „Er hat sehr schwere Zeiten hinter sich", sagte Robert. Stefans Vater war ein sehr attraktiver Mann. Er hatte dunkelbraune Haare und die gleichen blauen Augen wie sein Sohn. Robert hatte eine sehr erwachsene, ernste und freundliche Ausstrahlung. Er arbeitete als Schneider in der Kostümabteilung des größten Theaters der Stadt. Er war 35 Jahre alt und sehr höflich. Ich verzichtete darauf, ihn nach Details zu fragen. Details aus Stefans schweren Zeiten, die ihn offenbar sehr still gemacht hatten. Eines fand ich trotzdem in den ersten Wochen heraus. Robert war geschieden und Stefan sein einziges Kind. Als ich Stefan nach einer Woche fragte, wo denn seine Mutter sei, sah er mich an und sagte mit fester Stimme: „Weg." Ich ließ es damit gut sein. Eine weitere Woche später fragte ich ihn, ob er seine Mutter sehen wollte. „Nein", sagte er und sah aus dem Fenster hinaus. Ich kannte diesen Blick, und in der Mittagspause machte ich ihm eine italienische Trinkschokolade. Ich hatte das Kakaopulver in großen Dosen aus der Pizzeria mit nach Hause genommen, und zu speziellen Anlässen bereitete ich meinen Kindern eine Tasse der cremigen, etwas bittersüßen dunklen Schokolade zu. Stefan saß still am Boden, hielt seine große Tasse mit Winnie the Poo fest und trank mit großer Andacht den Kakao …

Als er nach einem halben Jahr Vertrauen gefasst hatte und begann, mit uns Burgen zu bauen, traf ich mich mit seinem Vater Robert zu einem Gespräch. Wir gingen in das altmodische Kaffeehaus neben dem Kindergarten und Robert erzählte mir, wie es zu seiner Scheidung gekommen war.

Seine Frau hatte seit der Geburt von Stefan keine Lust mehr gehabt, mit ihm ins Bett zu gehen. Robert hatte von mehreren Seiten gehört, dass dieser Zustand bei jungen Müttern bis zu einem Jahr und länger dauern konnte. Er war gefasst gewesen und bereit, geduldig zu sein. Nach 15 Monaten aber hatte er einen Verdacht, der sich nach einigen Nachforschungen bestätigte. Seine Frau Barbara hatte an ihrem Arbeitsplatz einen anderen Mann kennengelernt und sich in ihn verliebt. Für Robert war eine Welt zusammengebrochen. In den letzten Monaten, in denen ihm die Enthaltsamkeit immer schwerer gefallen war, hatte seine Frau begonnen, ein Verhältnis zu haben. Das Ergebnis dieses Verhältnisses war nicht nur eine schleichende Entfremdung zwischen Robert und Barbara. Das Ergebnis war auch, dass Barbara von dem anderen Mann schwanger wurde. Die Scheidung wurde ausgesprochen und Barbara zog mit Stefan zu ihrem neuen Mann. Dieser Mann war Bankangestellter und brachte Stefan keine Liebe entgegen. Als Robert an einem der Wochenenden, an denen er Stefan bei sich haben durfte, seinen Sohn fragte, woher die blauen Flecken auf seiner Schulter kamen, sagte Stefan: „Der Mann hat mir wehgetan."

Robert verzichtete darauf, den neuen Lebensgefährten seiner Exfrau zu erschlagen. Er stellte sie vor die Alternative. Entweder würde sie ihm das Sorgerecht überlassen und Stefan bei Robert aufwachsen lassen, oder er würde einen Prozess anstreben, der die Kindesmisshandlung öffentlich machen sollte. Diese Variante passte nicht in den Lebensplan des neuen Mannes an Barbaras Seite. Sein Leben spielte sich zwischen höflichen Ritualen und Empfängen im dunklen Anzug ab, und ein Prozess gegen ihn, in dem er als Kinderschläger bloßgestellt würde, hätte sehr beunruhigende Konsequenzen für seine Karriere gehabt. Aus diesen Überlegungen stimmte Barbara zu. Stefan zog zu Robert. Barbara bekam ihr zweites Kind und widmete sich ihm und ihrem neuen Mann, der den Sprung zum Filialleiter geschafft hatte.

Von diesem Tag an lebten Robert und Stefan in einer Piratenbande, die aus zwei Mitgliedern bestand. Robert kümmerte sich aufopfernd um seinen Sohn, aber ohne professionelle Hilfe war an kein Weiterkommen zu denken. Aus diesem Grund hatte er sich für den Kindergarten entschieden, in dem ich arbeitete. Er hatte so viel Gutes von mir gehört und dieses berufliche Kompliment machte mich etwas verlegen. Ich hatte noch nie mit einem Mann ein derart langes, offenes und tiefgehendes Gespräch über sein Leben geführt wie mit Robert. In der Art, wie er mit mir über das Schicksal seines Sohnes sprach, lag so viel Ernsthaftigkeit und Entschlossenheit, dass ich ihn sehr zu schätzen begann. Während unseres ganzen Gespräches war er bereit, mir voll Vertrauen und Offenheit diese traurigen Details aus seinem Leben zu erzählen.

Als ich mit Robert in dem etwas altmodischen Kaffeehaus saß und ihm zuhörte, sah ich, dass er mich kein einziges Mal mit flirtendem Blick betrachtete. Er saß mir als Mensch gegenüber, der einem anderen Menschen sein Herz öffnet. Er kam mir in diesen zwei Stunden, in denen ich nichts anderes tat, als ihm zuzuhören, sehr nahe. Ich erlebte zum ersten Mal einen erwachsenen Mann, der mir tiefe Seiten seines Herzens zeigte. Die tiefen Stellen in seinem Wesen zeigte, in denen seine Liebe zu Hause war. Ich erkannte, dass er sich nicht dazu hinreißen ließ, seine Exfrau zu verdammen, obwohl er dazu jedes Recht gehabt hätte. Er nahm das, was geschehen war, als Hinweis des Schicksals, ihm die Augen zu öffnen. Er war der Ansicht, dass er durch diese Veränderung in seinem Leben vom Schicksal gefragt wurde, was für ihn von wirklichem Wert war. Als er erkannt hatte, dass die Liebe zu seinem Sohn der Mittelpunkt in seinem Leben war, hatte er gehandelt. Er lebte ein stilles zurückgezogenes Leben, machte gewissenhaft seine Arbeit und gab seine gesamte freie Zeit seinem Sohn. Das beeindruckte mich sehr. Ich sah Robert an und glaubte zu entdecken, dass er ein Mann war, wie ich noch keinem begegnet war.

In den Tagen nachdem Claudia gegangen war, hatte ich häufig auf Robert gewartet. Ich war mit Stefan in unserem Raum mit den Kisten voller Spielzeug zurückgeblieben, wenn alle anderen Kinder bereits von ihren Eltern abgeholt waren. Robert blieb dann nicht am Tor stehen, sondern kam zu uns herein. Er setzte sich zu Stefan und sah ihm zu, wie er ein Bild zu Ende malte oder die Schienen seiner Holzeisenbahn wieder ordentlich in der Kiste verstaute. Wir plauderten dann eine Weile, und eines Tages fragte mich Robert, was ich am Wochenende machte. Ich antwortete, dass ich noch keinen Plan habe und dann fragte er mich, ob wir gemeinsam einen Ausflug machen wollten. Stefan wollte in den Zoo gehen, seit er zum ersten Mal im Fernsehen einen Bericht über die Pandafamilie gesehen hatte. Die zwei chinesischen Pandabären hatten Nachwuchs bekommen und alle Kinder in unserer Gruppe hatten sie schon gesehen. Also trafen wir uns am Samstagmittag vor dem Haupteingang zum Zoo. Robert zahlte für unsere Tickets und dann saßen wir die ersten drei Stunden vor dem Pandagehege. Im Anschluss daran gingen wir in das kleine Restaurant, das in der Mitte des Zoogeländers gelegen war und tranken Kaffee und aßen Kuchen. Ich bestellte mir Marmorkuchen und Coca-Cola und Stefan malte zwei Stunden lang in einem Malheft, das Robert ihm von zu Hause mitgenommen hatte, seine

Erinnerungen an die Pandababys. Robert interessierte sich sehr für alles, was ich ihm erzählen wollte. Von meiner Schulzeit, von Ägypten, von meiner großen Wohnung, in der ich ganz allein lebte.

„Ist das gut?", fragte er. „Ist das gut, dass du so ganz alleine lebst?" „Was soll ich machen?" antwortete ich und blickte nachdenklich auf meinen Teller. Ich spürte, dass Robert mich lange ansah und nach einer Weile fragte er: „Hast du Lust, heute Abend zu uns zu kommen und bei uns Abend zu essen? Wir zwei Männer kochen ein wenig, und dann sind wir nicht so allein. Wir nicht und du nicht."

Ich freute mich sehr über seinen Vorschlag und dann gingen wir auseinander. Ich fuhr nach Hause, um mich frisch zu machen und umzuziehen.

Robert und Stefan fuhren auf einen Markt, um für den Abend einzukaufen. Ich zog ein helles Sommerkleid an, und am frühen Abend saßen wir bei Robert und Stefan auf der Terrasse und aßen Lasagne. Robert hatte sich sehr viel Mühe gegeben und seine Wohnung in Ordnung gebracht. Das konnte man auf den ersten Blick erkennen. Alle Kissen lagen ordentlich auf dem Sofa und auf dem Wohnzimmertisch stand eine Vase mit frischen Blumen. Er hatte sieben rosa Rosen gekauft, die ganz wunderbar zu dem dunklen Holz des alten Tisches passten.

Roberts Wohnung lag im Zentrum der Stadt. Sie war sehr groß und hatte eine weite Dachterrasse, von der aus man die Kirchturmspitze des Domes sehen konnte. Das Essen war sehr gut gekocht und der Rotwein sehr schwer. Stefan durfte noch einen Film über Ritterturniere sehen, dann brachten wir ihn ins Bett. „Wenn du willst, kannst du auch hier schlafen", sagte er, und Robert und ich sahen uns an und mussten lachen. Dann zogen wir die Tür zum Kinderzimmer zu und sahen, dass Stefan schon mit seinem weißen Bären im Arm eingeschlafen war …

Wir gingen zurück auf die Terrasse, und da es eine sehr warme Sommernacht war, nahmen wir unsere Rotweingläser und setzten uns auf das breite Strohsofa, das an der Wand stand. Neben den Gartenfackeln, die Robert in die Terrakottatöpfe gesteckt hatte. Sie brannten hell und ruhig und dufteten ein wenig nach Koriander. „Das vertreibt die Mücken", sagte Robert und dann stellten wir die Rotweingläser auf den niedrigen Steintisch und küssten uns.

Es war völlig selbstverständlich, dass wir uns endlich küssen mussten. Robert hatte nach unserem ersten Gespräch in dem altmodischen Café begonnen, mich mit anderen Augen anzusehen. Er begann, länger im Kindergarten zu bleiben als es nötig gewesen war. Wenn er Stefan abholte. Er lächelte mich immer häufiger an und machte mir immer öfter Komplimente. Ich lächelte und begann, hie und da auch ihm ein Kompliment zu machen. Über seine angenehme Art, mit Stefan umzugehen. Über seine Art, wie er Verantwortung übernommen hatte. Über seine hellblauen Hemden. Hie und da hatte er seinen Arm um meine Hüfte gelegt. Ganz zufällig, wenn er mir die Türe aufgehalten hatte, und dann hatte er gesagt, dass mein Parfum mir sehr gut stehen würde. Das freute mich sehr. Es war ein sehr traditioneller Duft. Weich und süß und doch leicht.

Er hieß „Private Collection“ und war das, was man einen Klassiker nennt. Er passte meiner Meinung nach sehr gut zu dem „Eau Sauvage“, das Robert benutzte.

Wir lachten oft gemeinsam, wenn wir über diese Dinge sprachen, die so herrlich nutzlos waren und dann umarmte mich Robert kurz und ich schob ihn dabei nicht weg. Ich hatte lange Zeit ohne Umarmung verbracht und Robert war ein sehr angenehmer Mann. Er hatte eine Ausstrahlung, die ich so noch nicht kannte. Er war sehr erwachsen und ernst und im nächsten Augenblick wie ein kleiner Junge. Ich mochte es, wenn er lachte und dabei die Augen zumachte. Er hatte dann so viele Lachfalten, und eines Tages hatte ich ihm gesagt, dass ich sie gerne einmal zählen würde. „Seit wir uns kennen, sind sie doppelt so viele geworden“, hatte er gesagt und meine Hand genommen. „Du hast das Lachen in mein Leben zurückgebracht.“ Ich hielt seine Hand einen Moment lang fest und strich ihm über seine Wange. Dann atmete ich tief ein und aus und sagte nichts. Wir wussten beide, dass es Momente gibt im Leben, in denen man das Schweigen wirken lassen muss. Ich fühlte, dass ich ihm sympathisch war, und er wusste, dass ich ihn sehr mochte. Darum war es fast selbstverständlich, dass wir an diesem ersten Abend, den wir gemeinsam verbrachten, auf seinem Sofa landeten und uns umarmten.

Vier Jahre später

Drei Tage nach meinem 27. Geburtstag saß ich wieder auf diesem Sofa und blickte über die Stadt. In jener Nacht vor vier Jahren hatten wir uns nicht nur geküsst. Wir hatten uns ausgezogen und waren in Roberts Schlafzimmer gegangen. Wir hatten die Türe leise zugemacht und uns bemüht, auch im Bett sehr leise zu sein. Danach lag Robert neben mir und lachte: „Warum lachst du?“, fragte ich und stützte mein Kinn auf seine Brust. „Ich lache, weil ich schon fast vergessen habe, wie sich das anfühlt, was wir da eben gemacht haben. Und ich lache, weil ich ganz laut schreien möchte vor Freude und nur flüstern darf, wie ein ertappter Pubertierender.“ „ Es wäre nicht gut, wenn Stefan aufwacht“, sagte ich leise und legte mich in Roberts Arm. „Er mag dich“, flüsterte Robert nach einer Weile, und ich antwortete: „Ich mag ihn auch.“ Dann küssten wir uns und schliefen ein.

Am nächsten Morgen saßen wir zu dritt am Frühstückstisch, und Stefan war überhaupt nicht verwundert darüber, dass sein Vater mich küsste. Er war auch nicht verwundert, als ich im Lauf der nächsten Woche mit zwei Koffern durch die Tür kam und anfing, meine Kleider in den leeren Schrank zu hängen. Robert hatte einen begehbaren Schrankraum und die linke Seite war völlig leer geräumt. Robert stand in der Tür und sah mir dabei zu, wie ich meine Kleider auf die Stange hängte und sagte dann: „Es ist gut, dass hier endlich wieder Frauensachen hängen.“ Ich gab ihm einen Kuss und dann holte ich Stefan auf die Terrasse und spielte mit ihm und seinen bunten Glasperlen.

Die große Wohnung hatte ich aufgegeben, und in meiner ersten Nacht in Roberts Wohnung schrieb ich an Claudia eine E-Mail, in der ich ihr von den Veränderungen erzählte, die sich in meinem Leben abgespielt hatten.

„Das klingt ja alles sehr toll“, antwortete sie. „Nur eine Frage: Weißt du wirklich genau, warum du das tust, was du gerade tust?“ Ich musste lachen, als ich diesen Satz las. Claudia war immer noch Claudia. Jede andere hätte geschrieben: „Toll. Gratuliere!“ „Bravo, lass ihn nicht mehr gehen!“ oder „Und – wann wird geheiratet?“ Claudia aber ging immer mit einer Taschenlampe durch die Kellergewölbe der Seele und beleuchtete unbestechlich jede Ecke. Ihre Frage war sehr interessant und an diesem Abend schrieb ich zurück: „Ja, ich will nämlich nicht mehr allein sein.“

„So, so …“, war ihre Antwort. Nichts weiter, nur „So, so …“

Ich schickte ihr noch einen Gute-Nacht-Gruß und ging zu Robert in unser gemeinsames Schlafzimmer. Vier Jahre später saß ich auf der Terrasse und konnte es nicht glauben. Ich konnte nicht glauben, dass die Zeit schon wieder einmal in meinem Leben auf und davon gerast war wie ein Wildpferd in der Prärie. Ich hatte begonnen, ein geregeltes Leben an der Seite von Robert und Stefan zu leben. Ich hatte meinen Job behalten und war jeden Tag mit Stefan zum Kindergarten gefahren. Als er aus diesem Alter heraus war, hatte ich ihm geholfen, seine Schultasche für sein erstes Schuljahr zu packen. Ich habe meine Arbeit gemacht und war danach einkaufen gegangen. Ich habe angefangen, etwas besser Kochen zu lernen, weil meine beiden Männer es liebten, wenn ich ihnen „Cannelloni al ragu" zubereitete. Und ich hatte es sehr gerne gehabt, mich am Abend an meinen Computer zu setzen und mit meinen Freunden in der großen weiten Welt zu reden. Diese stillen Stunden hatte ich sehr gerne. Es war die Zeit, in der Stefan schon schlief und Robert noch im Theater war. In diesen Stunden gehörte die Wohnung nur mir allein. Ich saß da und war neugierig, welche Erlebnisse ich an diesem Abend im Internet haben würde. Zum Teil war es purer Zeitvertreib, zum Teil führte ich Gespräche, die ich mit niemandem sonst führen konnte. Es waren Frauen darunter vom anderen Ende der Welt und auch Männer aus meiner Stadt. Wir erzählten uns ohne jede Scheu von unseren Erlebnissen. Wir teilten diese Stunden im Alleinsein im Gefühl, dass am anderen Ende der Leitung jemand saß, der genauso allein war wie man selbst …

Seltsamerweise hatte ich dieses Gefühl manchmal. Allein zu sein. Ich verstand nicht, warum es überhaupt auftauchte. Ich war sehr zufrieden mit meinem Leben und seiner Entwicklung. Stefan wurde ein toller Junge und ich konnte zusehen, wie gut es ihm tat, dass eine Frau in seinem Leben war, die ihn gern hatte. Seine Mutter ließ zu Weihnachten und an seinem Geburtstag von sich hören, und ich hatte nicht das Gefühl, dass er sie wirklich vermisste. Er hatte immer tieferes Vertrauen zu mir und ich wurde von seiner Begleiterin zu seiner zweiten Mutter. Robert war ein sehr lieber Mann und sehr von seiner

Arbeit besessen. Sehr. Er hatte eine große Lust auf Karriere in sich, und es gelang ihm, sich in seinem Theater aufgrund seiner Begabung und seines Ehrgeizes zum Leiter der Kostümabteilung zu entwickeln. Das bedeutete aber auch, dass er immer mehr und mehr Zeit im Theater verbringen musste. Er stand unter ständig wachsendem Stress, weil eine Premiere die nächste jagte und er sich für jeden Knopf an jeder Hose verantwortlich fühlte.

Im Laufe der Zeit begann seine Anwesenheit in unserer Wohnung wie ein Kurzurlaub zu wirken. Oft schlief ich schon, wenn er weit nach Mitternacht heim kam, und am Wochenende schlief er sehr viel, um sich von der anstrengenden Woche zu erholen.

Es war nicht unangenehm, wie wir lebten, ich musste nur feststellen, dass wir begonnen hatten, nicht mehr miteinander zu leben. Nicht mehr wirklich – nicht mehr wirklich …

Eine Veränderung

Ich saß auf der Terrasse und dachte über all das nach. Ich fragte mich, wann es begonnen hatte. Wann der Tag gewesen war, an dem unsere Wege unmerklich begonnen hatten, auseinander zu laufen. Ich konnte ihn nicht finden. Ich spielte das Band meiner Erinnerungen immer wieder vor und zurück, aber ich konnte beim besten Willen den Tag nicht finden, an dem wir aufgehört hatten, miteinander zu lachen, miteinander in einer Wiese zu liegen und miteinander ins Bett zu gehen.

Ich saß da und war mir darüber klar, dass ich mit Robert reden musste.

Vor diesem Gespräch hatte ich Angst. Ich wusste, was das Ergebnis sein würde, und mit Robert darüber zu reden war sehr schwer. Ich wusste, dass ich wieder gehen musste. Aus seiner Wohnung. Aus seinem Leben. Aus Stefans Leben. Das Schwere an diesem Entschluss lag darin, dass ich ihm keine Vorwürfe machen konnte. Keinen einzigen.

Es gab nichts, das so abstoßend gewesen wäre, dass ich Robert klar machen konnte, dass ich weg musste. Nichts. Er war freundlich und attraktiv und dass er alle Chancen nutzte und viel arbeitete, war eine Selbstverständlichkeit. Was also sollte ich ihm sagen? Claudias Frage fiel mir ein: „Weißt du, warum du das tust, was du tust?“ Ich hatte geantwortet: „Ich will nicht mehr allein sein!“ Das war die Antwort. Ich hatte geglaubt, dass ich bei Robert meiner Einsamkeit entfliehen könnte. Ich hatte geglaubt, dass seine angenehme Art mich an der Hand nehmen würde und mir ein Zuhause geben. Als ich auf dem Sofa saß und mich darauf vorbereitete, dass Robert nach Hause kommen würde und ich ihm die Wahrheit sagen wollte, hatte ich kein Problem mit diesem Gedanken. Er war nicht mutig und stark. Er war nicht aufregend und selbstbewusst. Er war nur ehrlich. Robert war in einer Zeit in mein Leben gekommen, in der ich die Einsamkeit satt hatte. Und er war auf eine Weise in mein Leben gekommen, die sehr angenehm war. In dieser Zeit, als ich ihn kennen lernte, war Robert für mich ein Ort der Ruhe und der Kontinuität. Es war wie ein heiterer Film gewesen, mit Claudia zusammen zu leben. Es war wie eine Verlängerung der großen Sommerferien in der Schulzeit. Aber die Jahre waren vergangen und sie hatte geheiratet. Und ich wollte nicht alleine bleiben. Alleine und nur hie und da fremden Männern zusehen, wie sie aus meinen Kaffeetassen ihren Morgenkaffee tranken. Vor allem, weil es Männer waren, die alle nicht im Ansatz so angenehm waren wie Robert. Ist das jetzt nicht paradox. Ich hatte von diesen Typen genug, ich hatte einen netten Mann gefunden und nun wollte ich deswegen wieder von ihm weg? Obwohl er nett war? Die Antwort liegt in der Frage. Robert war nett. Sehr nett sogar. Ich fühlte mich aufgehoben und beschützt. Wir waren sehr freundlich und zuvorkommend miteinander. Und irgendwann einmal hatte ich festgestellt, dass mir das zu wenig war. Ich kann nicht sagen, ob es einzig und allein die Art war, wie wir im Bett miteinander waren. Wir waren sehr liebevoll und nett und zuvorkommend. Er bemühte sich auch, mir mit allem viel Zeit zu lassen und ich bemühte mich, ihn nicht merken zu lassen, dass mir all das viel zu lange dauerte. Ich will nicht ungerecht sein, weil man einem Menschen nicht wirklich einen Vorwurf daraus machen kann, dass es im Bett langweilig ist. Nicht wirklich. Man kann sich vielleicht um Mitternacht einen heißen Film ansehen und ein wenig lernen. Von der Art und Weise, was man da sieht. Aber die Art und Weise, wie man selbst ist, tief drinnen, die kann man nicht ändern. Und die Wahrheit ist, dass es mit Robert wirklich nicht erfüllend war. Nicht wirklich. Ich hatte nach ein paar Wochen begonnen, ihm zu sagen, dass ich müde sei oder dass ich Kopfweh hatte und er war immer sehr verständnisvoll gewesen. Nach einem Jahr trafen wir uns einmal alle zwei Monate, dann wurde es noch weniger, und das ganze letzte vierte Jahr lebten wir wie Bruder und Schwester. Es tat mir leid für Robert, aber ich hatte das Gefühl, dass er unsere Intimität nicht wirklich vermisste. Nicht wirklich …

Ich beobachtete, wie zärtlich und liebevoll er mit seinem Sohn umging. Ich beobachtete, dass er all seine männliche Energie in seine Karriere steckte und all diese Beobachtungen stellten nur eine Frage: „Jetzt, wo du weißt, warum du dich vor vier Jahren für Robert entschieden hast – willst du wirklich so weiterleben? Willst du die bessere Mutter für seinen Sohn sein? Willst du auf ihn warten und freundlich sein und dabei zusehen, wie dein Leben zu einer netten Routine verkommt?“ Ich wollte all das nicht.

Ich hatte vor einem halben Jahr im Internet einen Mann kennen gelernt, der mich sehr faszinierte. Seine Art, zu schreiben war sehr außergewöhnlich und direkt. Wir hatten uns über ein paar Wochen hinweg aus unserem Leben erzählt, und er hatte vorgeschlagen, dass wir uns persönlich treffen sollten. Ich war neugierig geworden, weil er mir schon beim dritten oder vierten Mal, als wir geschrieben hatten, die Frage gestellt hatte, ob ich wirklich glaubte, ein ewiges Leben zu haben. Diese Frage hatte mir noch nie jemand gestellt. Weder im Internet noch in meinem alltäglichen Leben. Ich antwortete, dass ich die Frage nicht völlig verstehen würde. Mir war klar, was er meinte, aber durch meine Antwort wollte ich ihn provozieren, mir seine Sicht der Dinge zu zeigen.

„Du kannst natürlich weiterhin ein braves Mädchen sein", antwortete er. „Du kannst lieb sein, brav und pflegeleicht und eines Tages in aller Ruhe zusehen, wie sie deine Jugend und Schönheit in ein gepflegtes Grab legen. Oder aber du triffst dich nächsten Freitag mit mir." Ich musste lachen, als ich diese Sätze las. Ich saß da und mir war klar, dass ich begonnen hatte, einen Spalt breit das Burgtor zu öffnen. Es war nicht so, dass ich Robert betrogen hatte, aber die Farben eines Abenteuers traten über den Schirm meines Computers in mein Leben. Ich hätte abschalten können. Ganz einfach. Mit einem einfachen Tastendruck. Ich tat das Gegenteil. Ich schrieb zurück und verabredete mich mit Manuel. Ich war nicht sicher, ob er wirklich so hieß, aber ich respektierte die Möglichkeit, dass er sich eine zweite Haut geben wollte und traf Manuel in der Stadt. Am Freitag. In der Lobby eines Hotels.

Als ich kam, saß er schon da und lachte mir entgegen. Er war ungefähr 40 Jahre alt und sah aus, als würde er aus dem Süden kommen. Ich setzte mich zu ihm und er bestellte uns zwei Glas Champagner. „Ich heiße wirklich Manuel“, sagte er, „und den Champagner habe ich bestellt, um mit dir auf deinen Geburtstag anzustoßen. Ich weiß, dass es nicht leicht war für dich zu kommen, weil du glaubst, etwas Verbotenes zu tun. Vergiss all diese Gedanken. Ich danke dir, dass du so mutig warst und jetzt hier bist. Und mit diesem Mut hast du dein neues Leben begonnen. Darum: Happy Birthday! Auf dich!“ Ich sah Manuel an und trank mit ihm Champagner. Ich saß mit ihm auf dem dunkelblauen Sofa in der Halle des teuren Innenstadthotels und sah mich und ihn gleichzeitig von ganz weit oben. Ich schwebte über der Situation und beobachtete, was die beiden Schauspieler da unten machen …

Es war eine Standardsituation. Eine gelangweilte, erotisch unausgelastete Frau traf sich heimlich mit einem Mann. Sie hatte ihn nicht wie in früheren Zeiten im Supermarkt kennen gelernt oder auf der Straße zum Postamt. Er war eine Internetbekanntschaft und aus dem Schutz der gegenseitigen Anonymität hatte ihn die Frau in die Realität geholt. Um ihrem Alltag etwas Würze zu verleihen.

Er war diese Situation offenbar gewohnt. Er hatte offenbar Routine in Szenen wie dieser. Darum hatte er auch nur zwei Gläser Champagner bestellt und nicht eine ganze Flasche. Darum lächelte er so souverän und charmant ohne ein Zeichen von Unsicherheit. Darum gab er der Frau das Gefühl, dass sie etwas Besonderes war. In ihrem Leben und vor allen jetzt und hier. In diesem Hotel.

Manuel hielt sich nicht lange mit Gesprächen auf, über

die Situation in meinem Leben. Er sah mich an und sagte: „Ich nehme an, dass du zu einem bestimmten Zeitpunkt wieder zu Hause sein willst?!“

„Ja“, antwortete ich und trank einen Schluck Champagner.

„Du bist eine wunderschöne Frau und du übertriffst meine Phantasie, die ich von dir hatte. Und weil ich dich respektiere, muss ich dir sagen, dass ich mit dir auf mein Zimmer gehen möchte. Das Leben ist zu kurz, um es mit stundenlangem Gerede in Hotelhallen zu vergeuden.“

Ich sah ihn an und überlegte. Die Wahrheit ist, dass er Recht hatte. Die Wahrheit ist, dass er sehr attraktiv war und ich mit ihm ins Bett wollte. Heute und nicht erst in drei Wochen. Die Wahrheit ist, dass ich dabei war, Robert zu betrügen, und die Wahrheit ist, dass ich mich dabei nicht schuldig fühlte.

Ich sah Manuel an und überlegte, wie ich reagieren sollte. In den üblichen Filmen im Kino sieht man, dass sich ein Mann und eine Frau langsam umkreisen, werben und flirten, um nach einem längerem Zeitraum endlich im Bett zu landen. Wenn es sich um den Beginn einer Liebesgeschichte handelte. Dies hier war allerdings nur der Beginn einer kurzen Affäre. Das war mir klar. Manuel war nicht der Mann, zu dem ich meine Koffer tragen wollte, und er war nicht der Mann, für den ich Robert verlassen sollte. Er war ein Hinweis vom Schicksal. Manuel zeigte mir kurz und bündig, dass in meinem Leben als Frau etwas fehlte. Das war alles. Und er hatte Recht. Ich wollte am Abend wieder zu Hause sein. Ich wollte Stefan seine geliebten Hamburger machen und mit ihm Raumschiff Enterprise anschauen.

Ich hatte also nicht ewig Zeit und trank daher mein Glas aus, stellte es auf den Couchtisch und sagte: „Gut, gehen wir." Manuel lächelte mich erfreut und erstaunt an. Er war erfreut, dass ich zusagte und erstaunt, wie pragmatisch ich auf sein ganz und gar nicht romantisches Angebot einging.

Wir fuhren im Lift in den 5. Stock und gingen in das Zimmer 504. Dort küssten wir uns und zogen uns aus und legten uns auf das große Bett. Wir hatten kein Licht angeschaltet. Manuel ließ den Fernseher auf einem Musikkanal laufen und so hatten wir flackerndes Licht und die Begleitmusik von den „Gipsy Kings".

Ich schwebte immer noch von mir losgelöst über der Situation und sah mir zu. Manuel war ein sehr routinierter Liebhaber. Er war routiniert und selbstsicher, aber dabei nicht kalt. Er gab mir das Gefühl, mich zu begehren. Er verwöhnte mich mit allem, war sich eine unausgefüllte Frau nur wünschen konnte und dachte dabei doch auch an sich. Ich sah uns beiden von oben zu und dachte mir: „Als Mann müsste ich für diese zwei Stunden sehr viel bezahlen, wenn ich intensiven, unverbindlichen Sex haben möchte. Ich bekomme dafür sogar eine Flasche Champagner."

Manuel hatte auf dem Zimmer vorsorglich eine Flasche „Moet" in einem Eiskübel vorbereitet und vor, während und nach unseren Intimitäten tranken wir sie gemeinsam leer. Als wir nach zwei Stunden müde nebeneinander lagen, sah mich Manuel an und lächelte: „Dein Mann ist sehr zu beneiden“, sagte er und drehte den Ton des Fernsehers leise. „Das soll ein Kompliment sein.“ „Das habe ich mir gedacht“, antwortete ich und dann ging ich ins Badezimmer.

Manuel hatte ein sehr intensives Rasierwasser und ich duschte sehr lange, um keine Spuren dieses fremden Geruchs mit nach Hause zu nehmen. „Rufst du an, wenn du mich wieder sehen willst?“, fragte Manuel, als ich mich wieder anzog. „Mach ich“, sagte ich, und wir wussten beide, dass wir uns nie wieder sehen würden.

Als ich nach Hause fuhr, war mir eines klar. Es ging nicht darum, besseren Sex zu haben als mit Robert. Dieses Abenteuer hatte nur die Aufgabe gehabt, mir zu zeigen, dass in mir viel mehr am Leben war als ich mit Robert erfahren konnte. Der Sex war nur ein verschlüsselter Hinweis. Er zeigte mir, dass ich begonnen hatte, für das Nichtalleinsein, einen sehr hohen Preis zu bezahlen. Ich hatte begonnen, eine angenehme Versorgungsstation zu sein. Für Robert, für Stefan und auch für mein Bedürfnis nach Nähe. Dieses Bedürfnis war recht gut ausgelastet. Aber das war nicht genug. In meinem Wesen sehnte es sich nach mehr. Wie dieses „mehr“ aussehen sollte, wusste ich noch nicht. Ich fühlte nur sehr deutlich, als ich mit weichen Knien im Lift nach Hause hochfuhr, dass ich dieses Leben, das ich vier Jahre lang gelebt hatte, beenden musste. Ich wollte Robert selbstverständlich von diesem Erlebnis nichts erzählen. Es hätte ihn nur übermäßig verletzt. Es hätte die Bedeutung in eine Höhe gehoben, die sie nicht verdiente. Es hätte so getan, als wäre es wichtig gewesen. Wichtig war nur das Erlebnis, dass ich die Fesseln der Routine gesprengt hatte, die ich mir selbst angelegt hatte.

Ich saß auf dem Terrassensofa, und als Robert hereinkam und sich zu mir setzte, sagte ich ihm, dass ich wieder ausziehen werde. Er sah mich sehr lange, sehr nachdenklich an und sagte nichts. Ich hatte das Gefühl, dass unsere Seelen in einer anderen Welt ein Gespräch führten, dessen Text wir in dieser Welt nicht aussprechen mussten. Auf eine sehr vertraute Weise war uns beiden alles klar. Ich konnte sehen, dass Robert traurig war. Ich sah aber auch, dass es in ihm schon lange zu derselben Erkenntnis gekommen war.

Wir waren einander nicht böse. Wir sagten keine verletzenden Worte. Ich stand auf und packte meine zwei Koffer. Als Stefan kam, aß ich mit ihm in der Küche einen Hamburger. Dann sagte ich ihm, dass ich eine längere Reise vor mir hatte. Und dass er mich immer anrufen könnte. Er sah mich lange an, und als sich die Lifttüre zwischen uns schob, drehte er sich um, damit ich nicht sehen sollte, dass er sich über die Augen wischte …

Fünf Jahre später

Nachdem ich mich von Robert getrennt hatte, ging ich für eine kurze Zeit zu meinen Eltern. Mein Entschluss war selbst für mich so schnell gekommen, dass ich keine Zeit gehabt hatte, mich um eine Wohnung umzusehen. An dem Tempo, mit dem ich gepackt hatte, konnte ich erkennen, wie drängend es in mir schon gewesen war, meinem Leben eine neue Richtung zu geben.

Meine Eltern sahen das völlig anders. „Du hast kein Ziel und keinen Plan", sagten sie zu mir, als ich an ihrer Tür geläutet hatte. Dann hatten sie einen Abend lang versucht zu begreifen, warum ich aus dieser schönen Wohnung und von diesem attraktiven Mann weggegangen war. Sie waren in ihrer Kritik an meinem Verhalten nicht ungeteilter Meinung. Ein Vorwurf an mich war, dass ich mir nicht einbilden sollte, dass jetzt alles besser würde … Robert war ein toller Mann in guter Innenstadtlage und ich war viel zu anspruchsvoll. Das andere Argument ihrer Vorwürfe war, dass ich doch endlich daran denken sollte, ein eigenes Kind zu bekommen. Ich konnte ja nicht auf ewig Kindermädchen für fremden Nachwuchs spielen. Sie redeten in dieser ersten Nacht sehr konfus auf mich ein. Das einzige, was von ihren Aussagen auf einen Nenner zu bringen war, ließ sich kurz zusammenfassen. Ich hatte nur Fehler gemacht und war nicht lebensfähig. Ich hörte ihnen sehr müde zu und gegen Mitternacht sagte ich: „Ich bin sehr müde, gute Nacht." Dann ging ich in mein altes Kinderzimmer, öffnete das Fenster und legte mich ins Bett. Ich sah hinaus in den Nachthimmel und hörte meine Eltern nach einer Ewigkeit miteinander streiten. Sie machte ihm Vorwürfe, dass er bei meiner Erziehung zu inkonsequent gewesen war, und er beschimpfte sie als schlechte Mutter, die mir nur lebensfremde Flausen in den Kopf gesetzt hatte. In dieser Nacht war Vollmond und ich sah den Wolken zu, die mit hell ausgeleuchtetem Rand langsam über die große, weiße Scheibe am Himmel vor meinem Fenster zogen …

Weiter

Ich entwickelte in den nächsten Tagen eine sehr große Energie. Ich wollte nicht einen Tag länger als nötig bei meinen Eltern bleiben und in meinem zu kurzen Bett schlafen. Ich saß in jeder freien Minute am Computer und suchte, und nach drei Wochen hatte ich eine neue Wohnung gefunden. Sie lag am Hauptbahnhof, eine halbe U-Bahn-Stunde von meinem Kindergarten entfernt.

Die Wohnung war sehr klein, aber mir war alles recht, was mich wieder unabhängig und selbstständig machte. Ich konzentrierte mich auf meine Kinder und ihre Freude an jedem neuen Bild, das wir miteinander gemalt hatten, und die Naivität dieser kleinen Wesen holte mich von meinen Gedanken weg. Ich hatte mir Gedanken gemacht, die mir nicht gefielen. Ich hatte angefangen nachzudenken, wie mein Leben weitergehen sollte. Ich hatte diese Wege in meinem Kopf aber nicht mit Leichtigkeit und Zuversicht beschritten. Meine Gedanken waren ein Echo der Vorwürfe meiner Eltern und der Vorbilder rund um mich herum.

Alle anderen Frauen in meinem Alter waren schon verheiratet oder hatten zumindest ein Kind. Sie waren an einem Punkt angekommen, an dem sie wussten, wie ihr Weg für den Rest ihres Lebens aussehen würde. Entweder hatten sie gemeinsam mit ihrem Mann eine Wohnung oder ein Haus angezahlt und mussten die nächsten dreißig Jahre die Raten dafür abzahlen, oder sie hatten sogar einen Betrieb gegründet und begannen schon in den ersten Jahren davon zu träumen, dass ihre Kinder diesen Arbeitsplatz einmal fortführen sollten. Alles in allem sah ich rund um mich sehr viele Schicksale, die die Schienen für ihr restliches Leben fest und unverrückbar einzementiert hatten. Nur ich war allein. Dieser Gedanke tat mir nicht gut.

Ich hatte Tage, an denen es mir schwer fiel, in die U-Bahn zu steigen. Wenn ich ausstieg, sah ich glückliche, junge Eltern, die ihre Kinder bei mir abgaben und ihrem Erfolg nachgingen. Sie lobten mich und meine Arbeit, aber mir war klar, dass ich langsam in die Gasse einbog, an deren Ende mein Schicksal als allein lebende Frau stand.

Ich fragte mich, ob ich zu anspruchsvoll war oder ob ich schlicht und einfach kein Glück hatte. An einem Abend schrieb ich Claudia, dass ich zu der Erkenntnis gekommen war, dass es Menschen gibt, deren Schicksal darin besteht, kein Glück zu haben.

In meinem Fall war es so, dass ich nicht das Glück hatte, den Mann zu finden, der zu mir passte. Claudia hatte mittlerweile zwei Kinder und nicht mehr so viel Zeit wie früher. Unsere Gespräche wurden immer seltener und kürzer. Als ich ihr von dieser Einsicht geschrieben hatte, kam eine sehr kurze Antwort. „Mach noch mal was Neues!“ Das war alles.

Ich musste lachen, als ich diesen Satz las, und es war, als hätte Claudia ihn direkt neben mir gesagt. Ich fühlte, dass ihre Familie sie sehr mit Beschlag belegte und wollte sie nicht unnötig aufhalten. Ich überlegte kurz und schrieb zurück: „Okay!“ Ich drückte auf „senden“ und beschloss, genau das zu tun, was Claudia mir geraten hatte. Ich hatte im Kindergarten bemerkt, dass meine Hände einen sehr beruhigenden Einfluss auf meine Kinder hatten. Wenn das Wetter wechselte oder der Vollmond kam, waren sie oft sehr launisch und überdreht. Manchmal rannten sie dann gegen einen Türrahmen und blieben weinend davor sitzen. Ich umarmte sie und streichelte ihren Rücken, und sehr schnell beruhigten sie sich wieder und waren tief entspannt. Ich konnte fühlen, wie aus meinen Händen eine große Wärme ausstrahlte. Diese Wärme drang in ihre kleinen Körper und ließ sie ihren Kummer vergessen. Es war wie ein wortloses Gespräch zwischen meinen Händen und ihrer Haut, und als ich das erkannt hatte, fing ich nach der Arbeit an, eine Ausbildung als Masseuse zu machen.

Eine Übung

Ich hatte damit begonnen Sportmassagen zu erlernen. Nachdem ich diese Ausbildung abgeschlossen hatte, machte ich mich auf die Suche nach einem Arbeitsplatz, an dem ich mein neues Können anwenden durfte.

Ich hatte die Vision, dass ich die eine Hälfte meines Arbeitstages mit meinen Kindern und die zweite Hälfte mit Massagen verbringen konnte. Ich entschied mich für einen unüblichen Weg und besuchte mehrere Wochen lang die besten Hotels der Stadt. Ich wusste, dass diese luxuriösen Häuser einen Spa-Bereich haben, und so stellte ich mich der Reihe nach bei allen Managern vor. Nach drei Wochen hatte ich tatsächlich Glück.

Im größten Hotel der Stadt war ein Job im Saunabereich frei geworden. Dieses Hotel hatte so viel Personal, dass eine ständige Rotation stattfand, und ich war zum richtigen Zeitpunkt am richtigen Ort.
Ich zeigte meine Zeugnisse vor, absolvierte eine Probemassage bei dem Spa-Manager und dann hatte ich den Job. Ich bat darum, hauptsächlich am Wochenende eingeteilt zu werden, und auch dieser Wunsch ging in Erfüllung. Ich hatte mit einem Mal ein Leben, das rund um die Uhr mit Arbeit ausgefüllt war. Das erstaunte mich und ließ meine schon etwas mutlos gewordene Stimmung wieder steigen.

Ich arbeitete so viel und vor allem tat ich Dinge, die mich mit Freude erfüllten, dass ich keine Zeit hatte, an etwas anderes zu denken. Etwas anderes wie in meinem Fall die Tatsache, dass ich 32 Jahre alt geworden war und nach wie vor ohne Mann lebte. Hie und da schoss mir diese Erkenntnis durch den Kopf, wenn sich an einem Samstagabend ein attraktiver Geschäftsmann von mir durchkneten ließ. Dabei blieb es aber dann auch. Ich hatte eine eigenartige Einstellung zu Männern bekommen. Zu ihrer Art, die Welt zu sehen, ihrer Art mit Frauen umzugehen und in der Folge auch zu ihren Körpern.

Es schien mir so, als würden sie durch die unsexuelle Nähe, die ich erlebte, wenn ich sie massierte, zu einer stillen Distanz gebracht. Es war seltsam, Dutzende nackte Männer auf einem schmalen Tisch liegen zu sehen, sie einzuölen und eine Stunde lang anzugreifen. Ich spürte ihre Anspannung und ihren Stress, wenn sie sich vor mich hinlegten und ich ihnen zwischen die Schultern griff. Ich begann sehr sanft und steigerte meinen Griff bis zur Schmerzgrenze. Diese Technik führt dazu, dass der Körper Botenstoffe aktiviert, die den verspannten Muskel entkrampfen. Ich fühlte, wie die Männer versuchten, sich dagegen zu wehren, dann aber nachgeben mussten und weich wurden. Zumindest teilweise. Zumindest für die eine Stunde, in der sie mir ausgeliefert waren. Danach führten sie ihr spannendes Leben weiter und ein paar Tage nach meiner Behandlung waren sie wieder reif, sich entkrampfen zu lassen.

Diese therapeutische Nähe bewirkte, dass ich hie und da erkannte, einen gut aussehenden Körper vor mir liegen zu haben. Diese Erkenntnis verwandelte sich aber nie in ein erotisches Klima. Ich wusste, dass es eine Sache des Arrangements war. Die Nacktheit war pragmatisch und meine Berührungen waren lediglich fürsorglich. Auf diese Weise entwickelte ich im Laufe der Jahre eine eigenartige Ruhe. Das Geheimnis einer guten Massage besteht darin, dass der Masseur an seinen Handgriffen so mitfühlend teilnimmt, dass sich der Effekt der Massage auch auf ihn überträgt. So begann ich, in einem schwebenden, entspannten Zustand zu leben. Meine Kinder führten meine Seele von der Welt des Alltags der Männer und Frauen fort, und das Massieren in den Abendstunden ließ meinen Körper in einen losgelösten, entspannten Dauerzustand gleiten. Dieses Lebensgefühl hatte den Duft einer stillen Zeitlosigkeit, und ich war sehr überrascht, keine Unruhe in mir zu fühlen. Die Unruhe, die sich in früheren Jahren eingestellt hatte, wenn mir bewusst wurde, dass ich ohne Mann lebte, hatte sich verloren.

Umso erstaunter war ich, als mich eines Tages ein Mann mitten in der Massage ansprach: „Wissen Sie, dass es mehr gibt als meinen Körper, den Sie da gerade bearbeiten?“, fragte er und lag still lächelnd auf dem Massagebett. Er lag auf dem Rücken und sein Körper glänzte von dem Sesamöl, mit dem ich ihn eingerieben hatte. Er hatte die Augen geschlossen und lag still, mit einer heiteren Ausstrahlung vor mir. Er war ungefähr 50 Jahre alt und durchaus attraktiv. Es war eigenartig, dass er mich mitten in der Arbeit an seinem Körper ansprach und noch dazu weiterhin seine Augen geschlossen hielt.

„Wie meinen Sie?“, fragte ich und knetete weiterhin seine

Oberschenkelmuskeln. Er lachte leise und sagte: „Ich spüre, dass Sie mich und meinen Körper behandeln, aber ich spüre auch, dass Sie mit Ihren Gedanken ganz woanders sind.“

Ich war sprachlos und wusste nicht, was ich sagen sollte. Er hatte Recht. Ich hatte meine Phantasie auf eine Reise nach Indien geschickt. Am Abend davor hatte ich einen Bericht im Fernsehen gesehen über die rituellen Totenverbrennungen am Ganges. Die Menschen ließen vom Ufer zu Ehren der Seele ihrer geliebten Verstorbenen kleine Holzschiffchen mit Kerzen in den Fluss gleiten. In der Nacht trieben diese hunderten Seelenflammen auf dem Wasser davon und verschwanden in der Dunkelheit …

Daran hatte ich gedacht, während ich die Oberschenkel meines Klienten bearbeitet hatte. Nun war ich überrascht und überrumpelt, von ihm mitten in der Arbeit angesprochen zu werden: „Ja, ich war gerade mit meinen Gedanken weit weg, in Indien“, sagte ich und wunderte mich kurz darüber, dass ich ihm so bereitwillig Auskunft gab.

„So weit weg waren Sie“, lachte er und öffnete die Augen und sah mich an. „Aber ich liege doch hier!“ Ich trat einen Schritt zurück und sagte: „Entschuldigen Sie, wenn meine Behandlung unangenehm für Sie war.“

Er richtete sich langsam auf und setzte sich auf die Kante des Massagebettes. Er schien überhaupt nicht verärgert oder unzufrieden zu sein und beeilte sich sofort, mich das wissen zu lassen. „Machen Sie sich keine Sorgen, Sie massieren ganz ausgezeichnet. Zumindest die Hände behandeln meine Muskeln ganz ausgezeichnet. Ich habe nur das Gefühl, dass noch viel mehr in Ihnen steckt und habe mir erlaubt, Sie darauf aufmerksam zu machen."

„Was steckt denn Ihrer Meinung nach in mir?", fragte ich und wischte mir meine Hände in einem weißen Frotteehandtuch ab. Ich glaubte zu wissen, warum dieser Gast meine Massage unterbrochen hatte. Wahrscheinlich war das seine Art, jemanden anzuflirten, also schaltete ich auf einen kühlen reservierten Ton.

Er lachte kurz und sagte: „Verzeihen Sie, wenn ich Ihnen jetzt zu nahe getreten bin. Ich möchte Sie nicht in konventioneller Weise belästigen, weil Sie eine sehr attraktive Frau sind. Ich sehe nur, dass Sie ein sehr hohes Energiepotential haben und es nicht wirklich nützen."

Ich war verwirrt. So hatte mich in meiner Arbeitskabine noch nie jemand angesprochen. Was meinte er mit Energiepotential und was hatte das mit meiner Gedankenreise nach Indien zu tun? „Ich verstehe Sie nicht ganz", sagte ich.

„Das scheint nur so", antwortete der Mann, der jetzt aufstand und sich seinen Bademantel anzog. „Sie glauben nur, dass Sie mich nicht verstehen, aber in Ihrem Wesen weiß es ganz genau, dass dieses Gespräch, das wir hier führen, für Sie von entscheidender Bedeutung sein kann. Es ist nur die Frage, ob Sie die Lust und die Zeit aufbringen wollen, mit mir noch ein wenig weiter zu plaudern. Wenn ich Sie belästigt habe, bitte ich um Entschuldigung. Wenn es Sie allerdings interessieren sollte, wovon ich rede, würde ich mich sehr freuen, mit Ihnen weiter zu reden."

In der geräumigen Kabine, in der ich massierte, standen außer der Liege noch ein kleiner Couchsessel und zwei Korbstühle. Er setzte sich und füllte eine Tasse mit Jasmintee. Ich hatte immer eine Kanne mit Jasmintee auf dem Tisch stehen, falls einer von den Gästen Lust auf einen Moment der Stille hatte.

Ich setzte mich zu ihm und sah ihn an. Er saß entspannt in seinem Stuhl, trank einen Schluck aus seiner Tasse und lächelte mich freundlich an. Ich fühlte keine Notwendigkeit, weiterhin distanziert zu sein und sagte: „Jetzt haben Sie mich neugierig gemacht. Was Sie natürlich wissen. Also sagen Sie mir bitte, warum Sie so mit mir reden."

Ich füllte mir ebenfalls eine Tasse und lehnte mich in den Korbstuhl zurück. Er blickte kurz vor sich hin, und ich fühlte, dass er überlegte, wie er beginnen sollte.

„Jeder Mensch", sagte er nach einer kurzen Pause, „hat ein gewisses Maß an Lebensenergie in sich. Diese Lebensenergie bestimmt unser Schicksal. Wir werden erzogen zu glauben, dass unser Schicksal von unseren Gedanken und Entscheidungen abhängt.
Das ist richtig und falsch zugleich. Es stimmt, dass wir darüber nachdenken, ob wir nach links oder nach rechts gehen sollen. Es stimmt, dass wir uns entscheiden und dann danach handeln. Dieser Vorgang lässt uns glauben, dass am Anfang dieser Kette unsere Gedanken stehen. Das ist richtig und falsch zugleich. Unsere Gedanken sind da und sie machen uns Vorschläge.

Die Wahrheit ist aber, dass alle unsere Gedanken von unserer Art und Weise abhängig sind, wie wir die Welt empfinden. Das heißt, die Grundlagen unserer Gedanken sind nicht Gedanken, sondern Gefühle.

Ein Gefühl ist es, das uns empfinden lässt, ob wir lieber nach links oder nach rechts gehen wollen. Dann erst beginnen unsere Gedanken, diese Gefühle in Worte zu fassen. Wir glauben, dass wir unseren Gedanken folgen und gehen nach links. Die Wahrheit ist, dass wir unserem Gefühl folgen, das uns sagt, wenn du nach links gehst wirst du dich besser fühlen, als wenn du nach rechts gehst. Das ist der erste Schritt.

Wir müssen erkennen und vor allem akzeptieren, dass wir ausschließlich von unseren Gefühlen geleitet werden und nicht von unserem Denken. Selbst wenn es so scheint, ist das nicht so. Selbst wenn wir einmal die Erkenntnis gewonnen haben, dass wir Schmerzen erlebt haben, wenn wir uns von unseren Gefühlen leiten lassen, bleibt es dabei. Wir werden versuchen, das nächste Mal mit kühlem Kopf zu entscheiden. Aber was steht hinter diesem Versuch? Ausschließlich die Hoffnung, weniger Schmerzen zu erleiden, und diese Hoffnung ist wieder nichts anderes als ein Gefühl. Das ist der wichtigste Schritt für einen denkenden Menschen. Er muss akzeptieren, dass seine geliebten, klaren Gedanken nur die Werkzeuge sind für seine tiefsten, namenlosen Gefühle. Wenn wir das einmal akzeptiert haben, sind wir unserer Natur einen bewussten Schritt näher. Nun wissen wir also, dass unser Leben ausschließlich von unseren Gefühlen bestimmt wird.

Ausschließlich.

Der nächste Schritt ist es zu erkennen, dass unsere Gefühle der Ausdruck unserer Energie sind. Wir alle werden als Individuen geboren. Es scheint nur so, als wären alle Menschen gleich. Das Gegenteil ist der Fall. Das Rätsel besteht darin, dass wir alle aussehen, als wären wir Mitglieder ein und derselben Art.

Wir sind es nicht.

Jeder von uns kommt mit seiner unverwechselbaren Energie auf die Welt. Diese Energie, dieses Potential an Energie, das wir auf diese Welt mitbringen, ist unser Schicksal. Wir können uns auf den Kopf stellen, um daran etwas zu ändern. Es geht nicht. Wir haben blaue Augen oder braune Augen. Ein Leben lang. Genauso ist es mit unserer Energie. Sie ist extrovertiert oder introvertiert. Sie ist ein tiefer Ton oder ein hoher Ton. Sie ist heiß, kühl, unruhig, friedlich, still oder glühend wie ein Vulkan. Sie ist der Fingerabdruck unserer Seelen. Wir können sie ebenso wenig ändern wie die Farbe unserer Augen. Wir können sie eine Zeit lang tarnen. Wie mit Kontaktlinsen. Dahinter aber wirkt unsere Wahrheit.

Dahinter wartet unsere wahre Natur darauf, ob wir sie anerkennen oder nicht. Alles was die Menschen tun, kennt nur zwei Wege. Wir entscheiden uns entweder für unsere Natur oder gegen sie.

Wenn wir uns gegen unsere wahren Antriebe entscheiden, dann tun wir das, weil wir so erzogen worden sind. Wir leben in einer Kultur, die sich nicht zum Ziel gesetzt hat, die Wahrheit in der Seele eines Menschen zu entdecken und zu fördern. Wir leben in einer Welt, in der es unsere oberste Pflicht ist, unsere wahre Natur so gut es geht zu ignorieren und zu unterdrücken. Die Frage ist, warum tun wir das?

Wir haben gelernt, dass die unendlich bunten und vielfältigen Energien all dieser verschiedenen Menschen, mit denen wir leben, ein Chaos nach sich ziehen. Ein Chaos ist nichts Schlechtes. Es ist ein Ausdruck von Freiheit. Eine Freiheit, die sich immer wieder ihre eigene Ordnung sucht. Immer wieder. Das Leben ist ein ewiger Tanz zwischen Ordnung und Chaos. Zwischen Ordnung und der Auflösung dieser Ordnung. Diese immer wieder stattfindende Auflösung bereitet uns Angst. Im Chaos glauben wir, keine Sicherheit zu finden. Mit all den anderen ungeordneten Menschen und ihren ungeordneten Energien.

Davor haben wir Angst.
Die Angst sagt uns: Chaos bedeutet, dass wir nicht jeden Tag ein frisches Brot beim Bäcker bekommen. Chaos bedeutet, dass unsere Gefühle uns von Zuhause weglaufen lassen. Chaos bedeutet, dass wir keine Ahnung haben, wie wir morgen leben werden. Um diese Angst zu besiegen, greifen wir zur Ordnung. Wir lassen nur diese Energien zu, die dafür sorgen, dass morgen alles so ist wie es gestern schon war. Das gibt uns ein gutes Gefühl. Das Gefühl der Sicherheit. Daher setzen wir alle unsere Gedanken dafür ein, um das Gefühl der Sicherheit mit allen Mitteln abzusichern. Dies kann auch ganz gut funktionieren. Eine Zeit lang. So lange wie es uns gelingt, Teile unserer Energie dafür zu verwenden, den anderen Teil unseres Wesens zu unterdrücken.

Sie ahnen, worauf ich hinaus will. Früher oder später will die Natur ihr Recht haben und befreit sich von all unseren Versuchen, einen Wildbach in ein betoniertes Bett zu sperren. Es ist wie in der Wildnis. Dort, wo wir Menschen die größten Scheinsicherheiten eingebaut haben, dort geschehen die größten Verwüstungen. Sie geschehen deshalb, weil die Urenergie sich niemals wirklich einsperren lässt. Nicht wirklich. Nun möchte ich Ihnen aber sagen, warum ich Sie angesprochen habe.

Ich bin eine halbe Stunde auf diesem Bett gelegen und habe zugehört. Ich habe zugehört, was Ihre Hände meinem Körper zu sagen haben. Und das waren zwei Dinge. Das Eine ist, dass Sie in Ihrem Wesen eine sehr starke, warme, unerschütterliche Energie tragen. Das Zweite ist, dass Sie diese Energie nicht wahr haben wollen.

Ihre Energie ist wie ein warmer Wind, der aus Ihren Händen heraus kommt. Sie fühlen, dass dieser warme Wind da ist und Sie sind Ihrem Instinkt gefolgt und haben diesen Beruf erlernt, in dem Sie mit dieser Energie Menschen etwas Gutes tun. Gleichzeitig haben Sie aber noch nicht erfahren, dass Ihre Gedanken Ihnen helfen können, mit dieser Energie noch viel mehr zu bewirken. Sie müssen sich vorstellen, dass jeder Gedanke in Ihnen wirkt wie ein Brennglas. Das, worauf Sie sich konzentrieren, erhält eine Unterstützung. Das, worauf Sie nicht blicken, lassen Sie in sich schlafen.

Bei Ihnen ist es so, dass Sie mit einem großen Geschenk auf diese Welt gekommen sind. Sie haben die Gabe erhalten, dass Ihre Lebensenergie sich verschenken möchte.

Das kann anderen Menschen Energie geben und ihnen helfen, ihr Leben zu verbessern. Es gibt Energieräuber in dieser Welt und Energiegeber. Sie gehören zu den Gebenden. Noch ist es allerdings so, dass Ihre Energie in Ihnen herum läuft wie ein junges wildes Pferd auf seiner Wiese. Es springt und läuft, um sich auszutoben. Das ist sehr schön und lebendig. Wenn Sie darauf Lust haben, können Sie allerdings diese Energie mit Ihren Gedanken tanzen lassen und noch viel mehr erreichen. Sie tragen die Möglichkeit in sich, Menschen zu helfen. Von Ihrer Geburt an. Das ist ein großes Geschenk. Sie können sich entscheiden, ob Sie Lust haben, dieses Geschenk weiterzuentwickeln und zum Blühen zu bringen, auf eine Weise, die Sie sich noch niemals haben träumen lassen."

Er sah mich an und nahm einen Schluck aus seiner Tasse.
In dem Zimmer, in dem wir saßen, war es still.
Auf dem Tisch neben der Liege brannte eine Kerze. Ich sah ihn an und horchte in mich hinein. Ich hatte das Gefühl, etwas gehört zu haben, auf das ich schon sehr, sehr lange gewartet hatte. Es war offensichtlich, dass er mir als Freund etwas schenken wollte. Ein Freund, den ich schon lange, lange Zeit gekannt hatte und der mich an etwas erinnern wollte.

Ich sah ihn an und fragte: „Und wie mache ich das?"
Er lächelte und nahm einen Stift und ein Blatt Papier, das auf dem Teetisch lag. Er schrieb kurz etwas nieder und gab mir den kleinen weißen Zettel. „Machen Sie eine Reise." Ich blickte auf seine Schrift. Es war eine Internet-Adresse. Ich faltete das Blatt und steckte es ein. Er stand auf und bevor er ging, umarmte er mich kurz.
Warm und fest. Wie ein Freund …

Vom Bekannten zum Unbekannten

In dieser Nacht kam ich heim und machte mir einen Kaffee. Ich hatte Lust auf einen starken türkischen Kaffee und nahm eines der beiden Messingkännchen, die ich auf meiner Ägyptenreise gekauft hatte. Ich füllte es mit fein gemahlenem Kaffeepulver, Zucker, etwas Zimt und Kardamom. Dann stellte ich es auf den Herd und wartete, bis das Wasser hoch kochte. Ich wiederholte dieses Hochkochen noch zwei Mal und dann füllte ich den Kaffee in eine kleine Mokkatasse, nahm mir eine Tafel feiner Schokolade und setzte mich an meinen Computer.

Ich faltete den Zettel auseinander und gab die Adresse ein. Das Suchwort lautete „World Angels", und nach einer kurzen Wartezeit erschien eine Website. Sie trug als Erkennungssymbol eine Erdkugel, von der sich links und rechts zwei Flügel ausbreiteten. Es erinnerte mich auf den ersten Blick an die Sonnenscheibe, die ich auf ägyptischen Tempelreliefs gesehen hatte, und als ich weiter in das Programm hinein ging, sah ich, dass ich dort unzählige Angebote finden konnte, die die Heilung und Gesundheit des Menschen als Ziel hatten.
Es handelte sich nicht um die Möglichkeiten der klassischen Medizin, sondern um Energiearbeit, die den Menschen nicht nur als eine biologische Maschine sieht, sondern als eine Einheit von Körper, Geist und Seele. Ich studierte die unzähligen Varianten, die von den unter-

schiedlichsten Menschen auf dieser Website angeboten wurden. Es lag auf der Hand, dass ich als ein Mensch, der als Masseur arbeitete, mich für mein Fachgebiet am meisten interessierte und nach einigen Klicks entdeckte ich unzählige Varianten. Von japanischem Reiki bis zur hawaiianischen Methode, in der mit heißen Lavasteinen auf dem Körper gearbeitet wird, war alles vertreten.
Ich ging noch einige andere Auswahlmöglichkeiten durch und entdeckte all die Vielfalt, die diese Internetseite anbot. Ich konnte zwischen den unterschiedlichsten Therapeuten wählen, die Seelenarbeit leisteten. Ich konnte herausfinden, wo sich Menschen treffen konnten, die auf der Suche waren nach Heilung und ich konnte mit anderen kommunizieren, die zur selben Zeit wie ich diese Seite besuchten. Nachdem ich mit diesem ersten Durchsuchen der Kontakte eine Stunde verbracht hatte, klickte ich das an, was mir mein unbekannter Freund als Wegweiser auf den Zettel geschrieben hatte. Das Codewort lautete „Paradies". Es war unter der Rubrik „Spiele" zu finden gewesen. Ich nahm einen kleinen Schluck von meinem starken, süßen Kaffee und sah zu, wie sich die Seite aufbaute.

Zuerst erschien das Bild einer weiten, menschenleeren Sandwüste. Sie erstreckte sich bis zum Horizont und nach einer Weile erschien dort eine Türe. Sie war wie ein Doppeltor aus Holz gearbeitet und erinnerte mich an uralte Burgen aus der Ritterzeit. Das Tor kam langsam näher, und plötzlich hörte ich eine Stimme.

„Es freut mich, dass du gekommen bist. Dieses Spiel, zu dem du dich entschlossen hast, führt dich aus der Hölle zum Paradies. Wenn du das wirklich willst. Es kostet dich nichts als Genauigkeit, Aufmerksamkeit und deine Bereitschaft, vom Bekannten zum Unbekannten zu gehen … Willst du das?“

Nachdem diese Stimme gesprochen hatte, erschienen zwei kleine Kreise. Unter dem linken Kreis stand „ja“ und unter dem rechten Kreis stand „nein“. Ich musste lachen und führte meinen Pfeil zum Kreis mit dem „ja“ und klickte ihn an.

„Ich freue mich, dass du mit einem Lächeln diese Entscheidung getroffen hast“, sagte die Stimme und das hölzerne Tor begann, sich langsam zu öffnen.

Ich war etwas überrumpelt. Woher wusste diese Stimme, dass ich gelacht hatte? Ich überlegte kurz und kam dann zur Überzeugung, dass es sich um einen Teil des Spiels handeln musste. Die Chancen, dass die Stimme meine Reaktion richtig vorhersagen konnte, lagen bei 50 Prozent. Also handelte es sich in diesem Fall mit großer Wahrscheinlichkeit um einen Zufall.
Das Tor hatte sich während meiner Überlegungen weit geöffnet und ein Weg aus großen, unregelmäßigen Steinplatten war dahinter zu sehen. Ich ging langsam auf das Tor zu und betrat diesen Weg. Ich hörte, wie sich das Tor hinter mir wieder schloss und dann sagte die Stimme: „Es ist kein Zufall, dass du gelacht hast, und es war kein Zufall, dass ich dich darauf aufmerksam gemacht habe. Genauso wenig, wie es ein Zufall war, dass du den Weg hierher gefunden hast.“

Ich saß sprachlos vor meinem Computer und sah auf den

Bildschirm. Das Bild mit dem Weg aus sandfarbenen Steinen zog sich in weichen Kurven durch die Dünen und am Himmel über dem Horizont standen Sterne und die Sonne in einem dunklen Blau.

Das war ein seltsamer Anblick. Der Himmel war wie ein Nachthimmel gestaltet, und gleichzeitig strahlte in ihm eine warme, goldene Sonne.
Woher aber kam diese Stimme? Wieso hatte sie von meinem Lachen gewusst und auch davon, dass ich mir über sie Gedanken machte? Ich griff in meine kleine Schale mit der Schokolade und betrachtete dieses eigenartige Bild.

„All deine Gedanken sind das Ergebnis deines bisherigen Lebens. All das, was du bis heute gehört und gesehen hast, bestimmt deine Art zu fühlen, zu denken und zu handeln. Du bist im wahrsten Sinn des Wortes programmiert worden. Es ist also kein großes Wunder, deine Gedanken zu kennen und beim Namen zu nennen …
All deine Gedanken sind dazu da, die Welt so zu bewahren, wie du sie kennst … und nun schau dir unseren Himmel an …
Der Himmel ist sehr interessant, nicht wahr? Die Frage ist: Wie kann es sein, dass die Sterne leuchten wie in der Nacht und gleichzeitig strahlt die Sonne wie am hellsten Tag?“

Ich saß da und blickte auf den Schirm. Unverändert bot sich mir dieses magische Bild. Hoch über dem Horizont stand unmerklich pulsierend die Sonne. Sie war umgeben von unzähligen Sternen. Als ich länger hinsah, erkannte ich einige Sternbilder. Am deutlichsten trat der Gürtel des

Orion hervor. Seine drei Sterne glänzten stark und hell wie Diamanten.
„Die Antwort liegt in diesem Bild. Wo immer du dich befindest, existiert auch die andere Seite von dem, was du erkennst. Wenn du glaubst, in dunkler Nacht zu sein, musst du wissen, dass es die Sonne gibt. Auch wenn du sie nicht sehen kannst. Und wenn dich die Strahlen der Sonne durchdringen, gibt es die Kälte der dunkelsten Nacht. Wenn du diesen Gedanken in dir trägst, wirst du erkennen, dass alles, was du siehst und fühlst, in seinem Anblick eine zweite Seite trägt. Selbst, wenn du sie nicht sehen solltest, sie ist da und ist genauso stark wie das Bild der Wirklichkeit, das du vor dir hast …
Wenn dir diese Überlegung gefallen sollte, dann hast du eine Ahnung, auf welche Reise du jetzt gehen könntest. Wenn du dich entscheidest, weiterzugehen, bist du willkommen. Eines musst du wissen. Dein Weg beginnt in deinem freien Willen und deiner Entscheidung. Du kannst jederzeit umkehren und zurückgehen. Es gibt keine Verpflichtung, an diesem Spiel teilzunehmen und es gibt keine Notwendigkeit, den Weg bis zum Ende zu gehen …“

Die Stimme klang wie ein Mensch, der in seinem Sprechen eine Pause macht. Sie schwebte weich in der Stille, so als wollte sie mich auffordern, eine Frage zu stellen. Ich saß da und sagte leise: „Und wo endet der Weg?“

„Am Ende dieses Weges findest du das Paradies …“

Martin

Ich legte meinen Stift neben die letzte Seite und blickte hoch. Das waren die Momente meines Lebens, die in Erinnerung bleiben wollten. Und es waren die Erlebnisse von denen ich wollte, dass Martin sie kannte.

Ich hatte 3 Tage durchgeschrieben. Kurz nur war ich auf meinem Sofa gelegen, um ein wenig zu schlafen, aber es wollte nicht aufhören zu erzählen, bis ich an dem Punkt angelangt war, an dem mein neues Leben begonnen hatte. Ich fühlte mich frei und erleichtert und es gab etwas in mir, das beendet war. Ich hatte ein letztes Mal zurück geschaut. In meine Sehnsucht, in meine Irrtümer, in mein altes Leben, in dem ich noch nicht einmal ahnen konnte, dass es Freiheit gibt.

Ich stand auf und steckte die beschriebenen Blätter in ein Kuvert und schrieb Martins Adresse darauf. Dann holte ich mein Telefon und rief ihn an …

„Hallo Maria … lebst du noch?!“

„Ja … hallo … so sehr wie nie zuvor … und ich möchte dir einen Vorschlag machen.“

„Ich höre …“

„Ich schicke dir jetzt ein Kuvert. Ich habe drei Tage gebraucht, um dir all das zu schreiben. Glaubst du, du kannst es bis Donnerstag lesen?!“

„Heute ist Montag …“

„Ja …“

„Also ist es morgen bei mir und sicher bis Donnerstag gelesen …“

Er lachte, und ich fühlte, dass er darauf wartete, was ich ihm vorschlagen wollte.

„Es gibt in Rom ein kleines Hotel, es heißt Albergo Abbruzzi …“

„Ja?“

„Ich werde dort ein Zimmer reservieren – von Freitag bis Sonntag …“

„Ja?“

„Wenn du nach all dem, was du von mir wissen wirst, mit mir sein willst … dann sei doch bitte am Freitag um 20:00 Uhr auf der Piazza della Rotonda im Ristorante Di Rienzo … was sagst du zu diesem Vorschlag?“

Es war einen Augenblick lang still, dann hörte ich Martin lachen …

„Okay … haben sie guten Weißwein?!“

„Bianco di Custoza.“

„Alles klar ... und als Dessert könnte man Pistazieneis essen ...“

„Und dabei am Rand des beleuchteten Brunnens in der Mitte des Platzes sitzen und auf die Säulen des Pantheon schauen ...“

„Verstehe ... dann ... freue ich mich, morgen meinen Postkasten zu öffnen ... Gute Nacht!“

„Gute Nacht, Martin ...“ Ich legte auf, und nachdem ich das Paket mit Eilboten aufgegeben hatte, buchte ich das Zimmer und meldete mich bei meiner Arbeit für eine Woche ab und flog nach Rom ...

Rom

Vier Tage lang ließ ich mich durch die warmen Straßen treiben. Ich wollte schweigen und schauen. Sonst nichts. Keine Gedanken an Gestern oder Morgen sollten mich bewegen. Keine Hoffnung, keine Angst, keine zukünftigen Pläne mich zur Ordnung rufen. Ich wollte nur „Dasein". „Dasein genügt", ... hatte mein Schutzengel zu mir gesagt, als ich stundenlang auf der Piazza Navona saß und einen Campari Soda mit Eis trank. Dasein genügt ...

Mir war, als würde ich in einem Zwischenraum schweben. Ich drehte mich langsam von meinem alten Leben weg und fühlte die Kraft eines neuen Zustandes, für den ich keinen Namen wusste. Und in diesen römischen Tagen war es auch nicht wichtig, ihn zu kennen. Ich wusste, dass er sich mir zeigen würde, wenn es an der Zeit war. In der Nacht schlief ich mit offenem Fenster und hörte dem Rauschen des Brunnens zu und dem Lachen der Menschen in den Lokalen mit ihren schön gedeckten Tischen, auf denen weiße Kerzen brannten ...

Am Freitagabend zog ich mein leichtes, helles Sommerkleid an und ging hinunter auf die Piazza.

Ich wanderte langsam über den Platz. Es war kurz vor 20 Uhr, als ich mich zu Martin setzte. Er nahm meine Hand und lächelte mich an ...

„Buona sera …“

„Hallo … Bist du schon lange da?“

„Vom Flughafen direkt hierher … ein schönes Lokal … ich kann dich verstehen …“

„Ja?“

„Ja … absolut …“

Der Kellner kam und stellte eine Flasche Weißwein mit einem Eiskübel neben den Tisch. Dann füllte er ein wenig in Martins Glas und liess ihn probieren.
„Ich habe mir erlaubt, schon zu bestellen … der Wein ist gut. Danke!“

Der Kellner füllte unsere Gläser und dann bestellten wir Spaghetti Carbonara und Bruschetta.

„Warum Rom?“, fragte Martin während wir auf das Essen warteten.

„Aus drei Gründen … Erstens habe ich hier als kleines Mädchen hier einmal einen Urlaub erlebt, der mich mit dem Echo seiner Wärme und seiner Lebensfreude immerzu begleitet hat …“

„Ja …“

„Zweitens ist Marcello von dir aus Rom geholt worden, um dein Führer zu sein …“

„Ja …“

„Und drittens möchte ich unseren nächsten Schritt an einem Ort beginnen, der mir und dir sehr viel bedeutet. Der nichts mit unserem Alltag zu tun hat und der nicht auf einem Bildschirm stattfindet.“

Martin lachte und hob sein Glas.

„Ich schließe mich deinen Worten an. Salute! Und: Danke für die zauberhafte Idee …“

„Salute!“

Wir tranken einen Schluck von dem kalten Weißwein und dann wurde unser Essen serviert.

Wir teilten das geröstete Weißbrot mit Olivenöl, Tomaten und Basilikum. Wir aßen unsere Spaghetti, und nachdem wir eine zweite Flasche Wein zu den gegrillten Scampi bestellt hatten, sagte Martin:

„Ich habe deine Erzählung gelesen …“

„Und du sitzt trotzdem hier?!“

Ich lachte ihn an und trank einen Schluck.

„Wegen diesem Bianco di Custoza … und wegen dir und deiner Geschichte. Das Eine geht nicht ohne das Andere.“

„Das hast du erkannt …?“

„Ja … und deine Zeilen haben mir gezeigt, dass ich mit allem, was ich für dich fühle, Recht habe. Weil ich sehen durfte, woher die Frau kommt, die ich liebe …“

Eine Weile sagten wir nichts. Die Kerze auf unserem Tisch brannte ruhig in ihrem Glas, und nur hier und da zitterte sie im warmen Abendwind …

„Ich liebe dich auch …“, sagte ich nach einer Zeit und nahm Martins Hand.

„Dann habe ich eine einzige Frage …“

„Ja …?“

„Wir beide haben gelernt das Wort ‚Genauigkeit‘ zu schätzen …“

„Ja?!“

„Wir alle auf diesem Planeten glauben zu wissen, was wir meinen, wenn wir ‚Liebe‘ sagen.

„Ja …?“

„Und trotzdem kommt es so oft zum Krieg, weil keiner dem Anderen ‚genau‘ sagt, was er unter Liebe versteht …“

„ Also bitte ich dich, obwohl wir es beide ahnen … sag mir mit deinen Worten … ganz genau – was für dich ‚Liebe‘ ist …“

Ich stellte mein Glas auf das weiße Tischtuch und ließ mir Zeit …

„Also gut – wenn ich ‚Liebe' sage, dann meine ich, dass ich von einem anderen Menschen immer nur zwei Dinge mit absoluter Sicherheit weiß. Das Eine ist – dass er eine Geschichte hat, die ich nicht kenne, und das Andere ist, dass ich eine Geschichte habe, die er nicht kennt! Wenn ich aber in mir ein wortloses Gefühl spüre, das mich auffordert, mit diesem anderen Menschen eine neue Geschichte zu schreiben, die unsere gemeinsame Geschichte wird, dann versuche ich, ihm zu zeigen, dass ich alle Zeit der Welt habe, um seine Gegenwart zu begreifen, die aus seiner Vergangenheit heraus gewachsen ist. Ich möchte versuchen, meinen Antrieb, bei ihm zu sein, nicht ruckartig auf ihn stürzen zu lassen, so dass ihn mein Auftauchen aus seiner Bahn wirft, sondern beide das schneller werdende Tempo genießen können und dabei immer wacher werden …

Ja … Ich möchte dann lernen, seine Sprache zu verstehen, und möchte versuchen, immer so klar zu sein, dass er genau weiß, was ich meine, wenn ich ‚Wind' sage, und ich möchte vor allem Respekt haben vor seinen Geheimnissen, die er für sich behalten möchte, und auch vor den Geheimnissen, von denen er nicht einmal weiß, dass er sie hat …

Wenn wir dann langsam dieselbe Sprache sprechen und dasselbe Tempo der Gefühle haben, möchte ich versuchen, mit ihm einen Blick in die Welt zu werfen, den ich allein nicht getan hätte. Ich möchte mir von seiner Welt berichten lassen, die die Welt eines anderen Geschlechtes ist, die ich nur erahnen, aber nie begreifen werde. Ich möchte ihn zärtlich darauf aufmerksam machen, aus welchen Bäumen mein Wald besteht, und möchte die Angst vor dem Fremden in ihm, das immer fremd bleiben wird, verlieren und es respektvoll am Leben lassen und nicht so lange zu beschneiden versuchen, bis es von mir fortgehen muss, um nicht zu sterben …

… Ich möchte versuchen, mich immer daran zu erinnern, dass es ein Geschenk des Glücks ist, jemanden gefunden zu haben, zu dem ich ‚Liebe' sagen kann, und möchte versuchen, nie zu vergessen, dass ich in sieben Minuten tot sein kann und dass mein letzter Moment ein Moment der Wahrheit gewesen sein sollte. Ein Moment der Wahrheit, der in einer langen Kette steht, die immerzu ‚jetzt' beginnt …

Ich möchte versuchen, nie etwas zu verlangen, aber immer bereit zu sein für das, was eine Verbindung darstellt zwischen zwei Menschen, die, wenn sie nicht einander hätten, allein auf dieser Welt unterwegs wären. Ich möchte meine Sehnsucht, die in meinen Gefühlen und in meinen Gedanken ist, in meinen Körper fließen lassen und meine Zärtlichkeit immer nur verwenden, um uns gegenseitig glücklich zu machen. Ich möchte nie das Spiel der Zurückhaltung spielen, nur weil das in den letzten Jahrtausenden meine Rolle als Frau war, und ich möchte nie den Mann, den ich liebe, unter Druck setzen, etwas erobern zu müssen, was er ohnehin so gerne von mir bekommt, wie ich seine Zärtlichkeit bekommen möchte …

Ich möchte immer die Zeit haben, alle Augenblicke, die zu einem Missverständnis führen könnten, von ihrer Enge zu befreien, und ihnen so lange meine Geduld und meine Aufmerksamkeit schenken, bis sie zu einer Stufe der Erweiterung geworden sind. Ich hoffe, dass das dauernde Üben, ehrlich zu sein, offen zu sein, Respekt zu haben und Respekt zu erhalten, jede launische Ungeduld unmöglich machen wird – es gibt nämlich keinen Grund und keine Rechtfertigung dafür, dass zwei Menschen auch nur eine Sekunde lang einen unfreundlichen, ungeduldigen oder gereizten Ton miteinander haben. Falls das jemals geschehen sollte, möchte ich so wach sein, zu wissen, dass das nur ein Symptom war für eine Unzufriedenheit, die viel tiefer sitzt und sich nur in einer ruckartigen Bewegung entladen möchte. Ich möchte mir dann alle Zeit der Welt nehmen, dieser Unzufriedenheit nachzugehen und sie sprechen zu lassen, damit sie nicht eines Tages schreien muss, um gehört zu werden. Ich möchte erleben, wie durch diese Art zu leben die Perversion des Kampfes der Geschlechter zu der Wahrheit der natürlichen Spannung zwischen einer Frau und einem Mann wird, aus der die Bewegung entsteht, die das Lebensrad weiterdreht.

Ich möchte in mich hineinhören und wissen, ob ich in meinem Leben Kinder haben möchte, die ich zur Welt bringen will, ohne dass das ein Annageln des Manns sein soll, von dem ich sie bekomme – es ist mein Leben und meine Verantwortung, die nur ich letzten Endes tragen kann. Und einen Mann zu verpflichten, bei mir zu sein, auch wenn die Liebe eines Tages zu Ende gegangen sein sollte, ist mir unvorstellbar. Das heißt, ich möchte mir jeden Tag die Frage stellen: Liebst du noch, oder bist du nur in der Tradition? Und wenn die Antwort heißt, die Liebe ist zu Ende, so wie jede Blüte einmal sterben muss, dann möchte ich gehen können, ohne in den Formen zu ersticken. Ich möchte aber nicht so dumm sein, irgendeine Grenze aufzubauen – weil ich glaube, dass diese Blüte auch ein ganzes Menschenleben dauern kann – genauso wie sie eine Minute lang am Leben ist, wenn zwei Blicke sich wirklich treffen … Ich möchte dem Mann, den ich liebe, sagen, dass ich immer versuchen werde, all das lebendig zu halten, und ich möchte nie aus Angst, keine Antwort zu erhalten, mit meiner Offenheit sparsam umgehen. Ich möchte kommen und gehen, wie es meine, seine und unsere gemeinsame Geschichte am glücklichsten macht, und ich möchte nie behaupten, irgendetwas ein für alle Mal zu wissen und zu können. Ich möchte immer wissen, dass jede Begegnung auf dieser Erde nur die äußere Geschichte von Seelen ist, die auf eine ganz unbeschreibliche Weise ihre Bahnen seit ewigen Zeiten ziehen, und ich möchte nie versuchen, dieses Geheimnis in den Griff zu bekommen, sondern das zu erleben, was ich erleben soll, um daran etwas zu lernen und friedlicher und glücklicher zu werden …

…

Ja! Ich denke, das ist so ungefähr das, was ich meine, wenn ich ‚Liebe' sage, und ich weiß, dass du dasselbe denkst wie ich."

„Ja – das tue ich."

…

Martin sah mich an und sah in meine Augen, in meine Gedanken, meine Gefühle und sah in mein Herz. Wir zahlten, standen auf und gingen nach Hause in unser Hotel.

Auf dem Weg umarmten wir uns, wie wir es in den letzten tausend Jahren noch nicht erlebt hatten. Es war spät geworden, und wir waren fast allein. Wir gingen langsam und schwiegen in die Sterne, die über uns leuchteten. Die Lampen, die an unserem Weg brannten, warfen ein warmes Licht auf die Steine unter unseren Füßen, und die alten Häuser, die um den Platz standen, warteten auf den nächsten Tag. Ein weicher, warmer, stiller Wind begleitete uns bis zu unserer Haustüre und ließ uns auch dann nicht allein. Wir löschten das Licht und lagen ganz still in der Nacht.

Nach einer Zeit, die voller Ruhe war, umarmten wir uns und legten uns ganz nahe aneinander. Ich sah in dem Dunkel des Zimmers meine Augen in seinen Augen und seinen Mund ganz nah an meinem Mund. Wir hielten uns umarmt, und unser Atem wurde langsam zu einem Atem und unser Pochen in der Brust zu unserem einzigen Herzen. Wir küssten uns langsam und ewig, und ohne aufzuhören, wurden wir zu einer einzigen Bewegung und zu einem einzigen Ton. Seine Haut wurde meine Haut – und meine Wärme wurde seine Geborgenheit, und seine Stimme wurde meine Heimat, und dann war die Zeit nur mehr ein Staunen und die Dunkelheit wie ein Stern …

Mit PARADIES hat der österreichische Erfolgsautor Gabriel Barylli ein radikales Buch geschrieben – es geht um eine Sache, die eigentlich ganz einfach ist: die Befreiung der Menschen von Unterdrückung und Denkverboten. Wer in das „Paradies"-Spiel hineingeht, erlebt faszinierende Situationen von Klarheit, und es ist vor allem die Frau, die im Zentrum steht – denn solange es keine wahrhaftige Gleichberechtigung gibt, so lange gibt es keine wirkliche Liebe. Der erste Band der Trilogie, ein Aufsehen erregender Auftakt!

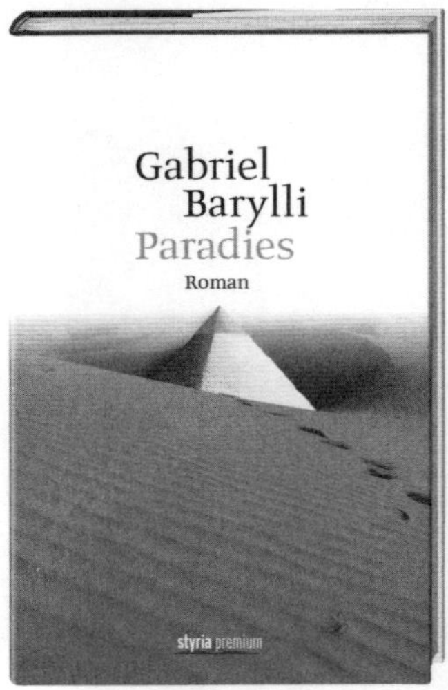

Gabriel Barylli
PARADIES
Roman

272 Seiten; 13,5 x 21,5 cm
€ 24,99 · ISBN 978-3-222-13356-5

styria premium

Impressum

ISBN 978-3-222-13371-8

Bücher aus der Verlagsgruppe Styria gibt es
in jeder Buchhandlung und im Online-Shop

styriabooks.at

Lektorat: Reinhard Deutsch
Covergestaltung: Bruno Wegscheider
Produktion und Gestaltung: Doris Grussmann
Coverfoto: istockphoto/Peskymonkey

Druck: Druckerei Theiss GmbH,
St. Stefan im Lavanttal
7 6 5 4 3 2 1